10
18

12, AVENUE D'ITALIE. PARIS XIIIᵉ

Sur l'auteur

Né en 1955 en Angleterre, Iain Pears vit à Oxford. Docteur en philosophie et historien d'art, il a travaillé pour l'agence Reuter jusqu'en 1990. Conseiller de la BBC et de Channel 4 pour plusieurs émissions consacrées à l'art, il est l'auteur de nombreux écrits sur ce sujet. Il a signé une série de romans policiers se déroulant dans le monde de l'art, ouverte par *L'Affaire Raphaël*, qui compte aujourd'hui sept titres, et dont le dernier, *Le Secret de la Vierge à l'enfant*, a paru aux Éditions Belfond en 2005.

Il s'est aussi imposé sur la scène littéraire mondiale avec *Le Cercle de la Croix*, en 1998, puis *Le Songe de Scipion*, en 2002.

IAIN PEARS

L'ÉNIGME
SAN GIOVANNI

Traduit de l'anglais
par Georges-Michel SAROTTE

10/18

« *Grands Détectives* »
dirigé par Jean-Claude Zylberstein

BELFOND

*Du même auteur
aux Éditions 10/18*

L'AFFAIRE RAPHAËL, n° 3365
LE COMITÉ TIZIANO, n° 3366
L'AFFAIRE BERNINI, n° 3454
LE JUGEMENT DERNIER, n° 3576
LE MYSTÈRE GIOTTO, n° 3706
▶ L'ÉNIGME SAN GIOVANNI, n° 3839

Ce livre est une œuvre de fiction. Les noms, les personnages et les événements décrits ici sont le fruit de l'imagination de l'auteur. Toute ressemblance avec des personnes réelles, vivantes ou mortes, des événements ou des lieux serait pure coïncidence.

Titre original :
Death and Restoration

© Ian Pears, 1996. Tous droits réservés.
© Belfond, 2004, pour la traduction française.
ISBN 2-264-03283-9

À Ruth

1

Les réunions de travail se ressemblent toutes plus ou moins, dans le monde entier, et ce depuis l'aube des temps. Il y a l'homme qui dirige effectivement, celui qui est censé diriger, celui qui voudrait diriger, ainsi que leurs hommes liges, leurs ennemis, et enfin les hésitants qui se laissent porter par le courant, tout en espérant que la traversée ne sera pas trop agitée. Tôt ou tard, il se produit toujours quelque accrochage qui fait éclater au grand jour les antagonismes latents. Ces différends sont parfois graves et justifient la dépense d'énergie qu'ils entraînent. Mais ce n'est pas souvent le cas.

C'est ce qui se passa un après-midi de septembre dans une vaste pièce, d'un caractère tout fonctionnel, située dans un ensemble de bâtiments disparates et délabrés du quartier romain appelé l'Aventin. Il y avait vingt personnes, tous des hommes entre trente-cinq et soixante-quinze ans, quatorze questions à l'ordre du jour et deux factions, décidées l'une et l'autre à tout balayer devant elles et à mettre en déroute les forces, d'un côté, de l'innovation puérile et dangereuse et, de l'autre, celles du traditionalisme invétéré, déphasé par rapport aux besoins du monde moderne. Un long après-midi en perspective, se dit le président en respirant profondément. Son seul espoir était que les deux heures passées à prier pour que la sagesse divine inspire leur décision collective empêchent le débat à venir de devenir trop acrimonieux.

Hélas ! il en doutait. Conscient que cette seule pensée lui faisait friser l'hérésie, il lui arrivait cependant de regretter que le Seigneur ne fît pas comprendre Ses désirs plus clairement. En effet, le père Xavier Münster, trente-neuvième supérieur de l'ordre de Saint-Jean-de-Piété, craignait d'en être aussi le dernier. Lorsqu'il aperçut l'éclat belliqueux illuminer l'œil d'êtres en principe soumis corps et âme à son autorité, il sut que son espoir était vain. Le frère Jean, par exemple, occupé à aligner ses documents devant lui comme autant de divisions de chars d'assaut, semblait déterminé, quels que soient les obstacles, à opposer une farouche résistance. Même si, vu les circonstances, ce n'était guère une mauvaise chose. « Peut-être, demanda le père Xavier d'un ton ferme aux membres de son ordre alors présents à Rome, peut-être pourrions-nous ouvrir la séance ? »

La réunion prit fin cinq heures plus tard. Les frères en sortirent, titubant de fatigue. D'habitude, après ce genre de réunion on prenait l'apéritif sur la terrasse, mais cette fois-là il n'y eut pas grand monde. Seuls vinrent ceux qui n'avaient pas été trop impliqués dans l'indécente bagarre. Les autres regagnèrent leurs cellules (comme on les appelle, bien qu'elles ne soient guère différentes de chambres d'étudiant) pour méditer, prier ou fulminer.

« Je suis ravi que ce soit terminé », murmura l'un des plus jeunes frères, un grand et bel homme prénommé Paul, originaire du Cameroun. C'était généreux de sa part de s'exprimer sur un ton aussi paisible, lui qui avait espéré, en vain, que sa requête serait examinée. Une fois de plus, son petit problème personnel figurait trop bas sur la liste des questions à l'ordre du jour.

Ces paroles ne s'adressaient à personne en particulier. Seul le père Jean, un vieil homme qui s'était posté près de la bouteille de Pernod posée sur la table, les entendit. Il leva les yeux vers le visage du frère Paul – qui se trouvait à plus de cinquante centimètres au-dessus du sien – et hocha la tête. Il était vanné. Rien de plus éreintant que ces épreuves de force. Il était lui-même surpris et troublé de constater quels torrents de haine avaient suscités en son âme, généralement sereine, les efforts du père Xavier pour réformer l'ordre. Il n'était pas sorti sur la terrasse pour faire la conversation mais – ce qui était inhabituel – parce qu'il avait besoin de boire un verre.

Ayant refusé jusque-là de se laisser entraîner dans ce genre de querelle, il avait du mal à se faire à son nouveau rôle de chef de l'opposition. Il ne l'avait pas recherché, et ce n'était pas à ses yeux la façon idéale de passer ses vieux jours. Il se considérait comme un loyaliste de nature. Il l'avait toujours été depuis qu'à l'âge de douze ans il avait été choisi dans l'école de son village par un prêtre ayant remarqué ses qualités.

Mais, cette fois-ci, il s'était comporté différemment, quoiqu'il fût atterré par la violence de la lutte entre lui et Xavier. Il ne se rappelait rien qui pût se comparer à l'atroce ambiance de la réunion de cet après-midi-là, même au plus fort des doutes et de l'angoisse suscités par le grand concile du Vatican. On n'y pouvait rien : l'âme de l'ordre était en jeu, il en était absolument certain. Xavier était un homme de bien, un homme courageux. Malgré tous les obstacles, beaucoup de saints avaient été aussi déterminés que lui, voire impitoyables, dans la mise en œuvre de leur vision. Voyez saint Bernard, voyez saint Ignace. Ni l'un ni l'autre n'étaient particulièrement connus pour leur capacité à prendre en compte tous les aspects d'une question. Toutefois, on n'était plus au Moyen Âge, ni même au XVIIe siècle. Il fallait utiliser d'autres méthodes : patience, tact, persuasion. Cependant, aucune de ces qualités n'était le fort de Xavier.

C'est pourquoi le père Jean hocha la tête d'un air triste.

« Terminé ? Pour le moment seulement. Je crains que la querelle ne soit loin d'être finie. »

Le père Paul arqua un sourcil.

« Qu'y a-t-il encore à dire ? La question est réglée, non ? Vous avez gagné. Alors vous devriez être content. »

Paul pouvait parler sans passion puisqu'il était presque le seul frère à n'avoir pas pris parti. D'ailleurs, il n'était pas certain d'avoir saisi le motif de la querelle. Il voyait bien ce qui l'avait déclenchée, mais la cause profonde n'avait aucun sens pour lui. Il constatait qu'on dépensait ainsi une grande quantité d'énergie qui aurait pu sans aucun doute être mieux utilisée.

« La motion n'a été repoussée que d'une seule voix, répliqua Jean. D'une seule et unique voix. L'année dernière – qu'avait-il tenté de faire déjà ? Je ne m'en souviens pas – cinq voix lui avaient manqué. Il va donc considérer le résultat comme un encouragement et non comme une défaite. Vous verrez. »

Le père Paul se versa un jus d'orange et le but à petites gorgées, l'air songeur.

« Ah, grand Dieu ! Que j'aimerais pouvoir rentrer chez moi… Ici, je n'ai guère l'impression de travailler pour le Seigneur.

— Je sais, répondit amicalement le père Jean, tout en se demandant s'il serait convenable de prendre un second Pernod. Vous devez trouver choquante notre conduite et vous avez sûrement raison. Je suis désolé qu'on ait ajourné une fois de plus la discussion sur votre retour au pays. La prochaine fois peut-être... Lorsque l'effervescence sera retombée, il se peut qu'on aborde le sujet. Je vous promets de faire tout mon possible, si ça peut vous remonter le moral. »

À quelques kilomètres de là, au cœur de la ville, un organisme tout à fait différent, plus séculier, poursuivait avec calme et efficacité son petit bonhomme de chemin. Le portail (récemment automatisé pour un coût exorbitant) ne cessait de pivoter sur ses gonds pour laisser le passage à des policiers affairés. Dans de petits locaux sans fenêtres, de zélés et sérieux techniciens et documentalistes vaquaient à leurs occupations. Aux étages supérieurs régnait une plus grande sérénité. Des inspecteurs, déterminés à récupérer les éléments volés du patrimoine italien, y lisaient des documents, téléphonaient ou rédigeaient lettres ou rapports. Et, au tout dernier étage, depuis la pièce souvent décrite par les journalistes les plus déférents comme le cerveau du service de la protection du patrimoine artistique, parvenait un léger ronflement seulement troublé par le lancinant bourdonnement d'une énorme mouche bleue.

La performante machine était en pilote automatique, le cerveau ayant été débranché. Par cet après-midi caniculaire le général Taddeo Bottando n'avait pu se soustraire aux impératifs d'une bonne sieste.

Non pas que ce fût grave en temps normal. La soixantaine bien tassée, il était disposé à reconnaître que la vivacité juvénile n'était plus l'une de ses qualités majeures. Mais l'expérience compensait largement ce manque. Qu'importait, par conséquent, s'il lui arrivait de temps en temps d'économiser son énergie ? Sa faculté d'élaborer une stratégie d'ensemble n'était pas le moins du monde altérée, et l'âge n'avait pas diminué ses dons d'organisateur. Chacun savait ce qu'il avait à faire et s'y employait sans devoir être surveillé jour et nuit. Si quelque chose se passait en son « absence », un membre de son équipe, Flavia di Stefano par exemple, était tout à fait capable de prendre le relais.

C'est ainsi qu'il venait de décrire son rôle à deux hauts fonctionnaires qui, pour rattraper le temps perdu, l'avaient emmené déjeuner dans un bon restaurant, ou plutôt dans un restaurant de luxe. Pour une raison mystérieuse, après des années de bagarres destinées à obtenir des fonds et à assurer sa survie, le général était soudain bien en cour. Désormais – peut-être grâce à une réussite triomphale quelques mois plus tôt – tout le monde l'aimait, tout le monde l'avait toujours adoré et défendu en secret contre les machinations des autres. Bottando, pourtant, ne s'en était jamais aperçu. Ronronnant presque de plaisir, il s'était laissé aller à l'autosatisfaction, tout en jouant un rôle important dans l'anéantissement d'une deuxième, puis d'une troisième bouteille de bon chianti.

Sans doute un vieux de la vieille comme lui aurait-il dû le prévoir. Pourquoi cette gentillesse, cette admiration, cet empressement ? Mais le vin et la chaleur avaient eu raison de sa prudence. Au fond, malgré les nombreuses années passées dans la police à se colleter avec des voyous et, surtout, avec ses supérieurs, il était resté confiant de nature. Pour une fois il voulut croire qu'ils étaient tous dans le même camp. Nous sommes collègues, et peut-être suis-je vraiment admiré pour mon travail...

Il était donc d'humeur tranquille, joviale et expansive au moment où son collègue le plus haut placé – homme qu'il avait éloigné de son service en le faisant muter, il y avait de cela des lustres, à l'époque où il menait une existence tout à fait différente à Milan – se pencha vers lui avec un sourire mielleux et lui demanda : « Dis-moi, Taddeo, comment envisages-tu l'avenir du service ? Dans les prochaines années. C'est ton point de vue sur le long terme qui m'intéresse, tu comprends. »

Le général se lança alors dans un exposé sur la coopération internationale, les délégations régionales, etc. Sur les nouveaux ordinateurs, les nouvelles technologies, les nouvelles lois, tout ce qui faciliterait peu ou prou la récupération des œuvres d'art volées.

« Mais ton avenir personnel, comment le vois-tu ? »

Si Bottando n'avait rien flairé jusque-là, le signal

d'alarme aurait dû alors se déclencher. En dépit de nombreux signes, il ne soupçonna pas un seul instant l'existence des énormes pièges omnivores qui s'ouvraient en grinçant pour l'avaler. Il parla esprit d'équipe, sens du commandement et rôle de coordonnateur, utilisant le jargon qu'il maîtrisait désormais à merveille, même s'il s'apparentait pour lui à une langue étrangère.

« Bien, bien. Je suis ravi que nous soyons d'accord Cela nous rend la tâche d'autant plus aisée. »

Alors, malgré la chaleur, la somnolence due au vin et à la bonne chère, un picotement se fit enfin sentir en guise d'avertissement à la base de son cou épais et puissant.

« Tu vois, poursuivit son collègue, tandis que Bottando se recroquevillait mentalement et demeurait coi, il y a toute cette réorganisation. Cette nouvelle structure des promotions.

— De quoi parles-tu ? Quelque chose m'aurait-il échappé ? » finit par demander le général.

Gloussement nerveux.

« Oh ! grands dieux, non ! Ce n'est pas encore rendu public. En fait, tu es le tout premier à qui on en parle. Ça nous a semblé normal, puisque tu es la première personne à en subir les conséquences. »

Nouveau silence, réserve accrue, et haussement de sourcils.

« Pure question de structure, tu sais, et je tiens à souligner que ça ne me réjouit pas. »

Ce qui signifie, bien sûr, qu'il en est ravi. À tous les coups, l'idée vient de lui, pensa Bottando.

« Tant de gens se bousculent au portillon et sans espoir de promotion. À cause de l'explosion démographique. Que faire de tous ces collègues ? Dans tous les services gouvernementaux, les plus doués s'en vont. Pour quelle raison ? Parce qu'ils se retrouvent dans une impasse, voilà pourquoi. Et puis il y a l'Europe. On entre dans une nouvelle ère, Taddeo. On doit s'y préparer. Il faut dès maintenant commencer à établir des projets. Avant qu'il ne soit trop tard. C'est pourquoi il a été décidé – par d'autres que moi – d'introduire certains, euh… changements.

— Quels, euh… changements ?

— Deux choses. Pour être précis, on va instaurer un groupe de liaison intragouvernemental qui coordonnera tous les aspects du travail policier. On expérimentera dans un domaine en particulier afin de tester les procédures et les méthodes opérationnelles. »

Le général hocha la tête. Ce n'était pas la première fois qu'il entendait ce genre de propos. Tous les six mois, une lumière ministérielle décidait d'accrocher ses espoirs de promotion à un nouveau système de liaison. Cela n'avait jamais abouti à grand-chose.

« Et la deuxième chose, qui sera tôt ou tard liée à la première, consiste à définir le rapport entre ton service et le nouvel organisme international concernant la protection des œuvres d'art.

— Le quoi ?

— C'est un organisme européen, entièrement financé par Bruxelles, mais le ministre a réussi à imposer qu'il soit dirigé par un Italien. Par toi, en fait.

— Pour que je reste assis à rédiger des notes que personne ne lira jamais.

— Ça dépend de toi. Il est évident que tu vas te heurter à des résistances. Toi-même, tu t'y serais opposé farouchement. Tu seras chargé de mener à bien le projet.

— Est-ce que ça veut dire qu'il y aura des tas d'étrangers ? » demanda le général d'un ton sceptique.

Les deux autres haussèrent les épaules.

« Ce sera à toi de décider ce que tu souhaites. Puis d'obtenir le budget pour payer le personnel nécessaire. Évidemment, la composition du personnel devra être équilibrée.

— Il y aura donc des étrangers.

— En effet.

— Et où sera situé ce bel exemple d'euro-absurdité ?

— Ah ! nous y voilà ! À l'évidence, l'endroit le plus normal serait Bruxelles. Cependant...

— Dans ce cas, je refuse d'y aller, déclara Bottando. La pluie, tu sais...

— Cependant, reprit le haut fonctionnaire, d'autres facteurs entrent ici en jeu.

— C'est-à-dire ?

— C'est-à-dire que l'argent dépensé à Bruxelles profite à la Belgique, tandis que l'argent dépensé en

Italie nous profite à nous. Naturellement, en ce qui concerne les arts nous sommes le plus grand centre d'Europe. De même que pour le vol d'objets d'art, réflexion faite. C'est pourquoi nous exerçons de fortes pressions afin de l'accueillir ici.

— Et qu'advient-il de mon service ?

— Tu continues à le diriger, bien sûr, mais il te faudra déléguer tes pouvoirs sur les affaires quotidiennes qui, grâce à quelques permutations de postes, se dérouleront simultanément. »

Le général s'appuya au dossier de sa chaise, sa bonne humeur se dissipant au fur et à mesure qu'il percevait les conséquences de l'opération.

« Ai-je le moindre choix ?

— Non. C'est trop important pour que les goûts personnels entrent en ligne de compte. Il s'agit d'une question d'honneur national. Si tu refuses, ton boulot passe à un autre. Dans une semaine, tu dois te rendre à Bruxelles et expliquer comment tu envisages de diriger cet organisme. Tu as donc pas mal de pain sur la planche. »

Sans savoir s'il devait râler ou se réjouir, Bottando était retourné à son bureau afin de saisir toutes les subtilités de l'affaire et, comme à son habitude, il avait fini par s'endormir en y réfléchissant.

Ce n'était pas le meilleur moment pour que son service reçoive un coup de téléphone anonyme concernant l'imminence du vol avec effraction d'une des œuvres d'art de la ville.

À six heures et demie du soir, Jonathan Argyll traversa Rome à pied pour regagner son appartement. Il éprouvait un certain plaisir, sans plus, à contempler l'animation d'une ville pressée de rentrer dîner. Il était fatigué, la journée ayant été longue et ses tâches fort nombreuses. Un cours le matin, lequel faisait dorénavant partie de la routine – le trac ayant disparu une fois jaugée la faible exigence de l'auditoire –, suivi d'une séance de deux heures dans le placard à balais officiellement appelé son bureau, occupée à repousser des étudiants plus ou moins désespérés venus lui faire perdre son temps. Pouvaient-ils rendre ce devoir en retard ? Pourrait-il leur photocopier ceci afin de leur épargner la peine de travailler eux-mêmes en bibliothèque ?

Non, non, et non ! À sa grande surprise, le hasard qui, neuf mois plus tôt, avait transformé le marchand de tableaux qu'il était en professeur d'études baroques avait révélé en lui un côté autoritaire jusque-là insoupçonné. Il avait désormais tendance à se plaindre que les étudiants n'étaient plus ce qu'ils étaient de son temps et avait fini par terroriser tous ceux qui, grave erreur, s'étaient inscrits à son cours sur « L'art et l'architecture à Rome de 1600 à 1750 ».

L'art baroque, la Contre-Réforme, le cavalier Bernin, Borromini, Maderno, Pozzo... Dans l'ensemble, ses étudiants étaient de braves gosses. Inutile d'utiliser des diapositives ou des reproductions dans cette ville parmi les villes. Il suffisait d'envoyer ces fainéants se promener de par les rues. Seuls le lundi, guidés par lui le mercredi. *Mens sana in corpore sano.* Santé et savoir en un seul lot. Bon marché, malgré la jolie somme que leurs idiots de parents devaient débourser pour ajouter un vernis de culture à leur progéniture.

Encore plus étonnant : il réussissait fort bien dans sa nouvelle profession. Son enthousiasme débordant pour les aspects les plus obscurs et les symboles les plus abscons de l'iconographie baroque gagna peu à peu certains de ses étudiants. Pas un grand nombre, certes, cinq ou six sur une trentaine. Selon ses collègues ce n'était pas mal du tout, vu la matière première hétérogène sur laquelle il leur fallait travailler.

Le grand avantage était que ses cours n'exigeaient pratiquement aucune préparation. Le plus dur était de décider ce qu'il devait laisser de côté et, surtout, de corriger les copies. Ça, c'était déprimant, bien sûr.

« Au Moyen Âge les moines se flagellaient avec des verges, nous, c'est avec les copies, lui avait déclaré, philosophe, le chef du département, également spécialiste de la Renaissance. Cela revient au même, en fin de compte : c'est douloureux et humiliant, mais ça fait partie du boulot. Et, d'une certaine façon, ça purifie : on prend ainsi conscience de la vacuité de l'existence. »

Il y avait cependant un hic. L'ambition, latente ou à tout le moins mise à quia, s'était réveillée avec le changement de métier. De vieilles habitudes et d'anciens plaisirs revinrent le hanter. Ayant accepté le poste à cause du marasme du marché de l'art, Argyll s'aperçut qu'il ne détestait pas ce travail, malgré les étudiants. Il avait même ressorti sa thèse – de longtemps oubliée et moisissant sur une étagère depuis l'époque où il tentait de gagner sa vie en vendant des tableaux – et l'avait époussetée. Le désir de voir son nom imprimé le démangeait à nouveau. Rien de spectaculaire. Un articulet sur quelque sujet mineur, agrémenté d'un nombre respectable de notes infrapaginales, afin de se remettre dans le bain. Un prétexte pour déambuler dans les archives. Tout le monde faisant de la recherche, c'était devenu un peu gênant de déjeuner avec un collègue... Sur quoi travailles-tu ? Question inévitable. Ce serait agréable de pouvoir donner une réponse.

Mais laquelle ? Il se battait les flancs depuis deux mois pour trouver un sujet. Jusqu'à présent rien n'avait chatouillé son imagination. Trop vaste, trop insignifiant ou déjà étudié. Sempiternelle antienne de l'université moderne, qui ne cessait de marteler sa cervelle.

Sauf quand il fallait corriger des copies. Pour le moment, seul le petit tracas tout au fond de son esprit l'empêchait d'apprécier la vue de l'île Tibérine pendant qu'il avançait au milieu d'épais nuages vespéraux de monoxyde de carbone et traversait le pont Garibaldi pour regagner son logis. Quinze dissertations sur les projets architecturaux des jésuites.

Ç'aurait pu être pire... Ils auraient tous pu se décarcasser et réussir à présenter un vrai travail. Or, à en juger par leur aspect, certaines des analyses risquaient d'être un rien maigrelettes. En théorie, il adorait les étudiants consciencieux qui piochaient une question à fond, mais, lorsqu'il devait corriger leurs travaux, la quantité de feuillets produite le faisait détester ces jeunes bosseurs. Il savait qu'environ deux heures de sa soirée seraient consacrées à lire les élucubrations de ses élèves et il s'efforcerait de rester calme quand, inévitablement, l'un d'entre eux l'informerait que Raphaël était un pape ou qu'en matière de sculpture le Bernin avait tout enseigné à Michel-Ange.

Alors qu'il n'avait qu'une envie : passer une soirée tranquille en compagnie de Flavia, laquelle avait sincèrement promis de rentrer tôt et de préparer le repas pour la première fois depuis plusieurs semaines. Maintenant qu'ils avaient presque décidé de se rendre à l'évidence et de se marier, qu'Argyll avait embrassé cette nouvelle carrière et cessé de se faire du mouron à propos de son avenir, la vie était devenue aussi agréable qu'elle peut l'être lorsqu'on envisage de lier son sort à celui d'une femme qui ne sait jamais à quelle heure son travail lui permettra de rentrer au logis.

Ce n'était pas sa faute. Cela ressortissait au travail policier et elle faisait de son mieux. Mais il était parfois agaçant d'être relégué si manifestement à la seconde place à cause du vol d'un calice, même s'il s'agissait sans aucun doute d'un extraordinaire exemple de l'orfèvrerie toscane du XVIe siècle. Une fois de temps en temps, d'accord. Mais ces objets n'arrêtaient pas de disparaître. Les voleurs ne s'accordaient aucun répit. N'avaient-ils jamais envie, comme tout un chacun, de se détendre et de passer une soirée tranquille ?

Cette fois-ci, il trouverait Flavia à la maison. Elle avait laissé un message pour le lui annoncer il y avait moins d'une demi-heure, et Argyll s'en réjouissait à l'avance. Il avait dûment fait toutes les courses en rentrant afin qu'ils puissent dîner ensemble comme deux êtres civilisés. Cette perspective le ravissait tellement qu'un petit regain d'énergie le saisit au moment où il tourna dans une ruelle, le vicolo di Cedro, pour entamer la dernière étape du trajet de retour. C'est alors qu'il rencontra Flavia venant en sens inverse. Elle lui donna un rapide baiser, l'air contrit.

« Tu retournes au bureau, c'est ça ? demanda-t-il d'un ton accusateur. Je connais cette mine.

— Je crains que oui. Juste pour un petit moment. Je reviens tout de suite.

— Oh, Flavia ! Tu avais promis...

— Ne t'en fais pas. Je n'en ai pas pour longtemps.

— Oh si !

— Jonathan, ce n'est pas ma faute. Quelque chose est arrivé. Ça ne va pas être long, je t'assure. Il y a juste un petit problème. »

Il fit la grimace, sa bonne humeur se dissipant.

« Bon, eh bien, je vais corriger mes copies !

— Bonne idée. Je serai de retour avant que tu aies terminé, et nous pourrons enfin passer une paisible soirée ensemble. »

Grognant contre les dissertations, il gravit les marches jusqu'au troisième, souhaitant au passage le bonsoir à la vieille signora du premier et faisant au deuxième un signe de tête froid mais poli à Bruno, le jeune gars qui aimait emplir l'air nocturne d'une musique tonitruante, puis fouilla dans sa poche pour y prendre ses clés. Bizarre, se dit-il, qu'il y ait un étroit rapport inverse entre le volume de la musique et sa qualité. Plus jeune, il ne s'en était jamais aperçu.

Deux heures plus tard il avait fini de corriger ses copies. Flavia n'était pas encore rentrée. Trois heures plus tard il avait terminé son repas et elle n'était toujours pas là. Quatre heures plus tard il alla se coucher.

2

« C'est arrivé quand ? » demanda Flavia d'un ton incrédule lorsqu'elle lut le bout de papier sur lequel était brièvement résumé le coup de téléphone.

Giulia, la jeune stagiaire au frais minois, qui avait apparemment l'âge de faire encore ses devoirs avant de laver la vaisselle pour sa maman, rougit, toute désemparée. Elle n'y était pour rien. Il y avait eu ce coup de téléphone, et personne à qui en référer.

« Vers cinq heures. Mais vous n'étiez pas là. Je suis montée jusqu'au bureau du général mais...

— Qu'est-ce qu'il a dit ?

— Eh bien, rien ! répondit-elle, gênée. Il faisait la sieste.

— Et vous n'avez pas voulu le déranger parce que vous êtes nouvelle ici et ne savez pas si on a tout à fait le droit de lui donner un petit coup pour le réveiller. Je sais. Ne vous tracassez pas. Ce n'est pas votre faute. »

Elle poussa un soupir. Être juste et équitable n'est pas toujours facile. Enguirlander la stagiaire l'aurait soulagée.

« Bon. On verra plus tard. C'est vous qui avez pris la communication ? »

La novice hocha la tête, devinant que le pire était passé.

« C'était très vague...

— Pas de mot de passe ? Ça ne venait pas de l'un de nos informateurs ?

— Non. On m'a juste dit qu'il allait y avoir une importante effraction dans les jours à venir. Au monastère San Giovanni, c'est bien ça ?

— Que possède-t-il ? Est-il sur nos listes ? Avez-vous consulté l'ordinateur ? »

La stagiaire hocha la tête derechef, contente d'avoir fait le travail de base.

« Il a été cambriolé il y a deux ans, et on l'a fiché à ce moment-là. » Elle sortit un feuillet craché par l'imprimante une heure plus tôt. « Il ne possède vraiment pas grand-chose, en fait. Une quantité d'objets en or et en argent, entreposés dans un coffre bancaire, comme le général Bottando l'avait recommandé après le vol. La seule chose de valeur sur la liste est un tableau du Caravage. Une œuvre importante mais pas sa meilleure, d'après un livre. D'après un autre, le tableau n'est pas du peintre.

— Il est assuré ?

— Ce n'est pas indiqué. »

Flavia jeta un coup d'œil sur sa montre. Mince ! Jonathan allait râler. Elle le comprenait. Elle était partie déjà depuis un certain temps...

« Vous avez téléphoné au monastère ?
— Aucune réponse.
— Où se trouve-t-il ?
— Sur l'Aventin.
— Je suppose que je devrais y passer avant de rentrer chez moi, dit Flavia sans enthousiasme. Juste pour recommander aux moines de s'enfermer à double tour. Avons-nous quelqu'un pour surveiller l'endroit ? »

Giulia secoua la tête.

« Personne, à part moi.
— Vous êtes de service au bureau. Bon, je vais voir ce que je peux faire. Si vous pouviez demander que des voitures fassent des rondes devant le monastère cette nuit. Et pendant que vous serez d'astreinte ici toute la nuit à boire café sur café, examinez chacune des listes concernant les allées et venues, les filatures et les arrivées à Rome. Absolument toutes. D'accord ? »

Toujours occupé à traiter les questions suscitées par chaque réunion, le père Xavier accueillit sans cérémonie Flavia dans son bureau, puis l'écouta posément.

« Vous devez recevoir constamment ce genre d'avertissement anonyme, non ? » demanda-t-il.

Elle haussa les épaules.

« Pas trop souvent et rarement de manière aussi précise. Ce serait stupide de le prendre à la légère. J'ai pensé qu'il était préférable de vous prévenir pour que vous restiez sur vos gardes. Il s'agit sans doute d'une fausse alerte, mais il vaudrait mieux entreposer ce tableau quelque temps dans un endroit sûr... »

Le père Xavier sourit avec indulgence.

« Ça ne me semble pas nécessaire. Je suis d'ailleurs persuadé que, si un voleur le voyait en ce moment, il s'empresserait de changer d'avis.

— Pourquoi donc ?

— On est en train de le restaurer. Le restaurateur est Daniel Menzies, un Américain. Qui ne ménage pas sa peine, je dois dire. D'après lui, en matière de restauration, les béotiens sont toujours effarés à ce stade du travail. Il connaît sûrement son métier, mais pour l'heure le tableau est en fort piteux état. Il a enlevé l'ancienne toile, une grande partie de ce qui, selon lui, est de la peinture du XIXe, ainsi qu'une bonne couche de crasse. À mes yeux, il ne reste plus rien à voler.

— Et y a-t-il autre chose ? »

Le prêtre hésita un bref instant avant de secouer la tête.

« Nous possédons un grand nombre d'objets qui nous sont très chers, mais qui n'auraient guère de valeur pour quelqu'un d'autre. Vous savez que nous avons déjà été cambriolés ? »

Flavia hocha la tête.

« Ç'a été une amère leçon, reprit-il. Nous avions toujours tenu à laisser ouvert le portail de l'église donnant sur la rue – certains habitants du quartier préférant notre église à celle de la paroisse. On peut entrer soit par là, soit par le cloître. C'était une erreur, comme on s'en est aperçus. Depuis lors le portail est verrouillé. C'est l'un des premiers problèmes que j'ai dû régler quand je suis devenu père supérieur. La seule autre façon d'entrer, c'est donc par la cour, mais là aussi la porte est toujours fermée à clé.

— Y a-t-il un système d'alarme ?

— Non. On n'a pas voulu aller jusque-là. Il a été jugé indécent de prendre de telles mesures de protection. Je n'étais pas d'accord, mais c'est ce qu'a décidé le conseil qui a le dernier mot pour ce genre de question. »

Flavia se leva.

« Il ne s'agit peut-être que d'un canular… Mais il m'a paru plus sage… »

Il opina du chef et se leva à son tour pour la raccompagner.

« Ç'a été très aimable à vous, signorina, dit-il en lui serrant la main. Très aimable, surtout à cette heure tardive. Je vais m'assurer que toutes les précautions soient prises. »

Flavia eut enfin l'impression que sa journée se terminait. Sur le chemin du retour, elle passa voir Giulia, au cas où il y aurait du nouveau. Elle n'aurait pas dû, elle le savait. Rien de pire qu'un supérieur qui se mêle de tout et surveille vos moindres faits et gestes. Ça ne sert à rien et fait perdre toute assurance au subordonné. Elle se rappelait ses propres débuts. Mais elle était inquiète.

« Quoi de neuf ?

— Rien. J'ai examiné les listes. Aéroports, hôtels, surveillance des gares, rapports de galeristes. Rien de première importance.

— Et quoi de secondaire ?

— Pas grand-chose non plus. J'ai juste noté l'arrivée hier soir d'une personne vaguement liée à l'un de vos dossiers de l'an dernier. Un témoin, non impliqué dans quoi que ce soit d'illicite. Tout le contraire, en fait.

— Comment s'appelle cette personne ?

— Verney. Une certaine Mary Verney. »

Flavia ressentit le petit pincement au cœur l'alertant que si elle échappait au désastre, ce serait par pure chance et non grâce à son adresse, sa perspicacité ou son sens de l'observation.

« Un rapport rédigé par vous semble être passé dans l'ordinateur de l'Immigration. Je ne sais pas pourquoi. Il est apparu automatiquement.

— Auriez-vous une idée de l'endroit où elle se trouve ?

— Non, mais je peux faire des recherches si vous croyez que c'est important.

— Oui. Je le pense vraiment. Considérez ça comme une distraction nocturne. Appelez tous les hôtels de

Rome si c'est nécessaire. Plus tôt vous la trouverez, mieux ce sera.

— Qui est-ce ?

— Une vieille amie. Et une femme très intelligente. Vous l'aimerez beaucoup. »

« Ah oui ! Mary Verney, fit Bottando le lendemain matin. La châtelaine anglaise ? Pourquoi vous intéresse-t-elle tant ? Elle n'a fait que témoigner contre le fameux Forster l'année dernière. Du moins, c'est ce que vous m'avez dit. Ou bien y avait-il autre chose ?

— Grâce à elle nous avons récupéré dix-huit tableaux. » Cet aspect de l'affaire ne plaisait guère à Flavia. « C'est pourquoi j'ai préféré arrêter là l'enquête. Après tout, notre priorité est de retrouver les objets. Mais, une fois tous les rapports rédigés et le dossier bouclé, je suis parvenue à la conclusion qu'elle était en réalité l'auteur de la plupart des vols.

— Et vous avez gardé ça pour vous ? » demanda Bottando, une légère surprise se lisant autour de son arcade sourcilière gauche. Flavia tâcha de ne pas avoir l'air trop penaude.

« Je n'ai rien pu prouver, et si j'avais tenté de le faire plus tôt, nous n'aurions jamais récupéré les tableaux. C'était donnant donnant, et en l'occurrence efficace. »

Le général opina du chef. Après tout, comme c'était exactement ce qu'il aurait fait lui-même, il ne pouvait guère rouspéter.

« Mais alors elle est dans la nature... Ça, c'est un peu déraisonnable, vous ne trouvez pas ?

— Inattendu, en tout cas. Elle n'est pas toute jeune, et j'étais à peu près certaine qu'elle avait pris sa retraite. Elle n'a plus vingt ans, vous savez, et elle n'a pas vraiment besoin d'argent. »

Bottando hocha la tête. Elle eut la curieuse impression qu'il écoutait à peine.

« Mais elle est à Rome, fit-il. Vous voulez l'arrêter ? »

Flavia secoua la tête.

« Non. Il s'agit peut-être d'un voyage parfaitement innocent et ce serait une perte de temps. Je ne veux entamer une procédure officielle que si nous sommes obligés d'expliquer pourquoi nous nous intéressons à elle. Mais sa présence à Rome ne me dit rien qui vaille. J'ai pensé que ce serait une bonne idée de lui faire comprendre que nous savons qu'elle est ici, en l'invitant à prendre un verre, par exemple. Elle est descendue à l'hôtel Borgognoni. Avec votre permission je vais lui téléphoner ce matin. Et poster quelqu'un pour la surveiller. »

Bottando émergea de sa rêverie assez longtemps pour froncer les sourcils en signe de désapprobation.

« Nous n'en avons pas les moyens. On n'a pas le personnel. En outre, si l'une ou l'autre mérite l'attention, l'affaire du monastère me paraît plus importante.

— Bon...

— Et puis, après tout, d'accord. Vous pouvez vous servir de Giulia. Il est grand temps qu'elle sorte du bureau et on pourra imputer la dépense au budget "Formation" du ministère. Ça lui donnera un minimum d'expérience. Postez-la toute la journée devant San Giovanni...

— Elle y est déjà. »

Il la fixa du regard.

« Ah ! Bien, bien. Et ensuite, si vous le désirez, pour varier un peu le menu, qu'elle prenne en filature cette dame Verney. Deux jours de ce régime, et elle commencera à comprendre en quoi consiste le travail policier. Mais n'utilisez personne d'autre. »

Il avait raison. Elle savait qu'ils ne pouvaient se passer de deux collègues. Envoyer Giulia sur le terrain signifiait déjà que les autres devraient se coltiner des tonnes de paperasse en plus. Mais la présence de Mary Verney à Rome la tracassait. Elle opina de la tête.

« Bien, grommela Bottando, y a-t-il autre chose ?... Merci », dit-il à sa secrétaire comme elle entrait discrètement dans la pièce et déposait un énorme dossier sur son bureau. Il le glissa sur-le-champ dans un tiroir qu'il s'empressa de refermer dans un claquement sonore. « Parce que j'irais bien boire un café. »

Elle s'immobilisa et scruta son visage.

« Vous allez bien ? demanda-t-elle. Vous n'avez pas du tout l'air dans votre assiette ce matin. Vous aurait-on par hasard servi de la nourriture avariée au déjeuner d'hier ? »

Il fit la grimace, hésita, puis céda à la tentation.

« Revenez vous asseoir. Je dois vous confier quelque chose, soupira-t-il.

— Ça a l'air grave, dit-elle en s'installant dans le fauteuil.

— Je n'en sais trop rien. Je n'ai pas encore soupesé le pour et le contre. J'ai été promu, il me semble. »

Elle cilla puis le fixa du regard tout en cherchant la formule adéquate.

« Vous paraissez perplexe. En général, ce genre de choses est clair. Suis-je censée vous féliciter ou vous plaindre ?

— Aucune idée. Mais, en gros, on me donne le choix : être promu pour diriger quelque nouveau service inutile, instauré dans le seul but de faire encore cracher de l'argent au contribuable européen, ou bien être viré. Avec toutes les conséquences que cela entraîne en matière de solde et de pension. J'ai donné des coups de fil à droite et à gauche mais pour le moment je ne vois pas d'échappatoire. »

Elle s'appuya au dossier de son siège et se mordilla le pouce tout en réfléchissant au dilemme.

« Vous restez à Rome ? »

Il hocha la tête.

« Théoriquement. C'est là que vous entrez en jeu.

— Ah bon ? fit-elle avec prudence.

— En gros, vous avez deux options. Continuer dans ce service et vous charger de la gestion courante, donc passer davantage de temps à faire de l'administratif. Ou m'aider à mettre sur pied cette nouvelle euro-idiotie. Dans ce cas, vous serez sous les ordres d'un Anglais, ou d'un Hollandais ou de quelque autre étranger, et alors, là aussi, vous devrez passer davantage de temps à faire de l'administratif. Dans ce cas, vous recevrez bien sûr un salaire exorbitant. Vous roulerez littéralement sur l'or. Qui plus est, vos revenus seront exemptés d'impôts. Et vos horaires seront plus réguliers.

— Quelle option me recommandez-vous ? »

Il haussa les épaules.

« J'espère jouir de votre collaboration dans les deux cas. Mais la décision n'appartient qu'à vous.

— Pour quand ? »

Il fit un large geste pour indiquer qu'elle avait absolument tout son temps.

« Pour la fin de la semaine ? Désolé de vous bousculer, mais je dois élaborer ma stratégie. Vous pourrez vous entraîner d'ici là. Je vais être occupé à rédiger pas mal de notes. Considérez-vous comme maîtresse à bord. Le ministère nous observe. Si vous pouviez empêcher tout cambriolage du Musée national ou de la Collection présidentielle jusqu'à ce que cette affaire soit tirée au clair, je vous en serais très reconnaissant. Il vaudrait mieux également que les effractions dont on a été prévenu n'aient pas lieu.

— Ça s'annonce mal ? C'est votre avis ?

— C'est loin d'être idéal, croyez-moi. »

3

Dan Menzies était un artisan sérieux et méthodique, dont la façon de travailler contrastait en tout point à la fois avec sa corpulence et sa réputation. Malgré des gestes dramatiques et de belliqueuses métaphores – dans ses « campagnes » de restauration il parlait toujours de « nettoyer » telle ou telle « zone » –, quand il était à l'œuvre il procédait avec soin et une extraordinaire minutie. Il « commandait » de petits « bataillons » d'assistants, alors que ses confrères plus subtils s'entouraient d'une « équipe », surtout lorsqu'il s'agissait de projets de grande envergure, soutenus par de grosses sommes d'argent. Il se conduisait en général Patton des arts, courant d'un endroit à l'autre, lançant ordres et encouragements... Mais dans cette église il était seul. Il estimait la situation étonnamment reposante. Ça ne tient pas qu'au tableau que je restaure, se disait-il. Voilà bien des années qu'il n'avait pas travaillé tout seul, en tête à tête avec la peinture, cherchant à retrouver intuitivement, à l'aide de son scalpel et de ses produits chimiques, le projet originel du peintre. Accroupi, oublieux du passage du temps, inconscient même de la protestation de ses muscles lombaires maltraités, il se rendit compte qu'il était tout à fait heureux. La lumière ayant décliné au point qu'il n'arrivait plus à travailler, il décida qu'il devait accepter plus souvent ce genre de commande. Une fois par an, pensa-t-il en s'étirant avant de nettoyer ses mains maculées, je devrais restaurer un tableau en solitaire. Disons, tous les deux ans.

S'il avait été au courant de son humeur songeuse et recueillie, n'importe lequel de ses confrères eût été sans doute médusé, tant cela allait à l'encontre de sa réputation et de son comportement habituel. C'était un m'as-tu-vu ne ratant jamais une occasion de jouer les vedettes et qui avait reçu autant de félicitations que de critiques à propos de la façon spectaculaire – d'aucuns parlaient d'esbroufe – dont il redonnait vie aux tableaux. Il connaissait ces réactions et les acceptait comme partie intégrante d'un métier où régnait la concurrence. Lui croyait faire de son mieux, même s'il en rajoutait un peu pour plaire au public. Se considérant comme un type sympathique et souhaitant aussi beaucoup être aimé, il ne parvenait pas du tout à comprendre pourquoi ses collègues et rivaux se montraient si injustes envers lui. Il ne savait tout simplement pas dissimuler. Il avait ses idées, des tas d'idées, et quand quelqu'un l'interrogeait il ne pouvait s'empêcher de lui dispenser un véritable cours magistral. Était-ce sa faute si certains de ses rivaux étaient des imbéciles ?

Voilà pourquoi il était là. Il ne pensait pas que le meilleur gagnait sans se décarcasser. Il existait un grand projet dans l'air, prêt à être cueilli au vol, et il était bien décidé à ne pas le laisser passer. S'il fallait être à Rome six mois à l'avance, c'était le prix à payer. La restauration du prétendu Caravage était seulement une façon de s'occuper. Une œuvre de charité, le genre de travail susceptible de susciter des commentaires favorables. Et un excellent prétexte pour se trouver au bon endroit et parler aux décideurs. S'il décrochait cette commande, ce serait le sommet de sa carrière. Pas question qu'on tente de lui barrer la route.

Il fut soudain conscient d'être observé par quelqu'un se tenant derrière lui. Fichus touristes ! Il s'efforça d'oublier l'agaçante sensation qui l'empêchait de se concentrer et y parvint un certain temps. Mais à force d'essayer de ne pas se distraire, il finit par commettre une petite erreur. Il perdit patience et explosa.

« Foutez-moi le camp ! » lança-t-il en se retournant. Il plissa les yeux en découvrant l'homme qui se tenait tranquillement là, la mine benoîte. Bonté divine, quel regard bovin stupide !

« Désolé...

— Peu m'importe que vous soyez désolé ou non.

Allez-vous-en, un point c'est tout ! D'ailleurs, comment êtes-vous entré ici, nom d'un chien ?

— Eh bien, je...

— Vous n'avez absolument pas le droit d'être là. Ce n'est pas un monument ouvert au public. Il n'y en a pas assez à Rome pour que ayez besoin de venir vous fourrer ici ?

— Je ne suis pas...

— Allez, ouste ! »

Le petit homme refusant de bouger, Menzies, qui devait peser deux fois plus que lui, perdit son sang-froid. Quittant sa position agenouillée, il se dirigea vers l'intrus, l'attrapa par le bras et lui fit rebrousser chemin de force jusqu'au portail s'ouvrant sur la rue. Ayant décroché l'antique et énorme clé, il le déverrouilla, l'entrouvrit d'environ cinquante centimètres, puis éconduisit le visiteur.

« Ravi d'avoir fait votre connaissance, lança-t-il d'un ton ironique comme le malheureux s'éloignait, clignant les yeux dans le soleil. Revenez me voir un de ces jours ! Au siècle prochain, par exemple. Au revoir. »

Giulia, assise sur les marches de l'église dont elle n'avait pas bougé de toute la journée, prit discrètement une photo de Menzies en train de faire un geste d'adieu qui semblait amical. Elle n'avait aucune raison d'agir ainsi, sauf qu'elle s'ennuyait à périr, n'ayant cessé jusque-là de se demander si elle était faite pour la carrière de policier, lorsque enfin il s'était passé quelque chose. Ensuite, elle griffonna quelques notes très précises, n'omettant aucun détail.

Pour la seconde fois en deux jours, Argyll rentra en espérant que, comme promis, il allait passer une soirée tranquille avec Flavia. Ayant l'impression qu'ils n'avaient pas eu le temps de pratiquer l'art de la conversation depuis des semaines, il craignait qu'ils ne deviennent complètement rouillés s'ils ne s'exerçaient pas un tant soit peu. Comme il était en retard, il s'attendait qu'elle soit déjà là. Il se trompait. Cependant, il y avait quelqu'un dans l'appartement.

« Dieu du ciel ! s'écria-t-il d'une voix blanche, que diable faites-vous là ? »

Une petite dame élégante, à la fin de la cinquantaine, était tranquillement assise sur le divan près de la fenêtre. Charmant visage rieur, empreint de bonté. L'une de ces rares personnes sachant vieillir avec grâce. Un rien réservée, peut-être, mais d'un commerce agréable. L'air honnête. Quelqu'un à qui on donnerait le bon Dieu sans confession.

Preuve qu'il est ô combien ridicule de fonder son jugement sur l'apparence physique. Il devait se rappeler de signaler ce point aux étudiants. C'était là un aspect important – tout à fait erroné d'après son expérience – de la théorie artistique du XVIIe siècle. Mary Verney, la criminelle au doux visage, en était la preuve vivante, il était assez bien placé pour le savoir.

« Jonathan ! s'exclama la visiteuse en se levant de son siège pour aller à sa rencontre, la main tendue et un radieux sourire aux lèvres. Quel plaisir de vous revoir !

— Je ne puis en dire autant, grogna-t-il, agacé. Comment osez-vous… ?

— Diable ! fit-elle en balayant d'un geste ses protestations, je ne pouvais guère espérer être accueillie à bras ouverts, je présume. Mais le passé est le passé…

— Pas du tout.

— Oh ! Jonathan… Ne montez pas sur vos grands chevaux !

— Madame Verney, vous êtes une menteuse, une voleuse et une meurtrière. Vous vous êtes débrouillée pour que je me retrouve pieds et poings liés. D'accord. Vous ne pouvez donc pas espérer que je sois ravi de vous revoir, n'est-ce pas ?

— Eh bien ! répondit-elle, déconcertée, si vous le prenez ainsi…

— En effet. C'est normal. Ne soyez pas ridicule.

— Je suppose que vous n'avez pas mis Flavia au courant de cette petite affaire ?

— Pas exactement.

— Je me suis demandé pourquoi elle avait tellement envie de me voir, dit Mme Verney en fronçant les sourcils. Une vieille petite dame inoffensive comme moi… »

Argyll poussa un grognement ironique.

« Vraiment, je vous assure. Je me contente de

m'occuper de bonnes œuvres et d'effectuer des réparations au château.

— Grâce à de l'argent mal acquis.

— De l'argent mal acquis ? Jonathan ! Vous parlez parfois comme un personnage de roman victorien. Mais si c'est là votre point de vue, d'accord. Grâce à de l'argent mal acquis. Et c'est une occupation à temps plein. »

Il grogna de nouveau.

« Alors pourquoi êtes-vous là ?

— Du gin, s'il vous plaît. Avec du Schweppes, si vous en avez.

— Plaît-il ?

— J'ai cru que vous me demandiez ce que je voulais boire.

— Non. »

Elle lui fit un gentil sourire. Je sais que ce n'est pas facile, mon cœur, semblait-elle dire. Argyll, qui la trouvait plutôt sympathique, même si c'était un véritable monstre d'infamie, céda et se répandit en politesses.

« Avec de la glace ?

— Oui, s'il vous plaît. »

Il prépara la boisson et la lui tendit.

« Bien, reprit-elle, que les choses soient claires ! Si je suis ici, ce n'est pas de mon plein gré. En venant à Rome, je n'avais pas le moindre désir de vous revoir ni l'un ni l'autre. Je n'espérais guère un accueil chaleureux, de votre part, en tout cas. » Elle leva la main pour l'empêcher de l'interrompre. « Je ne vous le reproche pas le moins du monde. Mais Flavia m'a téléphoné pour m'inviter à boire un verre. Vu les circonstances, je ne pouvais pas refuser.

— Quelles circonstances ?

— Elle avait pris la peine de découvrir que j'étais à Rome. Ce qui signifie que je suis fichée. Et je ne veux pas faire perdre son temps à la police même si j'ai cru bon de confirmer à Flavia que j'étais ici en vacances. Pour qu'elle puisse se consacrer à la capture des vrais voleurs.

— Vous êtes une vraie voleuse.

— Jadis, cher ami, jadis. Ce n'est plus du tout le cas. Je vous l'ai dit : j'ai pris ma retraite.

— Je ne sais pas pourquoi mais j'ai du mal à le croire.

— Écoutez, répondit-elle calmement, je suis en vacances. Absolument rien de suspect. J'espère arriver à vous convaincre. Si j'y parviens, je suis persuadée que votre côté moralisateur disparaîtra et que vous redeviendrez humain.

— Moralisateur ? Moi ? Vous débarquez à l'improviste...

— Je sais. Vous êtes sous le choc...

— Vraiment ? s'écria joyeusement Flavia en entrant dans la pièce, chargée de deux bouteilles de vin et d'un paquet de pâtes. À cause de quoi ?

— De la joie de me revoir, répondit sans ciller Mme Verney.

— En effet, fit Flavia. N'est-ce pas charmant ?

Quand j'ai découvert que Mary Verney était en ville, j'ai pensé que ce serait agréable de... »

Mme Verney sourit.

« Et me voici. Je suis enchantée de vous revoir tous les deux. Je suis impatiente de connaître toutes les nouvelles vous concernant. Comment allez-vous ? Vous vous êtes mariés ?

— On se marie cet automne, dit Flavia. C'est ce qui est prévu.

— Félicitations, mes chers enfants ! Félicitations ! Il faut que je vous envoie un cadeau de mariage. Mes vœux de bonheur à tous les deux.

— Merci. Aimeriez-vous dîner avec nous ? Sauf si vous êtes déjà prise...

— Avec grand plaisir. Mais j'allais vous inviter. S'il y a un restaurant potable dans le coin.

— C'est très gentil à vous. Pourquoi pas ? »

Elles échangèrent un sourire absolument hypocrite. Argyll les regarda toutes les deux d'un air furieux.

« Moi, je ne suis pas libre, hélas ! dit-il, faussement marri, en tapotant la pile de copies providentielles près de lui. Consigné au quartier. »

S'ensuivirent cinq minutes d'efforts pour le persuader. Il fut traité de vieux rabat-joie, mais il tint bon. Il finit par les expédier au restaurant voisin où lui et Flavia avaient l'habitude de dîner les soirs où préparer le repas était au-dessus de leurs forces. Lui mangea un triste plat de pâtes puis passa deux heures à corriger ses copies. C'était loin d'être une soirée idéale et pas du tout celle qu'il avait prévue, mais, comparée à l'autre option, elle lui paraissait tout à fait idyllique.

Le repas fut agréable, aucun doute là-dessus. La charmante petite trattoria offrait une nourriture simple mais délicieuse dans une ambiance de familiarité et de courtoisie, mélange heureux qu'on ne trouve, semble-t-il, que dans les restaurants italiens. Les deux femmes bavardèrent avec entrain du début à la fin, épuisant peu à peu un fonds de ragots, telles des amies se retrouvant après une longue séparation. Flavia passa même un très bon moment. Ce ne fut pas le cas de Mary Verney.

Elle était en fait terriblement inquiète. Elle ne pouvait guère s'attendre que la police italienne ne fût pas au courant de son arrivée, mais elle avait compté sur les querelles de territoire, la bureaucratie et le manque de personnel pour retarder le moment fatidique. Elle avait tout mis en œuvre pour passer inaperçue, préférant le train à l'avion – les contrôles sont plus sévères dans les aéroports que dans les gares –, évitant d'utiliser sa carte de crédit, etc. L'inscription à l'hôtel avait dû la trahir. Bizarre... Elle avait cru que de nos jours on ne se souciait plus d'effectuer ce genre de vérification. Elle se trompait apparemment. C'était peut-être à cause de l'informatique. Elle devait se rendre à l'évidence : elle vieillissait.

Sa présence n'avait pas été portée à l'attention des policiers, disons une semaine après son arrivée, mais dès le premier jour, et ils n'avaient pas ménagé leur peine pour qu'elle le sache. À l'évidence, Flavia ne connaissait pas le but de sa présence à Rome, mais on la surveillerait, ce qui était extrêmement gênant.

De retour dans sa chambre d'hôtel, elle se servit un whisky et s'abîma dans ses réflexions. Elle était déjà descendue au Borgognoni en 1973. C'était un hôtel idéal, encore plus agréable aujourd'hui après un changement de propriétaire et une nouvelle décoration. Auparavant, il n'était que charmant et luxueux et possédait surtout l'avantage inestimable d'être situé à quelques minutes à pied de la galerie de peinture du palais Barberini. Puisqu'elle était alors venue à Rome dans l'intention de voler un tableau de cette galerie – un Martini, petit mais adorable, qu'elle aurait volontier gardé pour elle –, ce n'aurait pu être plus commode. Mais le détail qui la fit pencher en faveur de l'hôtel, comme lors de sa première visite, c'est le nombre de sorties qu'il offrait. Sur le devant, sur le côté, à l'arrière. Pour les clients, les employés et les livreurs. Elle avait toujours exigé ce genre de disposition quand elle était en mission, au cas où elle devrait filer à l'anglaise. Comme aujourd'hui.

Elle donna donc un coup de téléphone, prit rendez-vous et s'esquiva par la porte de derrière, après s'être changée et avoir vidé son verre. Tout en traversant Rome à pied en direction de l'hôtel Hassler, elle maudissait le sort une fois de plus. Elle avait sincèrement voulu prendre sa retraite. Pendant plus de vingt-cinq ans, elle avait volé des tableaux sans se faire prendre. Une seule fois, elle avait bien failli être pincée – une fois de trop. Elle s'était donné une règle dans sa jeunesse et était déterminée à ne l'enfreindre sous aucun prétexte : ne jamais, jamais, prendre de risques. Elle avait compté ses gains, s'était débarrassée des derniers objets compromettants en sa possession, décidée à vieillir dans la sérénité et le confort.

Mais, trois semaines auparavant, sa bru lui avait téléphoné, plus hystérique que jamais. Elle n'avait guère de rapport avec cette idiote et ne comprenait pas pourquoi son fils, homme en principe très raisonnable, avait décidé d'épouser une telle enquiquineuse. Toutefois, malgré son manque de jugeote, c'était une excellente mère. Mary Verney était contrainte de lui reconnaître cette qualité. Louise, âgée de huit ans, était la seule personne de la famille dont Mary raffolait, la seule qui eût du caractère. On le voyait dans ses yeux. Quelle adorable enfant ! Le cœur de Mary, en général bien trempé, fondait dès qu'elle pensait au petit monstre.

Comment Kostas Charanis avait-il réussi à le deviner, elle l'ignorait. Il lui avait confié une mission, il y avait de ça plus de trente ans, et c'était la première fois qu'une relation de travail n'était pas restée que professionnelle. Il l'avait payée et elle avait fourni le tableau demandé. L'année suivante, elle avait passé beaucoup de temps en sa compagnie, en Grèce et sous d'autres cieux. Homme charmant, il faisait preuve néanmoins d'une volonté de fer quand il désirait quelque chose. Comme à l'époque il l'avait désirée elle, au lieu de juger ce trait inquiétant elle l'avait beaucoup apprécié.

Quand, quatre ou cinq mois plus tôt, Mikis, le fils, était apparu à l'improviste pour lui confier une nouvelle tâche, elle avait été aimable mais ferme : Non, merci. Il ne faut jamais raviver les anciennes flammes, ne jamais accepter un travail par sentimentalisme, ne jamais sortir de sa retraite. Elle avait travaillé par nécessité, non par bravade. Maintenant qu'elle n'avait plus besoin d'argent, elle ne voyait aucune raison de prendre le moindre risque.

En outre, elle n'aimait pas Mikis Charanis. Pas du tout ! Il n'avait pas l'intelligence de son père, ni sa subtilité ni sa force de caractère. C'était un fils à papa, un enfant gâté terriblement ambitieux. Elle se souvenait de lui à six ans, la dernière fois qu'elle avait vu Kostas et qu'ils s'étaient dit adieu pour toujours. L'enfant se trouvait dans la rue avec un copain. Ils s'étaient bagarrés, et Mikis avait brutalement attrapé la main de l'autre gamin et lui avait brisé tous les doigts, sans ciller. « Pour lui apprendre », avait-il ensuite déclaré. Même si elle avait été fauchée, et en dépit du souvenir affectueux qu'elle gardait du père, la participation de Mikis à l'entreprise aurait suffi à lui faire décliner l'offre.

Il avait bien pris son refus mais l'avait recontactée

quelques semaines plus tard, se montrant plus insistant. Elle n'eut aucun mal à l'éconduire cette fois encore. Dites à votre père que je suis trop vieille, lui avait-elle répondu. Trouvez quelqu'un de plus agile.

C'est alors qu'il avait kidnappé sa petite-fille. Un matin, sa mère l'avait accompagnée à l'école, la laissant devant le portail. Deux heures plus tard une institutrice avait appelé pour demander de ses nouvelles. Avant même que la police ait pu être prévenue, Mikis avait téléphoné, lui intimant l'ordre de ne contacter aucune autorité. Elle se rappela soudain les doigts brisés et l'expression de son visage.

La fillette est en bonne santé et choyée, expliqua-t-il. Aucun souci à se faire. On lui avait raconté qu'il s'agissait de vacances surprises et qu'elle s'amuserait beaucoup pendant un mois environ. Si tout allait bien. Tout dépendait de Mary Verney. Il s'agissait d'un travail facile.

Mi-furieuse, mi-terrifiée, elle sut tout de suite qu'elle n'avait pas le choix. Elle avait essayé de contacter le père à Athènes pour le supplier, lui laissant message sur message, mais il ne la rappela pas. Elle finit par comprendre qu'il désirait quelque chose coûte que coûte, et la volonté de fer se faisait sentir.

Cette fois-ci, elle n'y trouvait aucun plaisir.

Elle n'avait pas peur du danger si elle était seule en jeu, mais dans le cas présent elle ne pouvait se permettre de prendre le moindre risque. Le jour même, elle conclut l'accord avec Mikis : elle se rendrait à Rome pour s'emparer du tableau qui intéressait tant Charanis, et dès la livraison Louise serait rendue à sa famille.

Elle ignorait encore pourquoi il tenait tellement à cette œuvre. Elle avait effectué quelques recherches après la première visite de Mikis, mais le tableau ne figurait ni dans les guides ni dans les répertoires ou inventaires consultés. Et Mikis n'avait pas daigné le lui dire. Elle avait trouvé certains renseignements sur le monastère, bien sûr, mais ça ne remplaçait pas un examen approfondi.

Le problème, c'était l'urgence. Elle voulait récupérer sa petite-fille au plus vite et Charanis lui aussi était pressé. Ce travail, qu'en temps normal elle aurait préparé au moins six mois à l'avance afin de se donner le maximum de garanties, devait être exécuté en quinze jours. Pis encore, il avait insisté pour qu'elle agisse seule, absolument seule. Elle s'était récriée.

« Écoutez ! Donnez-moi six mois et tout ira comme sur des roulettes. Mais si vous êtes si pressé, eh bien, utilisez des méthodes un rien plus expéditives. Défoncez le portail avec un fourgon, emparez-vous du tableau et filez ! Je n'approuve pas ce genre de procédé mais mon opinion ne doit pas vous retenir. Je connais certaines gens... »

Il avait secoué la tête.

« C'est hors de question. Je veux que le moins de personnes possible soient au courant. C'est pourquoi je vous ai choisie. Si j'avais voulu avoir recours à une bande de cogneurs, j'aurais pu les trouver moi-même. »

Ça, elle en était sûre. Elle bouillait de rage, mais accepta le marché. Puis elle élabora la stratégie la plus efficace et la moins risquée, vu le temps qui lui était imparti. Dans cinq jours, un groupe de pèlerins du Minnesota arriveraient à Rome et, grâce à des relations sur place, prendraient pension au monastère San Giovanni. Mary Verney, alias Juliet Simpson, s'était déjà inscrite dans le groupe par l'intermédiaire d'un ancien contact américain. Elle avait juste besoin d'être là quelques jours à l'avance pour peaufiner sa stratégie et se prémunir contre toute éventuelle complication. En principe ce devrait être facile, du moment que la chance était avec elle.

Moins de vingt-quatre heures après son arrivée, voilà que la chance l'abandonnait… Flavia avait été mise au courant de sa venue et, quoique le dîner se soit déroulé dans une ambiance tout à fait courtoise et détendue, la jeune femme lui avait fait clairement entendre qu'elle serait surveillée. Regardant par la fenêtre tout en finissant son verre, elle vit que l'Italienne avait tenu parole. Elle aperçut, assise à la terrasse d'un café en face de l'entrée de l'hôtel, la même jeune fille qui l'avait suivie sur le chemin du retour. Sa discrétion laissait à désirer, mais peut-être était-ce voulu.

Elle se changea donc et s'esquiva par la porte de derrière. Elle doutait que le service de Flavia ait pour l'heure les moyens d'affecter plus d'un policier à la surveillance de sa personne. Faisant un petit détour, elle gagna le Hassler – hôtel bien plus imposant que le sien, mais elle était en veine d'économies ces jours-ci –, franchit d'un pas vif le seuil, gravit l'escalier et se dirigea vers la chambre 327. Être ponctuelle, selon ses principes. Elle n'était pas de bonne humeur, mais en aucun cas elle le laissait voir.

« Bonsoir, Mikis », dit-elle d'un ton serein lorsque la porte s'ouvrit. Âgé seulement d'une trentaine d'années, l'homme qui l'accueillit, la main tendue, avait déjà de l'embonpoint. Il avait bu et elle constata avec plaisir qu'il était nerveux. Elle sentit une vague de mépris l'envahir.

« Je crains que les nouvelles ne soient pas bonnes », déclara-t-elle sans ambages.

Il se renfrogna.

« Très mauvaises, en fait. Je me suis rendue à la police. On m'avait appelée cet après-midi. Les policiers savaient que j'étais à Rome, et ils s'agitent comme un nid de guêpes. Je considère que c'est votre faute. »

Il fit la grimace.

« Et pourquoi donc ?

— Parce que vous n'êtes qu'un maladroit amateur, voilà pourquoi. Avez-vous mis quelqu'un d'autre au courant ? Pour le tenir en réserve ? Vous êtes-vous vanté auprès de vos amis ? Encore faut-il que vous en ayez… »

Il la fixa du regard.

« Non ! fit-il simplement.

— Vous en êtes sûr ? Vraiment ? Parce qu'une indiscrétion a été commise. Aucun doute là-dessus. C'est la seule explication possible. Et la fuite ne vient pas de moi. »

Il secoua la tête.

« Absolument pas !

— L'affaire est éventée. Il faut abandonner le projet. »

Il secoua de nouveau la tête.

« Désolé, il n'en est pas question.

— Il faut relever le défi sans flancher, hein ? Ça vous est facile de dire ça ! C'est moi qui serai arrêtée. Et si je suis jetée en prison, vous n'aurez pas votre tableau. »

Comme il ne prenait même pas la peine de répondre, elle insista dans l'espoir de lui faire entendre raison.

« Écoutez, je vous ai indiqué ma façon de travailler. Or voilà le genre de situation que j'ai toujours réussi à éviter. Je vous interdis de parler à quiconque de cette affaire et surtout je ne veux pas de vous ici.

— C'est dommage, répliqua-t-il calmement, mais vous n'y pouvez rien.

— Et j'exige que tout soit annulé sur-le-champ ou du moins remis à une date ultérieure. »

Il secoua encore la tête, ouvrit son portefeuille et lui tendit une petite photo représentant une enfant.

« Elle est arrivée ce matin. Qu'en dites-vous ? On la reconnaît bien, à mon avis. »

Elle saisit le cliché et fixa tristement pendant quelques instants le portrait de sa petite-fille. Comme l'exige désormais la tradition dans cette sinistre forme d'art moderne, on voyait au premier plan un exemplaire du journal de la veille dont on distinguait nettement la date. De manière qu'il n'y ait aucune équivoque. Sa tentative de le désarçonner avait échoué. Retour à la case départ.

« Que voulez-vous que je vous dise ?

— Rien. Mais sachez qu'il me faut ce tableau sans tarder.

— Pourquoi votre père ne l'achète-t-il pas ? Il est assez riche, et d'ailleurs ça ne doit pas coûter les yeux de la tête. »

Il sourit avec indulgence.

« Ce tableau vaut une véritable fortune si on sait quoi en faire, et il n'est pas à vendre. C'est donc la seule façon de se le procurer.

— Mais pourquoi y tenez-vous tellement ? Il n'a rien d'extraordinaire. Je pourrais vous en acheter un de bien meilleure qualité dans une galerie sans prendre autant de peine.

— Mêlez-vous de ce qui vous regarde. Votre travail consiste à vous en emparer. Vous n'avez pas besoin de savoir pourquoi je le veux. Et vous allez me le rapporter. Je vous fais entièrement confiance. Alors, inutile de perdre du temps à palabrer. Vous êtes chargée d'une mission et vous avez intérêt à l'accomplir. »

Elle s'en alla cinq minutes plus tard, folle de rage mais impuissante. Une situation de ce genre était nouvelle pour elle et, une fois de plus, elle sentit que l'âge la rattrapait inexorablement. Elle avait l'impression d'être seule au monde et de devoir compter sur ses propres forces, qui, elle le découvrait aujourd'hui, n'étaient plus à la hauteur.

Elle devenait agressive, inutilement sans doute, mais il lui fallait passer ses nerfs sur quelqu'un. Si elle avait été un homme, elle serait allée se soûler dans un bar et aurait fini par déclencher une bagarre. Au lieu de ça, elle s'en prit à la seule personne qu'elle connaissait vaguement et qu'elle avait sous la main. Quand elle rentra à l'hôtel par la porte de derrière, elle traversa le vestibule, ressortit par la porte principale et gagna le café de l'autre côté de la rue.

« Veuillez m'excuser », dit-elle à la jeune femme toujours occupée à lire son livre. Mary nota avec satisfaction l'expression d'inquiétude sur le visage de la malheureuse quand elle comprit ce qui se passait.

« Oui ?

— Vous devez être une collègue de Flavia, j'imagine.

— Comment ?

— Vous m'avez filée toute la soirée et vous avez l'air de vous ennuyer à périr avec ce bouquin. Auriez-vous envie de monter boire un verre dans ma chambre ? Vous pourriez ainsi me surveiller confortablement installée.

— Eh bien !...
— À votre guise. Mais comme il est probable que nous devrons nous supporter pendant un certain temps, j'ai pensé qu'il valait mieux que je me présente officiellement. Ainsi, demain nous nous dirons bonjour naturellement au lieu de faire semblant de ne pas nous connaître.

— Je ne pense pas...
— Je pourrais aussi vous fournir mon itinéraire de la journée afin que vous sachiez où aller si vous me perdez. Vos efforts pour passer inaperçue sont si ridicules...

— Écoutez...
— Quoi donc, ma petite ? Au fait, comment vous appelez-vous ?

— Giulia Contestanti.
— Quel joli nom !
— Merci, mais restons-en là...
— Pourquoi donc ?
— Parce que ça vaut mieux.
— Ah ! Je ne suis pas censée savoir que vous me suivez, n'est-ce pas ? Ne vous en faites pas ! chuchota Mary en se penchant en avant comme si elles étaient deux complices, je ne dirai rien. C'est promis ! Dois-je en conclure que vous ne voulez pas monter prendre un verre ?

— En effet.
— Dommage. Bon, eh bien, je vais aller me coucher. Je me lèverai à sept heures et sortirai au

moment de l'ouverture des magasins. Vous me verrez faire du shopping dans la via Condotti durant presque toute la matinée. J'ai besoin d'une paire de chaussures. Je vous promets de ne pas vous faire un signe de reconnaissance quand je vous apercevrai. Ce sera notre petit secret, d'accord ? Bonne nuit, ma chère petite. »

Et plantant là la pauvre fille rouge de confusion, elle rentra se coucher.

4

Le lendemain matin, Argyll, boudeur, mangeait ses toasts sans entrain lorsque Flavia entra dans leur petite cuisine après sa douche. Elle lui jeta un coup d'œil, histoire de jauger son humeur, puis se fit un café et s'assit à la table.

Il y eut un long silence.

« Qu'est-ce que tu as ? finit-elle par demander.

— Rien.

— Si, si, il y a quelque chose. »

Il mastiqua encore quelques instants, puis hocha la tête.

« C'est vrai. Il y a quelque chose. Pourquoi as-tu invité cette femme à boire un verre ?

— Mary Verney ? Je croyais que tu l'appréciais.

— Non.

— Raison professionnelle.

— Laquelle ?

— Coup de semonce. Juste pour lui signaler que

nous savons qu'elle est là. Il y a un certain temps que j'ai l'intention de te poser des questions sur elle. »

Il émit un petit reniflement évasif.

« Dois-je en conclure que dans l'affaire Giotto elle n'était pas aussi innocente que l'affirmait mon rapport ? »

Argyll fit un vague hochement de tête.

« Je suppose, commença-t-il en hésitant, que je devrais te mettre au courant puisque tu poses la question… »

Elle leva la main.

« En effet. Mais il vaudrait mieux que tu n'en fasses rien. On a récupéré les tableaux et bouclé le dossier à la grande satisfaction de tout le monde. Si elle était plus impliquée et si elle en savait davantage qu'elle l'a laissé entendre alors, il est sans doute préférable de passer la chose sous silence, sinon je serai forcée de faire un rapport. Es-tu d'accord avec moi ? »

Il opina du chef.

« Si je suggérais, reprit-elle, qu'elle était retorse et fausse comme un jeton, te sentirais-tu obligé de défendre son honneur ? »

Il secoua la tête.

« C'est ce que je pensais. Je n'ai jamais été entièrement convaincue par sa version des faits.

— Réellement ?

— Non, mais on a récupéré les peintures, et c'est tout ce qui m'intéressait. Garde le reste pour toi. J'ai du mal à croire qu'elle soit ici en touriste. »

Il haussa les épaules.

« Je n'en sais rien. J'ai l'impression qu'elle est à l'aise financièrement. Et ça sonnait plutôt juste quand elle a affirmé se sentir trop vieille pour continuer... Que vas-tu faire ?

— Rien. À part lui filer le train, mettre son téléphone sur écoute, lire son courrier et ne jamais la quitter des yeux.

— Elle s'en rendra compte.

— C'est le but... Elle m'affirme qu'elle est ici en vacances. Je ne demande qu'à la croire. Je veux juste m'en assurer.

— C'est pour ça que tu es encore rentrée tard l'autre soir ? »

Elle soupira. Voilà donc pourquoi il était si ronchon. Elle le comprenait, mais elle aurait souhaité qu'il se montre un peu plus compréhensif. Qu'était-elle censée faire ? Rester à la maison pendant qu'on volait des objets d'art autour d'elle ?

« Non, fit-elle d'un ton patient. On avait reçu un tuyau à propos d'un éventuel cambriolage. Dans un monastère. J'ai dû y aller pour avertir les moines. Tu sais, il manque du personnel depuis que...

— Je sais. Les coupes dans le budget.

— Oui, c'est la vérité. Je ne traîne pas dans les rues la nuit pour mon plaisir, crois-moi.

— Ravi de l'apprendre. Je devrais y être habitué, de toute façon.

— Ne joue pas les martyrs.

— Je suis un martyr.
— Cesse de râler ! C'est mon boulot. J'en ai un peu marre, moi aussi.
— Ah bon ? Pourquoi donc ?
— Bottando s'en va.
— Où va-t-il ?
— Il quitte son poste, tout simplement. On l'a promu. Contre son gré. Apparemment c'était ça ou perdre du galon. »

Il posa son toast d'un geste brusque.

« Bonté divine ! Ç'a été rapide, non ? Que s'est-il passé ?
— Un *coup d'État**, semble-t-il. Il part dans deux mois, pour prendre la tête de quelque euro-organisme inutile grâce auquel le nombre de vols d'objets d'art va probablement doubler dans les années à venir.
— Tu as l'air très sûre de ce que tu avances. Est-ce qu'il n'a pas l'intention d'empêcher l'instauration de cet organisme ?
— Il affirme qu'il ne peut rien faire.
— Nom d'un chien ! Qui va le remplacer ?
— Il reste théoriquement le patron, mais il m'a proposé la gestion quotidienne du service. Au cas où je n'aurais pas envie de le suivre, en fait.
— Ça te plairait de diriger le service ?
— Je n'en sais rien. Est-ce que j'ai envie d'être

---

* Les mots en italique et suivis d'un astérisque sont en français dans le texte. *(N.d.T.)*

responsable des opérations et que tout dépende de moi ? Je ne le crois pas. Est-ce que je veux me retrouver sous les ordres de Paolo ou de quelqu'un venu de l'extérieur ? Non. Ça non plus.

— Tu veux que rien ne change. »

Elle hocha la tête.

« Mais c'est impossible, poursuivit-il. Alors que vas-tu faire ?

— Je n'y ai pas réfléchi, répondit-elle en haussant les épaules.

— Et si tu l'accompagnais, qu'est-ce que ça impliquerait ?

— De rester assise dans un bureau de neuf heures à cinq heures pour organiser le travail. De rentrer à la maison tous les soirs à six heures. Pas de courses folles dans les rues tard le soir. Un énorme salaire, exempté d'impôts.

— Le rêve de toute personne sensée, non ?

— En effet. »

Il hocha la tête tout en réfléchissant au dilemme.

« Hmm. Tu es tentée d'accepter ?

— Je pourrais ainsi passer davantage de temps avec toi.

— Ce n'est pas ce que je t'ai demandé.

— Oh ! Jonathan, je n'en sais rien. Je suppose que tu penses que je devrais choisir la vie peinarde.

— Je n'ai pas dit ça. Bien sûr, j'aimerais assez te voir de temps en temps.

— C'est bien ce que je pensais.

— Mais si tu accompagnes Bottando, tu risques de te retrouver avec un boulot rasoir qui te rende folle, même si tu roules sur l'or. Quand dois-tu donner ta réponse ?

— Il m'accorde une semaine.

— Alors réfléchis-y d'ici là, et je vais y penser de mon côté. Bon, changeons de sujet ! À propos de ce monastère, as-tu déjoué les projets des truands ? Et d'abord, de quel monastère s'agit-il ?

— San Giovanni. Sur l'Aventin.

— Je le connais.

— Vraiment ? » Sa connaissance de la ville ne cessait de l'étonner. Elle, elle n'en avait jamais entendu parler auparavant.

« Il possède un prétendu Caravage.

— En cours de restauration.

— Ah bon ? Qui fait le travail ?

— Un certain Dan Menzies. Tu sais qui c'est ? »

Argyll hocha vigoureusement la tête.

« Le rottweiler de la restauration.

— Ça vaut donc une fortune ?

— Oui, si c'est bien un Caravage et si Menzies n'en fait pas un Monet. Autant qu'il m'en souvienne, le sujet est un peu lugubre pour l'acheteur de tableaux volés moyen.

— Qu'est-ce qu'il représente ?

— Le supplice de sainte Catherine sur la roue. Un tantinet morbide. Aucune chance qu'il s'agisse d'une œuvre du Caravage, qui n'était guère un homme à femmes. Les collectionneurs privés préfèrent d'habitude des sujets plus gais, non ? Tournesols, tableaux impressionnistes, ce genre de trucs. Les sujets religieux baroques ne font pas très bon effet dans une salle à manger. Ça coupe l'appétit. Sans parler des dimensions : pour le faire sortir, il faudrait utiliser un camion de déménagement.

— Bon. Quelle est l'histoire de ce Menzies ?

— Rien de particulier, autant que je sache. Grande gueule, hurlant si fort qu'on l'entend à des kilomètres à la ronde, mais il est possible qu'il fasse plus de bruit que de mal. Je ne l'ai jamais rencontré. Je n'en sais pas plus. Tu le crois de mèche avec quelqu'un, c'est ça ? Il aurait précisé que le tableau a été enlevé de son cadre, si bien que les voleurs peuvent entrer et rouler prestement la toile ?

— Non, fit-elle avec un haussement d'épaules. Mais c'est vrai que si quelqu'un voulait piquer le tableau avant qu'il soit replacé dans son cadre, il lui faudrait connaître le meilleur moment pour passer à l'action.

— Alors il faut filer Menzies, le mettre sur écoute, ce genre de trucs.

— On n'a pas le personnel. »

Le premier problème que Flavia eut à régler en revenant au bureau fut la crise de confiance dont souffrait Giulia. Au moins, cela lui évita de penser aux importantes décisions à prendre concernant sa carrière.

« Ah ! Arrêtez de faire tant d'histoires ! s'écria-t-elle avec humeur lorsque Giulia lui raconta sa rencontre au café avec Mme Verney, avant d'éclater en sanglots. Vous n'êtes pas la première à qui ça arrive, et c'est en partie ma faute, j'aurais dû vous dire qu'elle est un peu plus complexe qu'elle en a l'air. Bon, maintenant, cessez ce raffut ! »

Flavia se tut. Elle se rendait compte à quel point elle devait ressembler à Bottando aux yeux de la pauvre fille. Mais son chef aurait réussi à paraître un rien plus paternel, ce qui était hors de sa portée. Normal que Giulia soit bouleversée. Pour une fois qu'on lui avait permis de sortir du bureau depuis son arrivée après sa formation de base ! N'étant pas encore tout à fait au niveau, ce devait être très déprimant qu'on lui mette ainsi son incompétence sous le nez.

« Allez donc rédiger votre rapport de la journée et peut-être ensuite tenterez-vous un deuxième essai. C'est juste un coup à prendre. Ne vous en faites pas ! Qui la file en ce moment ?

— Personne.

— Dieu du ciel ! s'écria Flavia avant de se lever et d'attraper son sac. Où est-elle ? À son hôtel ? »

Giulia jeta un coup d'œil sur sa montre.

« Elle a dit qu'elle irait faire les magasins et qu'on la trouverait dans la via Condotti la plus grande partie de la matinée. »

Grommelant entre ses dents que le mode de fonctionnement de ce service de police était grotesque,

Flavia sortit du bureau pour prendre le relais. « Demandez à Bottando de trouver quelqu'un pour me remplacer durant l'heure du déjeuner. S'il est dans les parages. » Elle appellerait plus tard pour indiquer l'endroit où elle se trouvait.

Elle découvrit Mary Verney en train d'essayer une paire de mocassins assez chers dans un magasin de chaussures, et une petite grimace suggérait qu'ils n'étaient pas tout à fait à la bonne taille.

« C'est vous qui me suivez ce matin ? demanda Mary après avoir attiré l'attention de Flavia par un geste de la main.

— En effet. *Faute de mieux**.

— Formidable ! J'espère que vous n'allez pas faire semblant de ne pas me connaître.

— Ce n'était pas très gentil de votre part d'agir ainsi hier soir, déclara Flavia d'un ton grave. Ce matin, la pauvre petite était en larmes. Elle est toute jeune, vous savez.

— Vous m'en voyez désolée, répondit Mary Verney, l'air tout à fait sincère. J'étais de mauvaise humeur et j'avais envie de passez mes nerfs sur quelqu'un. Je n'avais personne d'autre sous la main. Je lui présenterai mes excuses plus tard. Mais je dirais que ce n'est pas très gentil à vous de me faire filer ainsi. Personnellement, j'estime que je mérite un meilleur traitement.

— Pas du tout ! Si vous faire arrêter n'aurait pas été très gentil, vous garder à l'œil est une simple mesure de bon sens.

— En tout cas, nous n'allons pas jouer à cache-cache toute la matinée. Si vous me tenez compagnie, vous allez pouvoir m'aider. Vous êtes tellement mieux habillée que moi. J'ai besoin d'un beau manteau. Rien de trop fantaisie, vous voyez. Ni trop cher. Quelque chose qui soit en harmonie avec mon âge et avec la campagne du Norfolk. Je souhaite me fondre dans le paysage. Que suggérez-vous ? »

Flavia recommanda une boutique dont sa mère était cliente les rares fois où elle venait à Rome. Elle était un rien plus corpulente que Mme Verney et un peu plus âgée, mais beaucoup plus coquette. On pourrait toujours commencer par là. Elle mena la marche lorsque, après avoir essayé plusieurs autres paires de chaussures, Mme Verney renonça à en trouver une alliant l'élégance au confort. Ce genre d'article ne court pas les rues.

« Que cette ville est chère ! s'exclama Mary tandis qu'elles avançaient sur le trottoir. Je ne sais pas comment vous y arrivez, chère amie. Après tout, j'imagine que vous n'êtes pas grassement payée.

— On se débrouille.

— J'étais ravie de constater que vous et Jonathan étiez toujours ensemble. Quand allez-vous convoler, déjà ?

— Cet automne. C'est ce qui est prévu.

— J'en suis enchantée. Je suppose qu'il serait présomptueux de ma part d'espérer une invitation à la noce.

— Probablement. »

Mary Verney poussa un soupir de dépit.

« Je m'en doutais. M'en voulez-vous beaucoup ?

— Non. Mais parce que j'ai pris le soin d'éviter de chercher à savoir officiellement ce qui me forcerait à vous en vouloir.

— Mais vous ne me faites plus confiance ! »

Flavia fit un sourire contraint. Il était difficile de rester très longtemps en colère contre Mary Verney.

« Je ne vous fais aucune confiance. Je ne sais pas pourquoi vous êtes à Rome. Peut-être votre explication tient-elle debout. Après tout, même les voleurs ont droit à des vacances. Mais j'en doute.

— C'est ma faute. Mais cette fois-ci vous pouvez me croire sur parole. Je vous le jure. »

Elles consacrèrent donc le reste de la matinée au shopping. Mary Verney acheta un manteau, qu'elle jugea parfait, une paire de chaussures, dont elle n'avait pas besoin mais dont le grand confort la séduisit, ainsi qu'un sac à main en cuir hors de prix mais si adorable. Elle se dirigea ensuite vers un restaurant où, malgré la lenteur du service, Flavia fut bien forcée de reconnaître qu'elles passèrent un moment délectable. Mary commanda un petit cognac tandis que Flavia allait téléphoner pour demander à être remplacée. Ce n'était certes pas la filature discrète envisagée, mais elle ne pouvait plus rien y faire. Jugeant qu'il valait mieux éviter d'aggraver ses problèmes de personnel, elle dispensa Giulia de finir la rédaction des rapports.

« Oh ! Ne vous préoccupez pas de ça, répondit-elle d'un ton las quand Giulia lui demanda où elle devait prendre la relève. Nous sommes chez Al Moro. Venez-y directement. »

Elle regagna leur table. Mary Verney arborait un air espiègle. Elle avait réglé l'addition.

« Voulez-vous donc qu'on m'inculpe pour corruption ? Depuis quelque temps on a les barbouzes sur le dos. Je vous ai dit que...

— Il ne s'agit pas que d'une addition, quoique plutôt salée. Ne vous en faites pas. Votre nom n'apparaît nulle part. C'est moi qui régale.

— Je ne veux pas être régalée.

— Mais vous le méritez. Après tout, vous venez de passer trois heures à m'accompagner dans les magasins...

— C'était un plaisir.

— On y va ?

— Non. Il nous faut attendre Giulia. Ce sera votre chaperon, cet après-midi.

— Merveilleux ! Quelle idéale façon de voyager ! J'aurais dû y penser il y a des années.

— Ce n'est pas une procédure habituelle. Ah, voici Giulia, poursuivit-elle comme la stagiaire arrivait et s'approchait prudemment de leur table, les sourcils froncés et la mine un rien perplexe.

— Il me semble que je vous dois des excuses, Giulia. Flavia m'a beaucoup reproché la manière cavalière dont je vous ai traitée hier soir.

— Oh, ce n'est pas grave, répondit la stagiaire, surprise mais bien élevée.

— Parfait ! Bon, il est temps que vous rentriez travailler, Flavia. Giulia et moi passerons un agréable après-midi ensemble. Je pense aller rendre visite à des vieux amis antiquaires. Certains d'entre eux sont un peu... Giulia, peut-être accepterez-vous d'être ma nièce pour un après-midi ? On veut éviter de faire peur à quelqu'un, n'est-ce pas ? »

Flavia eut du mal à ne pas sourire en voyant l'air gêné et décontenancé de Giulia.

« Amusez-vous bien !

— On va se gêner ! » répliqua Mary Verney. Giulia ne semblait pas en être aussi certaine.

N'ayant rien de mieux à faire ce matin-là, Argyll traversa toute la ville pour gagner le monastère San Giovanni afin de rendre visite à Dan Menzies et au Caravage. Ce n'était guère nécessaire, mais tout au fond de son esprit reposait la vague idée qu'en furetant autour du tableau il pourrait peut-être, pourquoi pas ? subodorer quelque chose. S'il mettait alors par écrit ses découvertes – peu importait si c'était un Caravage ou non –, il n'était pas impossible qu'il puisse en tirer une petite publication. C'était aussi l'occasion de se mêler du dossier de Flavia. Il ne devrait pas, bien sûr, mais la perspective lui permettait de varier son menu. Enseigner et corriger des copies, d'accord, mais on ne peut en attendre des flots d'adrénaline. Sauf, naturellement, lorsque dans un amphi de soixante-dix étudiants on s'aperçoit qu'on a oublié ses notes… Et même alors il n'est pas certain que quelqu'un s'en rende compte.

En outre, il faisait un temps superbe. Le soleil brillait, et l'extrême complication de l'itinéraire des autobus décourageait d'en attendre un dans la pollution. L'agréable trajet le mit d'excellente humeur. Il traversa le fleuve en passant par l'île Tibérine, puis fit un léger détour pour parcourir les plus jolies parties de l'Aventin avant de grimper la butte et de s'enfoncer dans les rues et les ruelles en direction de l'entrée étonnamment discrète du monastère San Giovanni. En général, le style baroque n'est pas associé à l'humilité spirituelle, mais l'architecte avait malgré tout réussi ce tour de force. L'encadrement du portail en terre cuite effritée possédait les rosettes, volutes et autres torsades de rigueur, mais la décoration avait été exécutée à petite échelle, presque comme s'il s'agissait de l'entrée d'une maison particulière plutôt modeste. Le portail lui-même était très armé afin d'empêcher la corruption du monde extérieur d'envahir les lieux. Le chêne massif, décoloré par le soleil, était renforcé par un réseau de larges clous d'acier, et le petit guichet du portier, protégé par de gros barreaux de fer. Seule touche de modernité : une sonnette électrique fichée dans le stuc et au-dessus de laquelle on avait fixé une carte postale. « Ordre de Saint-Jean-de-Piété » y était écrit en plusieurs langues. Argyll appuya sur le bouton.

Il avait vaguement espéré entendre un bruit de pieds qu'on traîne, suivi d'un grincement quand le guichet s'ouvrirait pour laisser entrevoir un vieux moine marmonnant, courbé et tonsuré. Il n'y eut cependant aucun de ces détails pittoresques, juste un simple bourdonnement suivi d'un cliquetis lorsque le dispositif électrique déclencha l'ouverture du portail. Bonjour le monde moderne ! se dit Argyll, en poussant le battant. Adieu le romantisme !

C'est l'un des grands charmes de Rome de pouvoir surprendre même un vieux résident très observateur. N'importe quelle rue de la ville, la plus minable, voire la plus sordide, quel que soit le quartier, peut receler, dissimulé dans un coin sombre et constamment côtoyé par les passants, un petit joyau qui attend qu'on s'extasie devant lui. Par exemple, une chapelle Renaissance de la taille d'une boîte de jouets, coincée par un promoteur au beau milieu d'une énorme résidence sans grâce ou transformée par hasard en pivot de rond-point. Ou les restes d'un palais romain nichés entre un parking de camions et une voie de chemin de fer. Ou peut-être un édifice Renaissance divisé en appartements, assailli par les gaz d'échappement et le bruit de la circulation, mais ayant conservé sa délicate cour à colonnades aux pavés moussus et qu'orne une fontaine décorée de statues de nymphes et de déesses dont le tintement accueille chaque soir l'habitant épuisé rentrant au logis après un long trajet.

La maison mère des « Giovannisti » (Argyll avait lu

dans un guide que c'est ainsi qu'on les appelait) était ce genre de trésor. La rue où elle se trouvait était très calme et n'avait rien de particulièrement remarquable. Un ou deux immeubles d'habitation et, de l'autre côté, des terrains vagues envahis par les mauvaises herbes attendant les bulldozers et les archéologues. Une rue qui, a priori, n'intéresse personne.

À part ce qui était peut-être l'un des plus jolis ensembles de bâtiments qu'Argyll ait jamais vus. La version miniature presque parfaite d'un monastère. La chapelle – bien plus ancienne, semblait-il – était surmontée d'un clocher peu élevé, qui cherchait à s'élancer vers les cieux mais manquait d'audace, et flanquée d'une enfilade de constructions où vivaient les moines. On aurait dit une rangée de maisonnettes de campagne d'un seul étage, y compris la cascade de vieilles tuiles vertes et orange. Légèrement décalé se dressait ce qui était sans doute le bâtiment administratif contenant la bibliothèque, les salles de réunion et les bureaux. Le sol irrégulier sur lequel était situé le monastère avait contribué à l'effet particulier, l'architecte ayant disposé ses constructions de manière à tirer parti des accidents du terrain. D'où le caractère très naturel et spontané de l'ensemble, souligné par un entassement de fragments de sculptures antiques dans un coin – à l'évidence mises au jour quand on avait créé le jardin – et rehaussé dans un autre par un parterre très soigné de fleurs d'été. Argyll prit une profonde inspiration et sourit de plaisir.

« Bonjour ! Puis-je vous aider ? »

Il sursauta. Au lieu du vieux moine aux jambes minces comme des bois d'allumettes, traînant ses pieds chaussés de mules en cuir, apparut l'imposante figure d'un homme dont la beauté impressionna Argyll. Mesurant plus de deux mètres, puissamment bâti, tout en muscles et en os, doté du visage ciselé au burin qu'un bon dessinateur aimerait garder dans son atelier pendant un mois ou plus, la peau d'un noir intense rayonnant de santé. Son aspect était rendu encore plus frappant par ses vêtements tout blancs : chemise, pantalon, et même espadrilles de lin. Unique indication de son appartenance au monastère, la petite croix en or pendant à son cou. À côté de lui, Argyll se sentit bien pâle et débraillé, ce qui était l'exacte vérité.

« Ah ! Bonjour... Je m'appelle Argyll. »

L'homme le salua d'un hochement de tête poli, comme s'il attendait de plus amples détails.

« Je suis venu voir M. Menzies. »

Cela ne dura qu'une infime fraction de seconde mais Argyll crut apercevoir sur le visage du moine un minuscule tressaillement paraissant trahir un certain manque de sympathie envers M. Menzies. Mais peut-être pas. Il parlait avec une extrême courtoisie d'une voix profonde et distinguée.

« Je crains que M. Menzies ne soit pas encore arrivé. Accepteriez-vous une tasse de café en attendant ?

— C'est fort aimable à vous, mais j'en ai déjà bu des

litres ce matin. Pourrais-je aller à la chapelle pour voir où il en est ?

— Je vous en prie... Mais je doute que vous aperceviez grand-chose. M. Menzies s'est réservé comme atelier la plus grande partie du transept et en a barré l'entrée. Mais vous pouvez visiter, bien sûr, le reste de l'église, qui est, paraît-il, très joli.

— Ce n'est pas votre avis ?

— Il ne vous a sans doute pas échappé, monsieur, que j'appartiens à une tout autre culture, et cela me touche moins.

— Ah oui !

— Il me semble que la porte doit être ouverte maintenant. On est contraints de la fermer à clé ces jours-ci, voyez-vous.

— Vraiment ? Pour une raison précise ? » Par exemple l'arrivée soudaine d'un trésor, petit mais d'une valeur inestimable, attendant d'être volé ? se demanda Argyll, plein d'espoir.

« Après le cambriolage qui a eu lieu il y a environ un an, la police nous a recommandé de verrouiller les portes si nous ne voulions pas tout perdre. En vérité, je crois comprendre qu'il n'y a pas grand-chose à voler. Mais les policiers nous ont prévenus que tout ce qui peut être emporté le sera. Voilà pourquoi ils ont insisté pour qu'on ferme l'église à clé.

— C'est leur habitude.

— Mais ça ne nous plaît pas, je dois dire. Certains parmi nous trouvent étrange qu'un ordre ayant fait vœu de pauvreté protège ses biens de crainte qu'ils ne soient volés par les pauvres et les nécessiteux. Surtout s'ils n'ont pas beaucoup de valeur.

— Vous avez contre vous là-dessus une grande partie de l'histoire de l'Église.

— C'est ce que je commence à comprendre, répondit le père Paul en hochant la tête.

— Où célébrez-vous vos offices en ce moment, si Menzies a réquisitionné votre chapelle ?

— Oh ! On s'arrange. Dans le réfectoire et parfois dans la bibliothèque. Lieux, je dois l'avouer, bien plus confortables. La chapelle est souvent un peu humide, surtout en hiver. Et comme un grand nombre de nos frères ne sont plus dans la fleur de l'âge...

— Je vois. Les "vêpres siciliennes", c'est ça ?

— Pardon ? » Le moine ne parut pas saisir l'allusion.

« Rien...

— Je vous en prie, attendez dans la chapelle, si vous le souhaitez. Et dites-moi où il en est, voulez-vous ? Il ne tient pas à ce que nous voyions ce qu'il fait. »

Se retrouvant seul dans la petite cour, pour passer le temps Argyll entra dans l'église afin d'examiner les parties laissées accessibles par Dan Menzies. C'était, en vérité, tout à fait charmant, ou aurait dû l'être. À première vue, elle datait du XVe et il restait juste assez d'espace libre pour apprécier l'élégante simplicité de la vieille église qui, malgré ses faibles dimensions, possédait la dignité et l'harmonie de son siècle.

Elle avait bien subi quelques modernisations et transformations au XVII°, mais l'architecte avait fait preuve de retenue. Ni les monceaux de feuilles d'or, ni les nombreux anges et chérubins au plafond, ni les volutes et les torsades à gogo ne parvenaient à déparer la structure originale, constata Argyll avec un certain soulagement. En général ardent défenseur du baroque, il trouvait que les artistes avaient tendance à dépasser la mesure et donnaient aux plus jolis bâtiments un côté très *nouveau riche** romain.

Il jeta un œil aux tableaux et en particulier au Caravage. Non pas qu'il y eût grand-chose à voir puisque seul le cadre était encore accroché au mur, mais cela suffisait à révéler qu'il n'était pas là à sa place. Beaucoup trop grand. C'eût été parfait pour une énorme église, Sant' Andrea della Valle ou Sant' Agnese in Agone par exemple, mais dans celle-ci le tableau devait avoir l'air si vaste, comme introduit là de force, que les murs de la gracile église n'étaient plus qu'un support à la lugubre conception religieuse du peintre. Il devait détonner tel un veuf éploré à un mariage. Et « vaste » était bien le mot : quatre mètres sur deux mètres cinquante, à peu près. Pas facile du tout à voler. Même si aux yeux d'Argyll l'église eût beaucoup gagné à en être débarrassée. En fait, pensait-il, tout en en faisant le tour, ses pas tintant sur les dalles de pierre, le seul tableau bien à sa place est la petite Vierge. Il s'arrêta pour contempler la minuscule peinture accrochée dans une chapelle exiguë au milieu du bas-côté. Le tableau était si encrassé qu'Argyll avait du mal à voir ce qu'il représentait, mais on aurait bien dit une Vierge à l'enfant. C'était une icône très ancienne. Entourée d'un cadre doré descendant jusqu'à la tête et qui suivait ensuite avec naturel la courbe des épaules jusqu'à l'enfant délicatement posé dans les bras de sa mère. Devant se trouvait une rangée de bougeoirs pour les adorateurs. Aucune bougie n'était allumée et il n'y avait ni prière ni requête. Ayant horreur que quelqu'un se sente négligé ou abandonné, il extirpa une pièce de monnaie de sa poche, la laissa tomber dans le tronc, puis prit une bougie et l'alluma avec son briquet avant de la ficher dans le bougeoir placé dans la ligne de mire de l'icône. C'est pour toi, ma chérie, dit-il en pensée.

« Merci, monsieur, murmura une voix féminine, si douce et si inattendue qu'Argyll, sujet de temps en temps à des accès de superstition, faillit sauter en l'air. Je suis désolée de vous avoir fait peur », ajouta-t-elle.

Se retournant, il découvrit une femme d'un certain âge, un balai dans une main et un vieux seau en plastique dans l'autre.

« Non, non. Tout va bien. Je ne vous avais pas entendue venir. Qui êtes-vous ?

— Je fais le ménage de l'église. On me le permet. Nous l'avons toujours fait.

— Nous ?

— Ma famille.

— Ah bon ! »

Il y eut un bref silence tandis qu'Argyll examinait la femme et qu'elle l'étudiait en retour avec une grande et bienveillante curiosité. Courtaude et trapue, elle semblait avoir les deux pieds bien sur terre, très romaine d'aspect en ce sens. Dotée d'un bon visage, elle avait des mains d'ouvrière à cause des longues années passées à les tremper dans des seaux d'eau froide et à récurer les sols en position agenouillée. Elle portait une vieille robe d'intérieur à fleurs protégée par une blouse bon marché et de bizarres chaussons à pompons de velours rose. (Voilà sans doute pourquoi elle avait pu s'approcher de lui sans qu'il l'entende.)

« C'est Ma-Dame », fit-elle en saluant l'icône d'un signe de tête et d'une petite révérence. Bizarre, pensa Argyll. Pas « Notre-Dame ». Était-ce une habitude romaine ? Il ne l'avait jamais remarquée auparavant. « Elle possède de grands pouvoirs.

— Ah oui ?

— Elle protège ceux qui sont bons avec elle et châtie les méchants. Pendant la guerre, les habitants du voisinage se regroupaient dans l'église pour prier et lui demander son aide au moment où les troupes approchaient. Pas une seule bombe n'est tombée sur le quartier.

— Quelle chance !

— Ça n'a rien à voir avec la chance.

— Bien sûr que non, s'empressa de dire Argyll. Elle a l'air un peu, euh... négligée aujourd'hui. »

Elle clappa de la langue en signe de désapprobation et de tristesse.

« Nous vivons dans une époque maudite. Même les prêtres se détournent d'elle, alors comment les autres pourraient-ils mieux se conduire ? »

Argyll commençait à se sentir mal à l'aise, cette sorte de conversation suscitant toujours en lui une vague claustrophobie et le furieux désir d'être ailleurs. Ne souhaitant pas l'encourager à continuer dans cette veine, mais ne voulant pas non plus se montrer impoli, il sautilla sur place et lança évasivement : « Ah ! vraiment ?

— Ils ne laissent plus les gens entrer ici. C'est si triste et ridicule. Avant, l'église était ouverte pour ceux qui voulaient lui demander une grâce. Ou qui souhaitaient la remercier.

— Ah oui ?

— Et aujourd'hui il n'y a que moi qui ai le droit d'entrer. Je m'occupe d'elle...

— B'jour ! » tonna une voix qui retentit dans toute l'église comme un coup de canon tandis qu'un éblouissant faisceau de soleil transperçait la pénombre. Dan Menzies venait de pénétrer dans l'église. « Bonjour, signora, lança-t-il joyeusement à la femme de ménage. Comment allez-vous aujourd'hui ?

— Bonjour, monsieur », répondit-elle poliment avant de ramasser son seau et de s'éloigner pour reprendre son travail. Menzies haussa les épaules et fit la grimace en regardant Argyll. Avec certaines personnes, semblait-il dire, il n'y a aucune communication possible.

« Qui êtes-vous donc ? »

Argyll déclina son identité pendant que le restaurateur sortait un trousseau de clés de sa poche et désignait la palissade érigée d'un côté à l'autre du transept.

« Je vous ai déjà vu. À l'université, n'est-ce pas ? Entrez, entrez donc ! Venez contempler les dégâts que je suis en train de causer, si c'est nécessaire. Vous essayez de prouver que c'est un authentique Caravage ?

— Ou que ça n'en est pas un.

— Ça n'en est pas un, à mon avis.

— Comment pouvez-vous l'affirmer ? »

Il secoua la tête.

« C'est bien le style, mais la qualité laisse à désirer. Même s'il y a eu tant de peinture ajoutée au XIXe qu'il ne reste pas grand-chose de l'original. Pourquoi n'écrivez-vous pas là-dessus ? La destruction de l'art italien au XIXe ? Les restaurateurs de l'époque ont causé davantage de dégâts que les modernes, vous savez. Malgré notre réputation, nous sommes très prudents en comparaison de ce qui se passait naguère.

— Je vais y réfléchir, mais pour le moment je préférerais un sujet plus modeste.

— "Publier ou périr"... Sans publication, pas de titularisation, c'est ça ?

— Pas exactement.

— Le voici, en tout cas. Il n'est pas très ragoûtant

pour le moment, mais j'ai presque terminé, malgré les efforts du père Xavier pour me mettre des bâtons dans les roues. »

Il s'activa sur la serrure puis poussa la porte de la palissade.

« Qui est-ce ?
— Le patron. Il s'est fourré dans la tête qu'on va le leur voler. La police est venue le voir et lui a fichu une frousse bleue. L'imbécile voulait même que je roule la toile tous les soirs dans un placard pour la protéger. J'ai tenté de lui expliquer que c'était impossible, mais vous savez à quel point ces gens-là sont bornés. Franchement, je ne vois pas l'intérêt qu'on aurait à le voler, même s'il était en excellent état. Ce n'est pas du tout ce que j'aime. En tout cas, pas en ce moment. Jetez-y un coup d'œil. Je vais allumer la lumière. »

Argyll attendit devant l'autel dans la fraîche pénombre. Un flot de lumière crue inonda soudain tout le transept. Le choc lui coupa le souffle.

« Seigneur Dieu ! s'écria-t-il.
— Ne soyez pas stupide ! Rien de plus normal ! s'exclama Menzies de l'endroit où il se trouvait, près du commutateur. Vous n'y connaissez donc rien en matière de restauration ?
— Pas grand-chose.
— Eh bien, c'est fort dommage ! Comment peut-on se dire spécialiste des beaux-arts sans connaître le b.a.-ba de la plus importante partie du métier ?
— Tout ce que je sais, rétorqua Argyll, sur la

défensive et en se gardant de dire qu'il avait toujours cru que le travail du peintre était primordial, c'est qu'il donne l'impression d'avoir été l'enjeu d'une bagarre d'ivrognes. Tout cet enduit à la colle…

— Bonté divine, comme je déteste les amateurs ignares ! s'écria Menzies d'un ton exaspéré. Et vous allez poursuivre en exigeant qu'on respecte les désirs du peintre…

— N'est-ce pas le but de la manœuvre ?

— Bien sûr. Si vous connaissez ses intentions. Mais la plupart du temps on n'en sait rien. Ce qu'on a en général, c'est deux mètres carrés de peinture écaillée. Souvent agrémentés d'une épaisse couche de peinture ajoutée par quelqu'un d'autre. Vous ne pensez tout de même pas que le Caravage avait voulu que l'homme qui regarde dans le coin ait des favoris et l'aspect d'un promoteur immobilier du XIXe, n'est-ce pas ?

— Je n'en sais rien.

— Moi si. Ce n'était pas son intention. Or, il y a un siècle, quelqu'un a enlevé ce que le Caravage avait peint pour coller un tout nouveau visage sur le corps. Ça a dû se passer peu de temps après l'arrivée du tableau au monastère.

— Il n'a pas été peint pour l'église ?

— Oh non ! Sûrement pas. Regardez ! Il ne va pas du tout ici.

— D'où venait-il ? » Il n'y avait aucun mal à essayer d'en savoir plus.

« Qu'est-ce que ça peut bien faire ? Je m'en fiche comme de l'an quarante.

— Quelqu'un le saurait-il ?

— Sans doute. Si vous voulez faire des recherches, allez fouiller dans les archives. Elles contiennent des tonnes de paperasse, il me semble. En tout cas, la tête en question, je l'ai effacée et il n'y avait rien dessous. Je vais devoir la remplacer par quelque chose en comptant sur mon intuition. Au pif, si vous préférez. Il faut bien que quelqu'un s'en charge. C'est facile de prôner la restauration minimale, le genre d'inepties que prônent en général les béotiens.

— Mon domaine, c'est plutôt l'histoire de l'art. »

Menzies haussa les épaules.

« Dans ce cas, consultez les archives. Adressez-vous au père Jean. C'est lui le responsable en ce moment, bien qu'il n'y connaisse pas grand-chose, à mon avis. L'expert, c'était le vieux fossile à qui il a succédé. »

Argyll partit à la recherche du père Jean pour lui demander la permission de consulter les archives. L'envie le reprenait. Il brûlait de palper de vieux papiers et de sentir l'odeur de la poussière dans ses cheveux.

Même si, après avoir abandonné Giulia aux bons soins de Mary Verney, Flavia passait un après-midi tranquille à boire un verre en agréable compagnie, elle pouvait légitimement se targuer d'être en train de travailler. Huiler les rouages fait partie intégrante du métier, et dans l'ensemble c'est loin d'être l'aspect le plus déplaisant. De nombreux marchands d'art ont beau être antipathiques et malhonnêtes, ils ont tendance à considérer que, pour présenter une bonne image et acquérir de nouveaux clients, il ne faut pas lésiner sur la conversation, les mets fins et les bons vins. L'aspect mondain avait rebuté Argyll, ce qui expliquait en grande partie la lenteur du déroulement de sa carrière de marchand de tableaux, avant qu'il se réfugie dans l'enseignement. Flavia estimait qu'il avait eu raison. Son moral était monté en même temps que ses revenus et, paradoxalement, il avait vendu davantage de tableaux de son stock qu'auparavant.

Flavia, elle, aimait beaucoup le côté mondain de son travail – autre raison de ne pas se lancer dans les affaires internationales à la suite de Bottando –, du moment qu'elle faisait attention à ses fréquentations. Il est toujours gênant, après tout, d'être obligé de poursuivre en justice quelqu'un qui vous a offert un bon déjeuner quelques mois plus tôt. Mais on n'y peut rien : si on veut tirer le meilleur parti de ses contacts, on est forcé de fréquenter les moins recommandables. Elle était censée agir avec discrétion, passer sur des vétilles comme les infractions fiscales, ou mettre en garde si nécessaire. Par exemple : À votre place j'éviterais de faire des affaires avec Untel pendant quelques mois. Ou bien : Si vous aviez l'intention d'acheter ce Domenichino à la vente aux enchères, la semaine prochaine, il serait prudent de bien réfléchir. Ce genre de conseils.

En échange, elle souhaitait recevoir un flot ininterrompu de renseignements, laissant entendre que s'il se tarissait, elle pourrait par mégarde communiquer à la brigade financière telle petite incartade fiscale, ou organiser une descente dans la galerie à l'instant précis où un client particulièrement important s'y trouvait pour acheter une œuvre majeure.

On se gardait bien d'évoquer ces sujets indécents au moment où le vin était servi ou le café dégusté. C'était sous-entendu et clair pour tout le monde.

Giuseppe Bartolo, dont elle atteignit la galerie vers quatre heures après des visites infructueuses à cinq autres marchands, était un vieux sage, pour ne pas dire un vieux singe, qui connaissait les règles bien mieux qu'elle, étant deux fois plus âgé et des centaines de fois plus rusé. D'ailleurs, c'était plus ou moins lui qui les lui avait enseignées, l'ayant prise sous son aile quand elle avait débuté. Un peu à l'instar de Bottando, mais d'un point de vue légèrement différent, il lui avait dispensé d'utiles conseils à propos des aspects les moins reluisants du marché de l'art, et il continuait à le faire. C'était, en quelque sorte, sa police d'assurance. Il savait aussi bien que Flavia que, dans le service de Bottando, le dossier le concernant débordait du second classeur. Contrebande, recel, fausse déclaration fiscale, collusion entre acheteurs durant des ventes aux enchères, excès de zèle en matière d'authentification, fabrication de faux. Qui dit mieux ? Charmant homme, personnage absolument délicieux, il était en outre plein de sagesse et connaissait des tas d'anecdotes amusantes.

À part une amende de temps en temps, on l'avait laissé tranquille. De toute façon, la plupart de ses victimes n'étaient pas italiennes, et délester de leur argent des jobards étrangers constituait une tradition séculaire que ne pourrait jamais interrompre une simple intervention policière. Parvenir à faire comprendre au galeriste romain moyen qu'il s'agissait là d'un délit n'était déjà pas facile. Plus important, Bartolo était un puits de renseignements utiles et, autant que Flavia pouvait en juger, il ne lui avait jamais menti.

Voilà pourquoi elle avait choisi ce jour-là pour aller voir comment se portaient ses vieux clients, posant chaque fois la même question. Avaient-ils eu vent d'une éventuelle effraction sur le point d'être commise ?

« Où, par exemple ?

— Dans un monastère appelé San Giovanni, répondit-elle pour la sixième fois, comme ils s'installaient dans l'arrière-boutique de la petite galerie de Bartolo située dans la via dei Coronari. Nous avons reçu un curieux appel, et nous ne savons pas s'il s'agit d'un canular ou non. Le seul tableau ayant quelque valeur ne peut pas être volé. Un certain Menzies est en train de le restaurer. »

Bartolo se raidit imperceptiblement et hocha la tête.

« Je comprends, mais je ne peux pas vous aider. Je n'ai pas entendu parler d'un tel projet. Dites-moi ce que vous savez.

— C'est à peu près tout. Avez-vous entendu parler de Mary Verney ? »

Bartolo plissa le front, cherchant à deviner le but de la question. Abandonnant la partie, il secoua la tête.

« Qui est-ce ?

— Une voleuse professionnelle. Extrêmement douée.

— Je vois », fit-il avec prudence. C'est drôle à quel point les marchands perdent leur *joie de vivre** dès qu'on les interroge sur des voleurs. « Quel est son palmarès ? »

Flavia égrena une liste de vols et Bartolo haussa les sourcils, sincèrement stupéfait.

« Bonté divine ! Vous en êtes sûre ? Je m'étais souvent demandé ce qu'il était advenu de ce Vermeer.

— Eh bien, vous le savez maintenant. Son nom ne vous dit rien ?

— Non. Bien sûr, j'entends parler de temps en temps de ces mercenaires, mais comme je ne suis pas personnellement intéressé, je n'approfondis jamais la question. Et puis, en général, ces personnes ne sont pas aussi douées que l'affirme la légende.

— Celle-ci l'est. Et elle se trouve actuellement à Rome.

— Vous pensez qu'elle risque d'avoir des visées sur le Caravage ?

— Qui sait ?

— Hmm. Je vais tendre l'oreille, si vous le désirez. Mais je ne peux guère vous aider. Je ne me rappelle pas avoir jamais entendu parler de ce monastère avant la semaine dernière.

— La semaine dernière ? Que s'est-il passé la semaine dernière ?

— Le Menzies en question...

— Ah oui ! J'ai remarqué que vous avez un peu pâli quand j'ai cité son nom.

— En effet. Votre venue tombe à pic. Vous pouvez faire quelque chose. Il faut l'empêcher de nuire

— De quoi parlez-vous ?

— De la Farnésine.

— Dans quel sens ?

— Vous ne faites pas très attention à ce qui se passe, n'est-ce pas ? soupira Bartolo. Le projet de la villa della Farnesina. Nettoyer et restaurer les fresques de Raphaël. *Le Triomphe de Galatée*.

— Ah oui ! J'y suis.

— Bien. Un grand chef-d'œuvre et l'un des plus grands projets de restauration depuis des années. Le ministère s'apprête à choisir le restaurateur entre deux candidats : Dan Menzies et mon ami Gianni d'Onofrio. Menzies s'est beaucoup démené pour décrocher la commande, affirmant que le travail devait être confié à quelqu'un ayant une "stature internationale", pour le citer. Il a déjà trouvé des fonds auprès de riches Américains, ce que ne peut faire le pauvre Gianni, et il est disposé à recourir à des méthodes auxquelles Gianni ne pourra jamais s'abaisser.

— Qui est votre ami précisément ?

— Il travaille pour le Borghèse et possède sa propre entreprise. Il vient d'une autre tradition que Menzies. Il n'a pas suivi des cours en faculté sur la théorie de la restauration ou autres idioties du genre.

— Je vois, c'est la lutte de l'artisan contre le professionnel, hein ? »

Bartolo opina du chef.

« Il a suivi la tradition familiale – les d'Onofrio restaurent des peintures à Rome depuis plusieurs générations. En tout cas, depuis le début du XIXe siècle. C'est une entreprise artisanale compétente et sérieuse, vous savez. Très respectable.

— Ce n'est pas toujours le cas, murmura Flavia.

— Il peut y avoir des abus, concéda Bartolo. Je le reconnais volontiers. La formation et l'habileté sont fondamentales. Il s'agit d'un *ménage à trois**, pour ainsi dire, entre le peintre, la toile et le restaurateur. Équilibre très délicat... Le rôle de chacun doit être pris en compte. Le restaurateur doit œuvrer avec délicatesse et discrétion, sans jamais se mettre en avant. C'est comme un vieux couple désuni. Le restaurateur n'intervient que pour assurer l'harmonie entre les partenaires, ce que le peintre avait en tête et le résultat.

Rétablir cet équilibre. Agir avec respect. Ne pas s'imposer. Être toujours le serviteur loyal, jamais le maître.

— Euh, euh...

— Le vieux Giovanni, le père, était parfait. Le restaurateur idéal. Pas une touche de peinture en trop. Ne faisant rien d'inutile, de peur de commettre une erreur. Rehaussant toujours l'œuvre du peintre, sans jamais la remplacer. Vous saisissez ? Il en allait de même de son caractère. C'était un homme charmant, doux et très modeste. Une sorte de médecin de famille dans le domaine de l'art. Quand je lui confiais un tableau, il le gardait dans son atelier pendant des mois, juste pour le contempler et s'imprégner de son atmosphère. Ensuite, il œuvrait avec beaucoup de respect. Et d'honnêteté.

— Ça devait être plutôt gênant !

— Hein ? Oh ! Ce n'est pas ce que je veux dire, même s'il était aussi honnête dans ce sens-là. Il aurait pu être le plus talentueux faussaire de sa génération, s'il en avait eu le désir. J'ai maintes fois lâché une petite allusion... Quand je lui apportais une copie ancienne, je lui disais : "Est-ce que ce ne serait pas formidable si ce Maratta pouvait recouvrer son éclat d'antan ?" Une simple allusion, vous voyez, mais il secouait la tête et s'excusait, répondant qu'il ne pensait vraiment pas qu'il s'agissait d'un Maratta. Il savait ce que je voulais, bien sûr, mais il était incorruptible.

— Et le fils ? Il est différent ?

— Le jeune Gianni ? Oh non ! Pas du tout. Quand il était jeune, il y a vingt ans, il a effectué, disons, quelques améliorations, mais pas plus que la plupart des autres restaurateurs. Une fois qu'il s'est stabilisé et que les excès de zèle de la jeunesse ont disparu, il s'est mis à ressembler tellement à son père que c'en est effrayant. En le voyant, je dois parfois cligner des yeux et me forcer à me souvenir que le temps passe. Ils peignent même de la même façon. Il a fait son chemin grâce à son habileté et à son talent sans esbroufe. Contrairement à certains.

— Vous faites allusion à Menzies, n'est-ce pas ?

— En effet. Alors que Gianni s'efforce de revivifier un tableau, Menzies est un bourreau qui administre le *coup de grâce** à la vision du maître. Quel que soit le sujet, il refait le tableau à sa manière. La chapelle Sixtine de Dan Menzies, autrefois attribuée à Michel-Ange, aujourd'hui dans une version améliorée. Heureusement, Dieu merci ! qu'on a eu la sagesse de le tenir à l'écart du projet. *La Vierge avec saint Jean*, jadis attribuée à Raphaël... Voilà le style. Je préfère cent fois les faussaires. Au moins, ils vont jusqu'au bout de leur idée.

— Vous pensez qu'il en fait trop ?

— Qu'il en fait trop ? Écoutez, si un cinglé entrait dans un musée et répandait de l'acide sur certains des plus beaux tableaux du monde, puis les barbouillait de peinture, votre patron, Bottando, pousserait les hauts cris et ferait jeter au trou le criminel. Menzies est coutumier du fait. C'est un vandale patenté. Tenez ! Il y a quelques mois j'ai vu à New York une *Sainte Véronique* de Martini. J'ai failli pleurer, je vous le jure. On aurait dit une pin-up de *Playboy*. Toutes les délicates nuances d'éclairage, de ton, de vernis, tout ce qui en faisait un chef-d'œuvre sublime, et pas seulement un tableau d'assez bonne qualité, tout avait disparu pour céder la place aux grossiers effets de Menzies. Je suis resté muet de stupeur, je vous assure.

— Vous semblez vous rattraper maintenant.

— Il faut que nous lui barrions la route. S'il s'attaque à la Farnésine, il s'agira du plus grand désastre depuis le sac de Rome.

— "Nous" ?

— Écoutez, Flavia. Je ne vous ai jamais rien demandé durant toutes ces années.

— Vraiment ?

— Pas grand-chose, en tout cas, et je vous ai fourni des tas de tuyaux en échange. »

Flavia, mal à l'aise, opina du bonnet sans grand enthousiasme.

« Aidez-nous ! l'implora Bartolo.

— Comment ?

— Oh ! vous le savez bien... Avez-vous quelque chose à son sujet ? Quelque chose qu'on puisse utiliser pour lui barrer le chemin ?

— Pas que je sache, fit-elle, après une courte pause. Et puis je ne vous le dirais pas. Ce serait dans les journaux dès demain. »

Bartolo fit grise mine.

« Vous souhaitez que je déniche des renseignements pour vous…, commença-t-il.

— En effet. Vous prévenir de certaines choses, je le fais. Mais ça, c'est trop demander. Vous le savez, d'ailleurs.

— Je suis extrêmement déçu. » Il paraissait vraiment l'être.

« Vous ne savez même pas si Menzies décrochera la commande.

— C'est vrai, concéda-t-il.

— Je suppose qu'il n'y aurait aucun mal à ce que je demande à mes contacts quelles chances ont les divers candidats. »

Il sourit.

« C'est très aimable à vous.

— Avec plaisir. » Elle se tut quelques instants. « Dites-moi, ce n'est pas vous par hasard qui nous auriez téléphoné pour nous avertir d'un éventuel cambriolage au monastère San Giovanni ? Histoire que nous nous intéressions au lieu ? »

Bartolo eut l'air choqué.

« Sûrement pas ! rétorqua-t-il avec force. Je ne serais pas du tout surpris que l'appel vienne de Menzies lui-même pour se faire de la publicité. C'est tout à fait son genre. À la réflexion, je me demande… »

Flavia leva les deux mains.

« Non ! s'écria-t-elle.

— Non quoi ?

— Non, je ne veux rien entendre.
— Très bien, fit-il, une imperceptible lueur de joie dans l'œil. Merci beaucoup. Je suis si content que vous soyez venue me voir.
— Pourquoi donc ?
— Qui vivra verra... »

5

Le lendemain matin, comme elle sortait tout juste de la douche, Flavia saisit soudain le sens des paroles de Bartolo. Elle fut interrompue dans ses réflexions par un appel de Bottando.

« Pourriez-vous vous rendre à ce monastère pour voir le fameux Menzies ? demanda-t-il d'un ton irrité.

— Pourquoi donc ?

— Il vous y donne rendez-vous. Il vient de déverser sur moi une bordée d'injures au téléphone. Il est fou furieux et nous considère comme responsables.

— De quoi donc ?

— J'ai cru comprendre, au milieu de ses vociférations, qu'un journal venait de publier un article affirmant que la police menait une enquête sur ses activités.

— Quoi ?

— Il aurait fait perdre son temps à la police en racontant des bobards sur des vols pour se faire de la publicité. Vous êtes au courant ?

— Oh !

— Vous l'êtes... Vous n'avez pas accordé d'interviews aux journalistes, n'est-ce pas ? » Il posa la question d'un ton quelque peu incrédule. Sur la liste des péchés dressée par Bottando, parler aux journalistes figurait quelque part entre l'infanticide et la pyromanie.

« Non. Mais je crois connaître le mouchard. Laissez-moi faire. Je vais aller tirer les choses au clair.

— Ne lui révélez pas le nom du coupable. On ne tient pas à avoir un meurtre sur les bras. Réglez prestement cette affaire, je vous prie. En ce moment, je n'ai pas de temps à consacrer à ce genre d'inepties. Et de plus je veux éviter les plaintes. »

À l'évidence, il était inutile de passer par le bureau avant d'aller à San Giovanni ou même d'arriver trop tôt au monastère en prenant un autobus ou un taxi. C'est pourquoi Flavia et Argyll, en complète harmonie pour la première fois depuis des jours après une soirée paisible et délassante passée ensemble, dégustèrent le petit déjeuner sur leur terrasse tout en regardant le soleil commencer à chauffer les pierres de la ville, puis prirent le chemin de l'Aventin un peu avant huit heures. Ce tranquille début de journée apaisa l'irritation de Flavia à l'égard de Bartolo, lequel avait de toute évidence eu la brillante idée de l'utiliser pour attaquer Menzies.

Argyll l'accompagna, parce qu'il n'avait rien de mieux à faire avant son cours de midi sur la première période de Borromini, ayant renoncé aux délices coupables de traîner toute la matinée à la maison. Plaisir très agréable, très romain, mais qui n'était pas la meilleure façon de laisser sa marque sur le monde. Fouiller dans une salle des archives sombre, sans le moindre rayon de soleil, à la recherche du sujet de l'article absolument vital l'était, hélas ! D'autant plus que, lorsque Argyll lui en avait demandé la permission, le père Jean avait paru enchanté, curieux de voir ce qu'il pourrait dénicher sur sainte Catherine.

Quand le petit déjeuner était suivi d'une promenade le long des ruelles de la ville, bras dessus, bras dessous en compagnie de Jonathan, Flavia arrivait à destination entièrement, quoique temporairement, en paix avec le monde. Quelle importance, se disait-elle, si on volait des tableaux ? Qu'était-ce en comparaison du soleil matinal ou d'une inscription effritée de l'époque romaine encastrée dans le mur d'un jardin et à moitié recouverte de lierre ? Pourquoi se soucierait-elle des faussaires quand elle pouvait s'amuser à regarder un pigeon ayant bâti son nid dans la bouche d'une antique statue ? Et qui s'intéressait aux restaurateurs en colère et à leurs querelles personnelles ?

« Quel charmant endroit ! » s'écria-t-elle, après que le père Paul eut répondu à leur coup de sonnette et les eut fait entrer. Elle aussi fut impressionnée par le moine.

« En effet, renchérit Argyll. Sans doute parce qu'il est placé sous la protection personnelle de la Vierge. »

Loin que l'idée le fasse sourire, le père Paul opina du chef d'un air grave, et Flavia, parfois sujette à des accès de religiosité, sembla elle aussi approuver le commentaire.

« Vous en avez entendu parler, n'est-ce pas ? s'enquit le père Paul. C'est l'une de ces légendes auxquelles on ne sait comment réagir de nos jours.

— De quelle légende s'agit-il ?

— Je vous croyais au courant, répondit-il tout en les conduisant vers les bâtiments où se trouvaient les bureaux et les archives. La peste s'étant abattue sur la ville, les moines ont prié le ciel de les aider. Alors un ange en est descendu pour leur apporter l'icône. Il leur a annoncé que s'ils en prenaient soin, ils seraient toujours sous la protection de Notre-Dame. Ils ont donc prié l'icône, et l'épidémie de peste s'est calmée. Aucun des moines n'est mort. Comme vous pouvez en juger d'après l'état des bâtiments, elle nous a protégés pendant le sac de Rome, la Seconde Guerre mondiale et, jusqu'à présent, contre les promoteurs immobiliers. Mais, bien sûr, aujourd'hui ils ont tendance à trouver gênante cette sorte d'histoire.

— Qui "ils" ?

— Ah ! vous m'avez eu, fit-il avec un petit sourire. Chez moi, nous sommes tout à fait à l'aise avec ce genre de chose. Ici, mes confrères sont tous très Vatican II, très rationnels, et ils ont énormément de mal à accepter les miracles. Étant donné qu'ils sont tous prêtres, je trouve ça étrange, pas vous ? Après tout, tout ce que nous croyons est fondé sur un miracle. Si on les met en doute, que reste-t-il ?

— Donc, vous, vous y croyez ?

— Je suis tout disposé à y croire. Autrement, il faut tout attribuer au hasard et je trouve ça trop tiré par les cheveux. L'icône est, il me semble, la seule chose dans le monastère dont je ne voudrais pas me séparer. Et la population locale l'aime beaucoup. L'"aimait" beaucoup, devrais-je dire, jusqu'à ce que le père Xavier verrouille le portail. On essuie encore quelques grimaces à cause de ça.

— M. Menzies est-il déjà arrivé ? demanda le père Jean qui venait de passer la porte, la mine inquiète et renfrognée. Je dois lui parler.

— On ne l'a pas vu, répondit Argyll avant de présenter Flavia.

— Bonjour, signorina. Ceci m'inquiète beaucoup. Je crains que M. Menzies ne soit très mécontent. »

« Ceci » était un journal qu'il tenait à la main, ouvert à la page des arts.

« Ah oui ! dit Flavia en y jetant un bref coup d'œil. Je peux vous affirmer qu'il est vraiment très mécontent. C'est pourquoi je suis ici. Pour lui dire que nous ne sommes pas responsables. »

L'article était court mais percutant. Menzies, fortement critiqué pour ses restaurations passées, était présenté comme un fanfaron avide de publicité, soupçonné de gaspiller le temps de la police en donnant des coups de téléphone mensongers pour se faire mousser dans le cadre de sa campagne pour obtenir le travail de restauration de la Farnésine. Un gouvernement béotien et corrompu aurait-il l'indécence de permettre que l'un des plus grands chefs-d'œuvre de la nation tombe entre les mains d'un avatar des Wisigoths ? C'était, en tout cas, la teneur générale de l'article qui se gardait bien de s'abaisser à lancer des accusations directes.

Argyll le lut en montrant sa désapprobation. Le père Paul restait de marbre. Le père Jean paraissait bouleversé, mais davantage parce que l'ordre se voyait entraîné dans une controverse publique que pour toute autre raison.

« Je pense vraiment que ç'a été une erreur de laisser M. Menzies mettre les pieds ici, vous savez.

— Ce n'est guère sa faute, dit le père Paul avec douceur. Peut-être devrions-nous maintenant aller lui parler ? »

Les colères de M. Menzies étaient si redoutées que, l'union faisant la force, ils formèrent une sorte de délégation improvisée qui se dirigea nerveusement vers l'église en traînant les pieds.

Ils ne parvinrent jamais à destination. La sonnette ayant à nouveau retenti, le père Paul s'éloigna pour aller voir qui c'était. Son autorité et sa sérénité naturelles semblant les qualités les mieux appropriées pour affronter un restaurateur hors de lui, les autres attendirent son retour. Il revint accompagné de quelqu'un que Flavia reconnut. Le père Paul arborait une mine vaguement inquiète.

« Salut, Alberto ! s'écria Flavia, surprise. Que fais-tu là ? »

Elle présenta son collègue carabinier, homme svelte à la haute stature qui, au grand étonnement de Flavia, arborait toujours un air plus ou moins perplexe. En ce moment, il avait en plus la mine de quelqu'un sachant pertinemment qu'il s'est déplacé pour rien, au lieu de faire sa paperasse.

« Je ne le sais pas moi-même, répondit-il, les urgences ont reçu un appel anonyme….

— Encore ? s'exclama Flavia en faisant la grimace. Mais qu'est-ce qui se passe ici, Dieu du ciel ?

— Je n'en sais fichtre rien. Mais il y aurait un blessé. Le service manque un peu d'ambulances et comme le personnel en a marre des cinglés qui lui font perdre son temps, on nous a refilé le bébé. Et me voici. Il ne se passe rien, hein ? »

Il ne fut pas surpris d'apprendre par le père Jean que tout allait pour le mieux. Ni maladie, ni blessure, ni mort de toute la nuit.

Cette histoire intriguait Flavia, cependant. Et l'inquiétait même un peu.

« C'est la deuxième fois en quelques jours, déclara-t-elle. On devrait quand même faire une petite visite des lieux. Qu'a dit exactement ce correspondant ?

— Rien de plus que cette vague histoire de blessé.

L'appel est arrivé il y a à peu près une heure. On vient d'en être informé. »

Les pères Jean et Paul échangèrent un regard, et le groupe, augmenté d'un membre, se remit en mouvement... Aucun signe de Menzies et la porte de l'église s'ouvrant sur la cour était encore fermée à clé.

Ils l'ouvrirent et entrèrent pour vérifier. Il n'y avait ni son ni lumière, et on n'entendait ni les grognements, ni les bruits de pieds, ni les sifflotements accompagnant les travaux de Menzies. Ils se dirigèrent vers le transept, que le restaurateur utilisait comme atelier, mais l'endroit aussi était vide. Le Caravage, toujours en fort piteux état, était bien là malgré tout. Un souci en moins.

Ils piétinèrent sur place ne sachant trop quoi faire.

« Je suppose qu'on devrait l'attendre. Il finira par arriver », suggéra Flavia.

Les pères Jean et Paul se dirent contraints de retourner à leurs occupations, tandis qu'Alberto était de plus en plus convaincu que le sens de l'humour perverti de certains Italiens lui avait fait perdre son temps. Les trois hommes s'apprêtaient à laisser Flavia se débrouiller seule avec Menzies quand, à l'autre bout de l'église, retentit un cri atroce que l'écho rendait encore plus sinistre car, loin de diminuer, les ululements stridents, les sanglots étranglés et la série de lamentations semblaient s'intensifier.

« Grand Dieu... » commença Argyll. Se retournant d'un seul coup, ils se mirent à courir vers l'endroit d'où paraissaient venir les cris, pendant que le père Paul, doté de plus de sens pratique que tous les autres ensemble, marcha résolument dans la direction opposée et alluma toutes les lumières l'une après l'autre. L'obscurité se dissipant peu à peu, ils purent découvrir la cause du raffut.

Éplorée, le balai lui entravant les jambes, la femme de ménage était agenouillée devant la rangée de bougies et grattait désespérément le mur, tout en lançant lamentations et hurlements de douleur ininterrompus. Elle avait lâché son seau et l'eau sale se répandait sur tout le sol. En heurtant un plateau de bougies éteintes, le balai trempé les avait fait dinguer tandis que les vieux chaussons roses à pompons s'engluaient dans le sang visqueux jailli à flots du crâne fracassé du père Xavier Münster, trente-neuvième supérieur général de l'ordre de Saint-Jean-de-Piété.

Un quart d'heure s'écoula encore avant qu'on s'aperçoive que la petite madone devant laquelle Argyll avait placé une bougie en offrande avait été enlevée de son cadre et emportée.

6

« Y a-t-il la moindre chance de ne pas ébruiter l'affaire jusqu'à ce qu'on sache ce qui s'est passé ? demanda le père Jean à Flavia d'un ton humble. Faut-il que la presse soit mise au courant ? »

Tout le monde se calmait après l'agitation fébrile qui avait succédé au premier moment de stupeur. Faisant preuve d'un extraordinaire sang-froid, le père Paul avait rapidement repris ses esprits. Comme le souligna le père Jean un peu plus tard, il avait sans doute sauvé la vie du père supérieur, si jamais celui-ci s'en tirait. Il avait arrêté le flot de sang, enveloppé la victime dans des couvertures pour la réchauffer, fait apporter la trousse à pharmacie et appelé l'ambulance de l'hôpital qui, celui-ci ne se trouvant qu'à un ou deux kilomètres de là, était arrivée particulièrement vite. Les autres personnes présentes s'étaient contentées de contempler la scène les bras ballants tandis qu'on donnait les premiers secours au vieil homme et qu'on le hissait sur un brancard pour l'emporter vers l'hôpital.

Ses chances de s'en sortir sont maigres, déclara l'un des ambulanciers. C'était d'ailleurs un miracle qu'il soit encore en vie. Un vrai dur à cuire, ce vieux type, pour seulement respirer encore...

Flavia répondit à la question du père Jean en secouant la tête.

« Je ne pense pas. Quelqu'un avertira un journaliste. Et ce sera bien pire si on essaye de cacher l'incident. Je crains qu'il ne vous reste plus qu'à faire le gros dos.

— Est-ce vous qui mènerez l'enquête, signorina ?

— Ça dépend. Normalement, nous ne nous occupons pas des agressions. D'un autre côté, il semble que le père Xavier ait pu être frappé en tentant de s'opposer au vol de l'icône.

— Et dans ce cas, ce serait possible ?

— Dans ce cas nous participerions probablement à l'enquête.

— Tant mieux !

— En quoi cela a-t-il de l'importance ? demanda-t-elle, étonnée qu'il se préoccupe de ce genre de détails assez secondaires à ses yeux, vu les circonstances.

— C'est toujours mieux d'avoir affaire à quelqu'un doté de tact et de délicatesse. Le malfaiteur doit être arrêté. C'est la première priorité. Mais je suis certain que le père Xavier n'aimerait pas que son malheur nous couvre d'opprobre.

— Être agressé n'a rien de déshonorant. »

Le père Jean opina du chef, fut sur le point d'ajouter quelque chose avant de se raviser.

« Avez-vous une idée de… ? reprit-il.

— De ce qui s'est passé ? Pas la moindre. Mais j'en sais assez pour éviter de m'attarder là-dessus. On verra plus tard. Pour l'heure, vous en savez sûrement plus que moi. Bon. Si vous pouviez m'indiquer un téléphone… »

Elle partit en compagnie du prêtre pour appeler Bottando. Assis sur un banc de l'église, se sentant un peu abandonné, Argyll la regarda s'éloigner. La voir travailler l'étonnait toujours beaucoup. Elle était si calme et si efficace… Alors qu'il avait presque tourné de l'œil à la vue du sang, Flavia était restée de marbre, une fois passé la pâleur causée par le premier choc. Il avait même remarqué qu'à un certain moment elle avait étouffé un bâillement.

Bien qu'il fût encore tôt, il ressentait le besoin de boire un verre. Il sortit donc du monastère et gagna le bar le plus proche. Des habitants du quartier, un groupe d'hommes sirotant leur café avant de partir travailler, le dévisagèrent d'un air curieux.

« Il y a une ambulance au monastère…, dit l'un d'eux pour engager la conversation.

— Et la police, renchérit un deuxième. J'ai reconnu les plaques minéralogiques.

— Vous ne sauriez pas de quoi il s'agit ? demanda un troisième, en se tournant vers Argyll.

— Eh bien…, commença celui-ci.

— On a sorti un corps ? Qu'est-ce qui s'est passé ?

— Je crois qu'il y a eu un vol. Le supérieur a été agressé. Mais il est toujours en vie. »

Cette déclaration provoqua une certaine stupeur. « Quelle époque ! » « Où va le monde ? » « Plus rien ne nous étonne ! »

« Qu'est-ce qu'ils ont pris alors ? demanda l'un des plus joviaux.

— Oh ! pas grand-chose, apparemment, répondit Argyll d'un ton rassurant. Un seul tableau. Ils n'ont même pas pris celui qui avait de la valeur. Ils ont emporté une petite Vierge. »

L'un des clients posa sa tasse de café sur le comptoir et planta son regard dans celui d'Argyll.

« Une Vierge ? Pas Ma-Dame ?

— Une petite icône, répondit Argyll en indiquant la taille d'un geste. Très encrassée.

— Dans la chapelle latérale ?

— Je crois bien, oui. »

Sa réponse déclencha moult marmonnements, et Argyll vit un homme sortir furtivement un mouchoir de sa veste et se tamponner les yeux.

« Oh non ! s'écria un autre. C'est pas possible ! »

Comme on le fait dans ce genre de situation, Argyll jeta un coup d'œil sur le barman pour comprendre ce qui se passait exactement. Ce serait un bon repère, se dit Argyll. Plutôt jeune, le barman arborait une coupe de cheveux à la mode et l'air dégagé de celui que n'a jamais troublé la moindre pensée sombre. Mais lui aussi s'était soudain rembruni et, les traits tendus, il essuyait un verre à bière avec une ardeur insolite.

« Les salauds, s'écria-t-il, les foutus salauds ! »

L'ambiance avait changé. L'atmosphère joyeuse du bar avait fondu comme une glace au soleil de juillet. Une réelle colère lui avait succédé et, selon Argyll, un grand désarroi. Voire une véritable angoisse.

« Désolé d'être un messager de mauvaises nouvelles, s'excusa-t-il, cherchant par un ton plus approprié à corriger son attitude désinvolte. Je ne pensais pas que ça vous attristerait autant. Personne n'entre jamais dans cette église, si ?

— Elle a été fermée. Par ce type.

— Mais malgré tout...

— Elle était là. C'était le principal.

— Je comprends. » Il vit avec un profond soulagement le père Paul passer la porte. Argyll pouvait-il revenir ? La signorina di Stefano souhaitait lui parler.

« Pensez-vous que le père Xavier soit resté toute la nuit dans la chapelle ? demanda-t-il au prêtre sur le chemin du monastère.

— Je n'en sais rien, monsieur Argyll, répondit celui-ci en haussant les épaules. Je n'en sais vraiment rien. C'était à mon tour d'effectuer la ronde du soir pour vérifier que tout était fermé, et je n'ai rien remarqué d'anormal.

— Quelle heure était-il ?

— Un peu plus de onze heures. Après les prières du soir, nous avons une heure de libre et les lumières s'éteignent à dix heures. La personne de garde fait alors sa ronde pour s'assurer que tout est bien fermé. On a instauré ce rituel après le dernier cambriolage.

— Et vous n'avez rien vu ? »

Le père Paul secoua la tête.

Cinq voitures étaient garées devant le monastère. Sans doute celles des experts, qui surgissent de nulle part dans ce genre d'occasion. Flavia discutait âprement avec Alberto au milieu de la cour.

« Écoute, je ne veux pas me disputer avec toi, disait-elle au mépris de l'évidence, peu m'importe si c'est moi ou toi qui mènes l'enquête. (Autre mensonge éhonté.) On m'a demandé de venir ici au sujet d'un éventuel vol, et j'ai proposé de chercher à savoir ce qui s'était passé. Je n'ai pas l'intention d'en faire plus si c'est possible... »

Comment pouvait-elle enfiler autant de bobards en ayant l'air absolument convaincante ? Tout en grommelant, son interlocuteur semblait prêt à battre en retraite pour laisser quelqu'un d'autre défendre l'honneur de son service. Étant convenus que l'affaire devait se régler entre leurs supérieurs hiérarchiques respectifs, après ce semblant de querelle de territoire indispensable ils parurent ravis de reprendre des relations normales.

« Jonathan ! s'écria-t-elle. Tu vas devoir faire une déposition, tu sais. Voici la personne qui va l'enregistrer.

— Très bien, répondit Argyll en hochant la tête.

Mais elle sera brève et peu utile. Vous la voulez tout de suite ?

— Non, fit Alberto, je ne crois pas. On va d'abord laisser les experts faire leur boulot et se tirer. Après ça, les choses vont peut-être se calmer un peu.

— Il faudra faire le pied de grue toute la journée ?

— Je le crains.

— Me serait-il possible d'attendre ailleurs ? Je n'avais pas l'intention de passer ici plus d'une heure parce que ensuite je suis censé donner un cours. »

Alberto soupira, s'apprêtant à faire des embarras, mais à quoi servent les amis ? Flavia se porta donc garante, et on accorda à Argyll l'autorisation de partir, contre la promesse de revenir tout de suite après son cours. Cela lui allait-il ? Il n'en était pas entièrement persuadé.

Lorsqu'il revint, certains progrès avaient été accomplis. Selon les premières nouvelles en provenance de l'hôpital, le père Xavier était en réanimation et sa vie ne tenait qu'à un fil. On lui avait asséné un violent coup sur la tête et il avait de la chance d'être toujours vivant. Il était inconscient cependant et le resterait sans doute encore un bon bout de temps. On n'avait retrouvé aucun instrument contondant taché de sang près du lieu de l'agression.

C'est pourquoi la police, les deux corps agissant de concert pour une fois, se mit en devoir de poser des questions et de recueillir des dépositions.

Celle de Menzies fut inutile, même après qu'on eut réussi à lui faire oublier ses propres griefs et à le persuader de se concentrer sur ce qui, selon la police tout au moins, revêtait une plus grande importance.

Il avait quitté les lieux vers six heures, puis s'était changé avant de se rendre à une réception dans l'espoir de harponner plusieurs membres influents des Beni Artistici. Les membres en question étant absents, il était reparti tôt, avait dîné au restaurant, puis était rentré chez lui. Il montra l'addition du restaurant, reconnut volontiers qu'il ne possédait pas d'alibi entre dix heures et demie du soir et huit heures du matin, heure à laquelle il avait été boire un café dans le bar situé à deux pas de son appartement. Cela ne parut pas le troubler le moins du monde.

« Si vous pouvez me donner une bonne raison ayant pu me pousser à agresser le père Xavier, ça m'intéresserait beaucoup de la connaître. Il s'agit d'un coup monté contre moi, j'en suis certain. »

Cette affirmation sembla intriguer Flavia. Comment diable parvenait-il à cette conclusion ?

« Rendez-vous à l'évidence ! lança-t-il. Je suis attaqué de tout côté, par des individus totalement dénués de scrupules. Avez-vous lu l'article venimeux de ce matin ? C'est une ignominie dont je vous rends personnellement responsable. Vous avez raconté des salades aux journaux par pure méchanceté xénophobe.

— Je vous assure que je n'ai rien fait de tel.

Suggérez-vous également que c'est moi qui ai attaqué le père Xavier ? s'enquit Flavia d'un ton guindé.

— Les coupables sont les instigateurs de toute l'affaire, continua-t-il sans logique apparente. Ils ont pénétré dans l'église durant la nuit pour abîmer le tableau que je suis en train de restaurer. Le père Xavier les a surpris, et ils l'ont agressé. Ça tombe sous le sens.

— Et l'icône ? »

Il écarta la question d'un geste.

« De la camelote sans grand intérêt. Emportée pour brouiller les pistes. Pour que vous pensiez qu'il s'agit d'un cambriolage et pour vous dissuader de rechercher les vrais coupables. Croyez-moi, c'est pour m'empêcher d'obtenir la restauration de la Farnésine. Mais j'ai bien l'intention de tout faire pour contrecarrer leurs projets. Je vous tiendrai responsable…

— Insinuez-vous… ?

— J'insinue que, après l'interrogatoire que je suis en train de subir, mes moindres faits et gestes seront commentés dans toutes les gazettes dès demain matin. Je suis convaincu que, dès que vous en aurez l'occasion, vous irez téléphoner à vos copains journalistes. Ils doivent très bien vous payer ces sales ragots.

— Vous m'insultez, il me semble.

— Je me soucie de votre avis comme d'une guigne. J'exige que vous déclariez officiellement que je ne suis pas du tout suspect et que cette affaire fait partie d'une campagne dirigée contre moi par mes ennemis.

— Vraiment ?

— Et entre-temps, poursuivit-il en s'extirpant de son siège, je vais me rendre à l'ambassade. Je suis un ami personnel de l'ambassadeur qui souhaitera être mis au courant de cette histoire. Avez-vous idée des sommes que certains de mes généreux compatriotes versent à l'Italie pour préserver les œuvres d'art ? En avez-vous la moindre idée ? »

Sans attendre la réponse, il partit à grands pas, martelant le sol, l'air très remonté.

Flavia poussa un petit soupir.

« Ça va être un dossier épineux, fit-elle. J'en ai le fort pressentiment... »

Ensuite, ce fut au tour du père Paul, encore plus altier d'aspect lorsqu'il entra dans la pièce et s'installa en face d'eux. L'air à la fois sérieux, posé et chagriné, il ne montrait ni appréhension ni méfiance, contrairement à presque tous les témoins que Flavia avait jamais interrogés.

Les questions préliminaires leur apprirent que le prêtre avait trente-sept ans, était originaire du Cameroun et qu'on l'avait envoyé à Rome pour étudier à l'Université pontificale grégorienne.

« Il s'agit d'un échange faisant partie d'un programme pour unifier l'Église à la base, expliqua-t-il. Je viens ici tandis que des prêtres italiens se rendent en Afrique, afin d'étudier les conditions de vie et de saisir sur le terrain le sens des différences culturelles.

— Est-ce que ç'a été probant, dans votre cas ? »

Il n'eut pas l'air convaincu.

« J'aurais préféré qu'on m'envoie dans une paroisse d'un quartier défavorisé où j'aurais pu accomplir un travail utile, au lieu de rester assis dans une bibliothèque. Mais naturellement je suis content d'obéir aux instructions.

— Et vous souhaitez rentrer chez vous ?

— Bien sûr. J'espère retourner au pays dans un proche avenir... Ou plutôt, c'est ce que j'espérais.

— Pourquoi ce changement ?

— Il faut obtenir la permission du supérieur général. Il avait rejeté ma demande, hélas !

— Et maintenant ? »

Il sourit.

« Et maintenant, quand il sera de nouveau sur pied, il refusera une fois encore.

— Et s'il ne se remet pas ?

— Je retirerai ma requête, de crainte qu'on ne s'imagine que je profite de cette tragédie. Mais je suis convaincu qu'il va se remettre.

— C'est un acte de foi ?

— Rien d'aussi noble. J'ai été étudiant en médecine avant de trouver ma véritable vocation. Le père Xavier est grièvement blessé, mais pas mortellement, à mon avis. »

Personnage assez impénétrable, se dit Flavia. Pas le moindre signe d'indignation après ses allusions.

« Combien de temps cela prend-il pour élire un nouveau supérieur ? Ou bien désignez-vous un substitut ?

— Je ne le sais pas vraiment, répondit le père Paul en haussant les épaules. Nous sommes en territoire inconnu. Je suppose qu'en tant que moine le plus ancien le père Jean devient supérieur par intérim. Il servait déjà d'adjoint officiel à l'époque où le père Charles nous dirigeait.

— Bien ! Bon, hier soir, vous êtes allé faire votre promenade...

— Vers dix heures. J'ai fait le tour d'un ou deux pâtés de maisons avant de revenir à la demie. J'ai ouvert avec ma clé, puis j'ai verrouillé le portail principal du monastère. J'ai ensuite été vérifier que les portes latérales étaient toutes bien fermées, ce qui était le cas. Enfin, j'ai été inspecter le bâtiment de la bibliothèque pour m'assurer qu'il était vide, que les fenêtres étaient closes, et j'ai fermé la porte à clé en sortant. L'aile où résident les moines est toujours ouverte à cause du risque d'incendie.

— Et vous êtes entré dans l'église ?

— Oui. J'ai allumé toutes les lumières, jeté un rapide coup d'œil, puis fermé la porte à clé en ressortant.

— Combien de clés du monastère y a-t-il ?

— Des tas. Tous les résidants en possèdent une,

bien sûr. Ainsi que M. Menzies, la signora Graziani, l'homme qui s'occupe du jardin, les sœurs qui viennent nous faire la cuisine, etc.

— Et en ce qui concerne l'église ?

— La clé du portail du monastère ouvre également la porte de l'église qui donne sur la cour.

— Le père Xavier pouvait donc entrer dans l'église sans avoir à demander la clé à quelqu'un ?

— Assurément.

— Il n'y a pas d'autre accès ?

— Il y a le portail donnant sur la rue. Mais il est condamné depuis trois ans. Il permettait naguère à tout un chacun de venir prier dans l'église. Il n'y avait plus grand monde, hélas ! et cette coutume n'était pas appréciée.

— Pourquoi ?

— L'Église de la paroisse n'y était pas favorable, et vénérer l'icône n'était pas dans l'air du temps. Le prêtre de la paroisse est très moderne. Par conséquent, après la visite des cambrioleurs, il y a quelques années, on a pensé que c'était le moment d'apporter des modifications. Nous nous sommes rabibochés avec la paroisse et avons suivi les consignes de sécurité recommandées par la police. Vu le petit nombre de personnes qui venaient prier à l'église, le père Xavier a cru que sa fermeture passerait inaperçue.

— Et c'est ce qui s'est passé ?

— Bizarrement, cela a suscité beaucoup de mécontentement. Il y a toujours un esprit de quartier, certains y habitent depuis des générations et considèrent cette Vierge un peu comme leur patronne et leur protectrice. Ils ne lui accordaient guère d'attention quand l'église était ouverte, mais sa fermeture les a mécontentés. Des jeunes filles venaient la prier avant de se marier, et parfois même des vrais petits durs s'agenouillaient devant elle avant de passer un examen.

— Je vois. À quelle heure vous levez-vous ?

— À cinq heures et demie. En général, on célèbre un office, puis il y a une heure de recueillement avant le petit déjeuner. Normalement, c'est à ce moment-là qu'on ouvre l'église. Mais, vu l'état où l'a mise M. Menzies, on utilise la bibliothèque.

— Par conséquent, l'église n'a été ouverte qu'à neuf heures.

— Exact. C'est ou la signora Graziani ou M. Menzies qui l'ouvre.

— Parlez-nous de cette dame.

— Je ne sais pas grand-chose à son sujet. Je vous suggère d'interroger le père Jean. Elle tient un étal les jours de marché. Elle vient alors faire le ménage très tôt. Chaque jour que Dieu fait, par tous les temps. Je crois qu'il s'agit d'une sorte de vœu. Il est rare aujourd'hui d'être aussi pieux. Ç'a dû être toujours très rare d'ailleurs. »

Comme le père Paul, le père Jean fournit un bref curriculum vitæ, puis déclara qu'il était le bibliothécaire de la communauté et qu'après la démission du père Charles, trois ans plus tôt, il avait cessé de faire fonction d'adjoint du supérieur.

« J'aurais volontiers pris ma retraite comme c'est désormais théoriquement possible, fit-il avec un petit sourire. Mais, hélas ! l'autorisation m'en a été refusée.

— Quel âge avez-vous ?
— Soixante-quatorze ans
— Trop jeune, c'est ça ?
— Non. Nous sommes si peu nombreux aujourd'hui. L'âge moyen des membres de l'ordre est de soixante ans. Il n'y a plus de vocations à notre époque. Quand j'étais jeune, la concurrence pour entrer dans l'ordre était très forte. Il offrait un travail utile et une éducation sans pareille. Aujourd'hui, l'État fournit l'éducation et plus personne ne croit à ce travail. Voilà pourquoi on a toujours besoin de moi.
— Le père Paul...
— ... vient d'Afrique comme vous l'avez noté. C'est un jeune homme remarquable. Nous n'avons des vocations que dans le tiers-monde. Si on ne fait rien, je ne serais pas du tout surpris que... Mais ce n'est pas là-dessus que vous voulez m'interroger.
— Vous avez raison. Parlez-moi du père Xavier. Est-il apprécié ? Aimé ? »

Le père Jean hésita.

« Je ne suis pas sûr de comprendre la question.
— A-t-il des ennemis ?
— Vous voulez dire ?... » Horrifié, le vieil homme

blêmit en saisissant soudain le sens de la question de Flavia. « Il est clair qu'il essayait d'empêcher un cambriolage. Cela n'a rien à voir avec sa personne.

— Nous sommes bien obligés d'envisager toutes les hypothèses. Bien sûr, il y a de fortes chances qu'il s'agisse d'un cambriolage, mais répondez quand même à ma question, je vous prie.

— C'est extrêmement pénible, vu les circonstances.

— Répondez malgré tout. »

Il hocha la tête en poussant un profond soupir.

« J'y suis obligé, je suppose. Il n'a pas de famille, autant que je sache. Aucun parent proche, en tout cas. Et quasiment aucun ami, dans l'ordre ou à l'extérieur.

— Des ennemis ?

— Ce n'est pas un chef adoré, et dès sa prise de fonction son action a été controversée, même s'il est vrai que n'importe qui aurait eu du mal à remplacer le père Charles.

— Que voulez-vous dire par "controversée" ?

— Nous traversons des temps difficiles, finit-il par répondre, après avoir longuement cherché la meilleure formule. Et c'est le père Xavier qui a dû faire face aux divers problèmes. Je suis convaincu qu'il se trompait du tout au tout, mais force m'est de reconnaître qu'il a tenté de les résoudre. Plus d'un aurait adopté la politique de l'autruche, si bien que tôt ou tard on se serait retrouvés dans une impasse.

— De quoi s'agit-il précisément ?

— Nous devons décider quel est notre rôle, pour

ainsi dire. Il n'est plus suffisant de s'adonner à la prière, et d'autres, semble-t-il, peuvent accomplir les bonnes œuvres plus efficacement que nous. Alors que faire ? Nous avons des ressources et disposons de gens compétents. Utilisons-nous les uns et les autres afin d'accomplir l'œuvre de Dieu ?

— Certains d'entre vous voulaient donner l'argent ?

— Oh non ! Ce n'était guère au programme... » Le père Jean s'autorisa un petit sourire ironique. « Il s'agissait d'utiliser au mieux celui que nous possédons. Et certains d'entre nous cherchaient le moyen d'en obtenir davantage. Pour les meilleures raisons du monde, bien sûr.

— Bien sûr.

— L'Église dans son ensemble subit en ce moment un certain nombre de soubresauts, vous avez dû vous en rendre compte. Et dans l'Église l'agitation dure toujours un bon bout de temps. Nous pensons en siècles, et un tumulte de cinquante ans n'est qu'une broutille. Mais c'est justement là le cœur du problème. Conservons-nous les anciennes habitudes, ou modifions-nous nos méthodes du tout au tout ? Essayons-nous de changer le monde ou permettons-nous au monde de nous changer ? Voilà apparemment l'alternative fondamentale devant laquelle se trouvent toutes les religions traditionnelles. »

Flavia hocha la tête.

« Je ne vois toujours pas...

— Nous n'avons pas de nouvelles vocations,

poursuivit le père Jean. Sauf dans le tiers-monde, je le répète. Trente prêtres de moins de trente-cinq ans, et cinq seulement ne sont pas originaires d'Afrique ou d'Amérique du Sud. Tous nos administrateurs sont italiens ou français – surtout français –, la plupart ont plus de soixante ans, notre siège se trouve à Rome et nos dépenses concernent généralement l'Europe. Un grand nombre de moines désire reconnaître ces changements tandis qu'un nombre tout aussi important veut que les choses demeurent en l'état. Voilà, disons, l'essentiel du problème. Le débat a causé beaucoup d'aigreur dans nos rangs.

— Que proposait le père Xavier ?
— Cela n'a guère de rapport avec...
— Parlez-m'en quand même.
— Le père Xavier et ses partisans souhaitaient que l'ordre se reconvertisse en institution de bienfaisance et d'enseignement. Qu'il collecte des fonds et les emploie pour soutenir l'aide au développement et l'envoi de missionnaires en Afrique. Dans ce but, il avait l'intention de vendre certains de nos biens. J'étais totalement contre ce projet mais j'étais loin d'être sûr d'obtenir gain de cause.

— Je vois. Et de quels biens s'agit-il ? Ne serait-ce pas du Caravage par hasard ?

— Hélas oui ! Même s'il ne s'agissait que d'un début. Il y a quelques jours, nous avons eu une réunion pour discuter du principe. Dieu soit loué ! la proposition a été rejetée.

— C'est-à-dire ?

— C'est-à-dire que nous avons décidé en tant qu'ordre de refuser l'autorisation de vendre quoi que ce soit.

— Avez-vous des problèmes d'argent ?

— Je n'en sais rien. L'ordre n'est pas riche, mais il y a deux ans, lorsque j'étais en position d'être au courant de ce genre de choses, nous ne criions pas misère.

— Cette proposition suivait-elle une offre ? Quelqu'un avait-il proposé d'acheter le Caravage ?

— Non. Pas que je sache. »

Il y eut un silence, le père Jean s'apercevant qu'il en avait peut-être trop révélé au monde extérieur.

« Et qui dirige le monastère en ce moment ?

— Jusqu'à ce que la situation s'éclaircisse – que Xavier reprenne son poste ou non –, nous sommes dans le brouillard. En principe, c'est le plus ancien moine disponible qui assume la fonction de père supérieur.

— C'est-à-dire vous ? »

Il opina du chef.

« C'est un fardeau dont se passeraient bien mes vieilles épaules. Mais j'ai consacré ma vie à cet ordre et aujourd'hui qu'il est en crise je ne puis me dérober à mes devoirs. »

Flavia approuva. Il pourrait facilement faire de la politique, se dit-elle, il en possède déjà la langue de bois. Elle crut voir son œil pétiller à l'idée d'exercer le pouvoir.

« Soit. Mais laissons cela. Qu'avez-vous fait hier soir et ce matin ? »

La veille, il n'avait rien fait de particulier. Il avait travaillé à la bibliothèque jusqu'à six heures, assisté à l'office du soir, dîné, lu durant une heure, avant de retourner à la chapelle. Il s'était couché à dix heures.

« Ce matin, je me suis levé, j'ai suivi l'office, prié pendant une heure, puis pris mon petit déjeuner avant de me mettre au travail à sept heures. Je suis resté à la bibliothèque jusqu'à ce que le père Paul vienne m'annoncer qu'un grand malheur était arrivé.

— Vous dormez bien ?

— Je n'ai pas besoin de beaucoup de sommeil, répondit-il en haussant les épaules. Comme tous les vieillards, vous savez. En général, je me réveille à trois heures du matin et je lis.

— Et c'est ce qui s'est passé la nuit dernière.

— Oui.

— Que lisez-vous ?

— Des romans d'aventures », répondit-il, l'air un rien penaud. Flavia se garda de sourire. « C'est très amusant au petit matin. Mon neveu me les envoie. Je les passe à tous les autres moines. Nous dévorons ces histoires.

— Est-ce... euh... ? » Elle savait qu'elle ne devrait pas poser cette question, mais la vision de cette communauté de vieux prêtres en train de lire au cœur de la nuit toutes sortes de romans à sensations était trop irrésistible.

« Autorisé ? demanda-t-il en souriant. Vous pensez que nous devrions passer tout notre temps à lire saint Jean de la Croix ou quelque petite encyclique du Vatican ?... Jadis il en allait autrement, bien sûr, mais aujourd'hui on est autorisés à rester en contact avec le monde extérieur. Encouragés même, à condition de ne pas abuser.

— Fort bien. » Elle se tut un moment, essayant de se souvenir de quoi elle parlait avant cette diversion inattendue. « Bon, reprit-elle quand la mémoire lui revint, où se trouve votre, euh... cellule. C'est bien le terme exact ?

— Elle donne sur la cour principale. En face de l'église. J'aurais été bien placé pour entendre tout cri, tout appel au secours.

— Et vous n'avez rien entendu ?

— Non, fit-il en secouant la tête. Et j'ai le sommeil si léger que je suis certain que même en pleine nuit j'aurais entendu le moindre bruit. Un chant d'oiseau suffit souvent à me réveiller. »

Elle ne répondit pas. Comment se faisait-il qu'elle ne le croyait pas ? Tranquillement assis, les mains nouées devant lui, il avait l'air d'assister à un long office religieux. Bien qu'il n'y eût rien de suspect ni d'hésitant dans son attitude, elle aurait pourtant mis sa main au feu qu'il cachait quelque chose.

« Dites-moi, mon père, dans quelles circonstances M. Menzies a-t-il reçu la commande de la restauration des tableaux ?

— Ce n'était pas une commande. Il a proposé ses services. Bénévolement. C'est la seule raison qui nous a poussés à accepter cette offre.

— Il travaille pour rien ?

— Oui. Il a obtenu, je crois, une subvention de la part de quelque œuvre de bienfaisance américaine. Nous avons seulement dû payer les divers frais, ce qui représente d'ailleurs une certaine somme.

— C'est une procédure inhabituelle, non ?

— Sans doute. Il a dit qu'il voulait nettoyer les tableaux et qu'il était disposé à le faire gratuitement. Il aurait été malséant de mettre en question sa générosité. »

Elle le remercia et le laissa partir. Puis elle se tourna vers Alberto.

« Alors ?

— Quoi donc ?

— Tu as l'air de penser : "Ces moines cinglés se fracassent le crâne entre eux…"

— Pas du tout ! protesta-t-il mollement tout en se demandant si on pouvait fumer dans les monastères. J'écoute et j'enregistre tout, rien de plus. Je ne fais jamais de procès d'intention, même lorsqu'il s'agit de prêtres. Mon air sceptique trahissait juste mon sentiment qu'on fait du surplace. C'est tout.

— Ah bon, d'accord ! On voit la signora Graziani et on fait une pause-déjeuner ? »

Alberto convint qu'aller déjeuner le plus tôt possible était de loin la façon la plus professionnelle de procéder. On fit entrer la signora Graziani, qui s'assit nerveusement en face d'eux. Flavia la regarda d'un air ravi. Aucun risque que ce témoin cache quelque chose, se dit-elle. Comme elle avait découvert l'agression, possédait une clé et paraissait en outre plus ou moins obsédée par l'icône, elle allait devoir se montrer convaincante.

Elle déclara qu'elle venait d'arriver et commençait tout juste à nettoyer l'église comme d'habitude quand elle avait aperçu le père Xavier. Elle s'était alors mise à hurler. Il n'y avait pas grand-chose à ajouter. Elle s'empressa de retomber dans un silence horrifié.

Flavia parvint à établir qu'elle était restée chez elle jusqu'à ce qu'elle se rende à l'église et qu'elle n'avait ni vu ni entendu quoi que ce soit de suspect. Sa fille et sa petite-fille, qui logeaient chez elle depuis que son cochon de gendre avait abandonné ces chères créatures dans la misère pour filer avec une espèce de poule – que Dieu lui accorde sa miséricorde, même si ce n'était pas demain la veille que la signora Graziani lui pardonnerait, elle –, pourraient se porter garantes.

« Rappelez-vous, signora, que tout indice peut être de la plus grande importance dans cette affaire. »

Elle secoua la tête. Elle était entrée dans l'église, avait pris son seau d'eau et son équipement de nettoyage, puis avait longé le bas-côté pour aller refermer le portail principal quand elle avait vu...

« Pour refermer quoi ? »

Le portail principal, répéta-t-elle, qui était légèrement entrebâillé. Ils avaient bien dû remarquer qu'il était entrouvert ? Elle l'avait refermé et verrouillé juste avant de noter...

Bonté divine ! jura Flavia à part elle.

« Très bien. Excellent ! s'empressa-t-elle de dire. Je pense que ça ira comme ça. Merci beaucoup, signora.

— Avez-vous quelque chose à ajouter ? demanda Alberto dont c'était pratiquement la première intervention. Il me semble que oui. De quoi s'agit-il, signora ? Sauriez-vous qui a agressé le supérieur, par exemple ?

— Oui. En effet. »

Un petit bruit sec indiqua que les deux pieds avant de la chaise d'Alberto entraient à nouveau en contact avec le sol. Il se pencha au-dessus de la table.

« Eh bien ?

— C'est elle », répondit la signora Graziani. Croyant un instant que la femme de ménage accusait Flavia, Alberto eut l'air stupéfait.

« Que dites-vous ?

— Ma-Dame. C'est elle qui l'a fait.

— Ah !...

— Autant elle est bienveillante et miséricordieuse envers ceux qui se repentent, autant elle châtie durement les pécheurs. Le père était pécheur et il s'était détourné d'elle. Alors il a été puni.

— Eh bien !...

— Il l'a empêchée de recevoir des suppliants et l'a

enlevée à ceux qui l'aimaient. Et il allait lui faire du mal.

— Un instant, dit Flavia qui comprenait soudain de quoi elle parlait. Vous voulez dire, la peinture ? »

La signora Graziani parut perplexe pendant quelques secondes.

« Bien sûr, se contenta-t-elle de répondre.

— Vous pensez donc que le père Xavier a été agressé par un tableau ?

— Ma-Dame, corrigea-t-elle sur un ton grave, l'a puni. Un prêtre sans foi n'est pas un homme de Dieu.

— Oui. C'est ça. Merci beaucoup pour toutes ces précisions, dit Alberto. C'est fort aimable à vous d'avoir pris la peine de venir nous voir.

— Souhaitez-vous que je fasse une déposition ? demanda-t-elle posément.

— Non, pas tout de suite. Dans un jour ou deux, peut-être », répondit-il en lui tenant la porte.

La signora Graziani inclina légèrement le buste avant de sortir.

« Vous ne me croyez pas, reprit-elle. Mais vous verrez que j'ai raison.

— Sacredieu ! s'exclama Alberto une fois la porte refermée. J'ai cru un instant... »

Flavia éclata de rire.

« Tu aurais dû voir ta tête quand tu as compris de quoi elle parlait.

— Je suppose qu'on devrait aller voir le portail,

grogna-t-il. Dis donc, comment n'a-t-on pas remarqué un indice aussi important ? »

Elle acquiesça.

« Je suppose qu'elle a effacé les empreintes digitales, malheureusement.

— Sans doute. Mais reste à découvrir qui l'a d'abord déverrouillé. »

7

Le cours magistral d'Argyll – une étude d'une simplicité enfantine, menée à bride abattue, sur les commandes de construction au XVIIᵉ des plus somptueuses églises – s'était, selon lui, assez bien déroulé. Il y avait quarante étudiants dans la salle au début du cours et pas moins de vingt à la fin. Une telle déperdition l'aurait inquiété si le chef de son département ne lui avait assuré que ce n'était pas mal du tout, vu les circonstances. Quelles circonstances ? avait-il demandé. Pour un cours du matin, lui fut-il répondu. Ces gens n'étaient pas matinaux. Étant donné qu'ils – ou leurs parents – payaient une fortune, la plupart d'entre eux considéraient que les cours devaient être placés selon leur convenance.

« Et, poursuivit ce puits de science, vous n'avez pas montré beaucoup de diapositives. Vous prenez des risques. Ils aiment regarder des photos. Sinon, ils n'ont rien d'autre à faire qu'écouter et réfléchir. Les cours magistraux, grands dieux, c'est une forme d'autoritarisme, vous savez ? Vous ne pensez pas qu'un module interactif ferait mieux l'affaire ?

— Qu'est-ce que c'est que ça ?

— C'est quand on met à bas la hiérarchie. Ils font eux-mêmes le cours.

— Mais ils ne savent rien ! se récria Argyll. Comment faire le cours soi-même si on ne sait rien au départ ?

— Ah ! Vous avez mis le doigt sur la difficulté. Mais elle est très facile à surmonter... Vous confondez connaissances et créativité. Vous êtes censé les encourager à s'exprimer au lieu d'étouffer leur créativité en leur imposant des données factuelles sur lesquelles vous ne leur laissez aucune prise.

— Des "données factuelles" ?

— C'est bien ça, je le crains, soupira le chef du département. Ne me regardez pas ainsi. Ce n'est pas ma faute.

— Je ne suis pas obligé de suivre ces conseils, n'est-ce pas ? demanda Argyll, soudain inquiet.

— J'exagère beaucoup. Pour le simple plaisir de voir le sang se retirer de votre visage. Je voulais juste vous mettre en garde. Désirez-vous qu'on aille déjeuner ? »

C'est fou ce qu'un brin de causette peut rendre les gens plus aimables. L'homme ne lui avait presque jamais adressé la parole auparavant, à l'instar de ses collègues qui, jusque-là, n'avaient pas paru s'apercevoir de sa présence. On ne pouvait donc guère lui reprocher de se singulariser.

« Non, merci. Très aimable à vous, mais je dois retourner à San Giovanni.

— Oh, oh ! Quel courage ! Savez-vous que Menzies y travaille en ce moment ?

— En effet.

— L'Al Capone de la restauration ! Je me méfierais si j'étais vous. Il y avait un article hilarant sur lui dans le journal de ce matin…

— Je l'ai lu.

— Vraiment ? Moi, j'ai beaucoup ri. Qui peut bien en être l'auteur ? Il n'était pas signé, vous avez remarqué ?

— Oui.

— À votre place, je me tiendrais à carreau. Je n'aimerais pas être la personne qui a fourni tous ces renseignements à la presse. C'est un violent, cet homme-là. Avez-vous eu vent de son intervention au raout des restaurateurs d'art à Toronto ? Il y a quatre ans environ ?

— Je ne crois pas, répondit Argyll avec prudence.

— Burckhardt a eu l'audace de poser une question à propos d'un liquide utilisé par Menzies. La question était posée de façon fort courtoise et par simple curiosité de spécialiste. Ils en sont venus aux mains et Menzies lui a lancé un verre à la figure.

— Pendant le congrès ?

— Pas dans la salle de conférences. Ç'aurait été

drôle. Non, au bar, après la séance. Un vacarme incroyable, paraît-il ! Je regrette vraiment d'avoir manqué le spectacle. Ç'a dû être le clou de la soirée. Une bande de sales types, ces restaurateurs d'art. De vrais coupe-jarrets, vous savez. Ils ont joué le match retour, l'autre jour, mais sans se taper dessus, hélas !

— Ah oui ?

— L'autre restait bouche bée de stupéfaction devant son travail de restauration, alors Menzies l'a flanqué à la porte. Vous imaginez ! Il m'en a parlé au dîner hier soir. Voilà pourquoi ça m'est revenu à l'esprit.

— De qui parlez-vous ?

— De Burckhardt.

— Qui est Burckhardt ?

— Burckhardt. Le célèbre Burckhardt... »

Argyll secoua la tête.

« Moi qui croyais que vous étiez jadis marchand de tableaux. Peter Burckhardt. Des Galeries Burckhardt.

— Oh ! s'exclama Argyll, tout penaud. Ce Burckhardt-là... »

Il en parla à Flavia pendant qu'ils dégustaient leur minestrone.

« Qui donc ? »

Il lui jeta un regard méprisant.

« Moi qui croyais que tu devais te tenir au courant... Le célèbre Peter Burckhardt. Il ne s'agit que du plus ancien et du meilleur spécialiste des icônes en activité.

C'est lui qui détermine la cote. Les icônes valent ce qu'il dit qu'elles valent.
— Tu le connais ? »
Il secoua la tête.
« De réputation seulement. Laquelle est excellente. Il est alsacien, je crois. C'est-à-dire français.
— Où tient-il ses quartiers ?
— À Paris. Rue du Faubourg-Saint-Honoré. Depuis des décennies, il me semble.
— Et en ce moment il est à Rome ?
— C'est ce que m'a dit le type avec qui je discutais. Et Menzies s'en est pris à lui. Ils se sont querellés il y a un an ou deux et sont toujours en froid. À propos de quelque liquide utilisé dans la restauration de tableaux. »
Flavia avala une cuillerée de soupe et réfléchit un instant.
« Par conséquent, un marchand spécialisé dans les icônes se trouvait dans l'église il y a un jour ou deux. L'ordre décide de ne vendre aucun de ses biens et l'icône est volée. Quelles conclusions en tires-tu ?
— Oublie le Caravage et intéresse-toi à l'art religieux orthodoxe. Demande à Menzies pourquoi il n'en a pas parlé. Fouille les bagages de Peter Burckhardt. Une personne tout ce qu'il y a de respectable, d'ailleurs. Il est fort probable, bien sûr, qu'il ferme les yeux sur l'origine douteuse d'une icône. Il ne peut guère faire autrement : il est presque impossible d'en

trouver une dont la provenance ne soit pas un rien suspecte. Mais de là à ce qu'il l'ait volée... »

Elle hocha la tête d'un air songeur.

« Je me demande s'il connaît Mary Verney.

— Il essaye d'acheter l'icône, se voit opposer un refus et change de stratégie ?

— Quelque chose dans le genre.

— Je croyais que tu avais dit que le monastère n'avait reçu aucune offre ?

— C'est vrai. Quel dommage ! Je ferais bien de retrouver cet homme. Ça m'occuperait. Merci du renseignement.

— Il n'y a pas de quoi. Je ne veux pas que tu t'ennuies après tout. D'autres avancées ? »

Elle fit un large sourire.

« Oui. Grâce à l'interrogatoire serré mené par Alberto, nous connaissons l'identité de la coupable. Dommage qu'elle soit en fuite. »

Alberto fit un sourire un rien contraint.

« Bravo ! s'écria Argyll avec enthousiasme. Qui est-ce ?

— La Vierge Marie. Nous avons un témoin.

— Quoi ? »

Flavia lui expliqua de quoi il retournait. Argyll secoua la tête, la mine grave.

« Non. Pas avec ce visage. L'expression du visage est toujours révélatrice. Cette icône n'a pas l'air agressive. Je pense, poursuivit Argyll d'un ton catégorique, qu'elle est victime d'un coup monté.

— Tu crois ?

— Oui. Avez-vous découvert ce que le père Xavier faisait dans la chapelle ?

— Les prêtres ont-ils besoin d'une raison ? Il veillait peut-être tard dans la nuit pour prier le Seigneur de le guider... Il semble que l'ordre ait essuyé quelques bourrasques. Ce n'est pas une petite communauté heureuse, en fait. Ou bien je lui ai tellement fait peur en lui annonçant une éventuelle effraction qu'il montait la garde.

— As-tu pris en compte la présence de Mary Verney à propos de cette histoire ?

— Comment ne pas le faire ? Mais il a été frappé avec une certaine violence et ça ne lui ressemble guère. Je me trompe peut-être. De toute façon on va la convoquer pour voir ce qu'elle fabriquait à ce moment-là. Qu'est-ce que tu vas faire maintenant ?

— Je retourne au boulot.

— Tu pourrais faire les courses, par hasard ? Je ne vais pas avoir une minute à moi. »

Il poussa un soupir.

« Est-ce que tu promets de manger avec moi cette fois-ci ?

— Promis !

— Dans ce cas, je vais essayer de me débrouiller. Mais ne t'attends pas à de la grande cuisine. »

8

Mary Verney passa les quelques heures avant le déjeuner à regarder des tableaux. C'était une façon de se calmer après une matinée pleine d'inquiétude. Maintenant qu'elle avait abandonné l'idée de les voler, malgré de vieilles habitudes tenaces, elle s'apercevait que ces choses lui plaisaient beaucoup. Devant une œuvre particulièrement charmante tel le petit Fra Angelico qu'elle était en train d'admirer, elle était tentée de vérifier s'il y avait des câbles et si les fenêtres étaient dures à ouvrir. Mais comme elle avait cessé ses activités depuis trois ans – non, presque quatre –, de telles préoccupations devenaient plus théoriques. Elle jouissait de sa retraite et n'avait aucun désir de reprendre du service. Elle avait horreur des imbéciles – joueurs de football, boxeurs, hommes politiques ou voleurs – qui refusent de croire que le monde pourrait survivre sans eux et qu'eux aussi subissent les ravages du temps. Il n'y a pas pire imbécile qu'un vieil imbécile, dit l'adage, mais Mary Verney n'avait jamais, absolument jamais, été une imbécile.

Peut-être les choses étaient-elles cependant en train de changer... Si elle avait passé une nuit blanche, c'était, pensait-elle, parce qu'elle devait vraiment veiller au grain durant les prochains jours. Il lui fallait examiner San Giovanni mais il était hors de question de courir le risque d'être vue dans les parages.

Voilà pourquoi, dès six heures du matin, elle était sortie de l'hôtel par la porte de derrière. Rien à voir avec l'insomnie. L'idée était bonne en principe. D'abord, elle doutait que la police monte la garde toute la nuit pour la surveiller et ensuite, au moment où les rues sont quasi désertes, il lui serait beaucoup plus facile de voir si elle était suivie.

Les autobus étaient rares à cette heure et comme elle ne voulait pas prendre un taxi, elle était obligée de s'y rendre à pied. En d'autres circonstances, elle aurait apprécié cette agréable promenade, mais ce matin-là elle n'était pas d'humeur à admirer l'aube se levant sur le Forum ou la masse sombre du Palatin se détachant contre un ciel de plus en plus lumineux. Une nouvelle journée radieuse s'annonçait, semblait-il. Et alors ? Elle avait à faire. Son but : étudier la rue, les ruelles adjacentes, les verrous des portes du bâtiment, etc. Rien de très précis ou de superflu. Un simple examen préliminaire en prévision de son prochain passage à l'action.

C'est ainsi que, comme Argyll et Flavia avant elle, elle monta au monastère, calculant les distances, repérant mentalement les rues adjacentes en sens unique, celles qui se terminaient en cul-de-sac ou qui, au contraire, débouchaient sur une grande artère. Elle remarqua les éboueurs en haut de la rue et se proposa de vérifier s'ils passaient toujours à la même heure. Elle inspecta le monastère, le haut mur, et le portail soigneusement verrouillé. La façade de derrière donnant sur une ruelle sinistre était seulement percée de quelques petites fenêtres ornées de solides barreaux. À Rome, les cambriolages n'étaient pas un phénomène récent. Au XVIᵉ siècle, on ne possédait peut-être ni système d'alarme ni projecteur, mais on se débrouillait avec les moyens du bord. C'était d'ailleurs très efficace. Quelle que soit la manière dont elle ravirait le tableau pour cet odieux personnage, ce ne serait pas en jouant les monte-en-l'air. Tant mieux ! Elle avait horreur de ce genre d'acrobaties. Il lui faudrait agir selon le plan prévu.

Comme elle revenait dans la rue principale et passait une dernière fois devant le monastère, elle commença à réviser son plan. Elle se trouvait heureusement sur le trottoir d'en face, sinon on aurait pu la voir. Quelle importance d'ailleurs puisque l'homme ne la connaissait pas, mais autant ne pas compliquer les choses. Elle se glissa dans l'entrée d'un immeuble d'habitation et observa la scène.

Banalement vêtu, il marchait à vive allure et portait en bandoulière sur l'épaule droite un sac de toile marron qu'il serrait contre lui. Elle le vit avec quelque inquiétude escalader d'un pas leste les marches menant au portail de l'église qu'il poussa avant d'entrer. Trapu, cheveux noirs bouclés, lunettes, veste sport.

Pas besoin d'être grand clerc pour deviner qu'il ne se trouvait pas là par hasard et qu'il savait que le portail serait ouvert. Ce qui était anormal. Qui de nos jours laisse les portes ouvertes toute la nuit ? Une vague de panique s'empara d'elle. Rien ne se passait comme prévu, et tous ses plans risquaient de tomber à l'eau. Mikis mettrait ses menaces à exécution en ce qui concernait sa petite-fille. Elle le connaissait assez pour ne pas se faire d'illusions. Elle avait plus ou moins réussi à calmer son angoisse mais ce soudain développement la raviva douloureusement. Sortant précipitamment de sa cachette, elle traversa la rue et gravit les marches elle aussi. Elle n'avait pas la moindre idée de ce qu'elle allait faire une fois à l'intérieur de l'église, mais elle devait agir.

Elle avait presque atteint le seuil. Quelques secondes plus tard, elle aurait heurté l'homme qui ressortait de l'église. Blême et nerveux, il donnait l'impression d'avoir eu une peur bleue. Il dévala les marches quatre à quatre, trébucha et lâcha son sac qui tomba sur la pierre avec un bruit mat. Il le ramassa vivement, puis remonta la rue à toute allure.

Elle réfléchit un bref instant avant de prendre une décision. Quelque chose clochait. Elle entra prestement dans l'église et jeta un coup d'œil alentour. Ses yeux mirent quelques secondes à s'habituer à la pénombre. Elle aperçut alors un corp allongé sur le sol. Il s'agissait d'un vieil homme, un prêtre portant une grave blessure à la tête. Le sang gouttait de la plaie.

Il était à peine conscient. Elle s'agenouilla près de lui.

« Que s'est-il passé ? »

Il gémit faiblement et s'efforça de secouer la tête. Avec une douceur remarquable, Mary Verney arrêta le mouvement et prit le blessé dans ses bras.

« Que s'est-il passé ? répéta-t-elle.
— Le tableau… Il…
— Qui ? De qui s'agit-il ?
— Burckhardt. Il va… »

Puis il perdit connaissance. Elle se pencha pour le regarder de plus près mais se redressa aussitôt afin d'éviter que le sang ne tache ses vêtements.

« Ne bougez pas ! N'essayez pas de vous relever, fit-elle d'une voix douce tout en desserrant l'habit du moine et en tentant d'arrêter le flot de sang. Tout ira bien. Je vais m'en assurer. »

Pour le moment elle ne pouvait rien faire d'autre pour lui. Levant les yeux, elle vit le cadre vide de l'icône et sortit de l'église en courant. Elle craignait d'avoir perdu la trace de l'homme mais elle aperçut bientôt sa silhouette, facilement reconnaissable. Immobile, il était en train de consulter un plan.

Dieu merci ! le réseau des rues de Rome défie toute logique, se dit-elle, tout en ralentissant le pas avant de s'arrêter à une centaine de mètres derrière lui. « On est nerveux, pas vrai ? pensa-t-elle. Mais décide-toi ! Où vas-tu donc, petit homme ? »

Il repartit le long de la via Albina, traversa le jardin public menant à la pyramide de Caïus Cestius et à la porte San Paolo. Là, il consulta de nouveau son plan, puis traversa la place et entra dans la petite gare. Mary suivait à une prudente distance. Elle avait enfin saisi. Elle aurait dû comprendre dès qu'elle avait entendu le nom. Qui dit Burckhardt dit icônes, comme qui dit œufs dit bacon. Bien sûr !

Changeant d'avis, il ressortit de la gare et en fit le tour avant de pénétrer dans celle d'Ostiense, qui vomissait déjà ses tout premiers banlieusards. Cette fois-ci, il parut plus sûr de lui. Franchissant la sinistre entrée, il se dirigea d'un pas ferme vers les consignes automatiques. Il chercha des pièces dans ses poches et jeta son sac dans l'un des casiers. Il referma celui-ci et enleva la clé qu'il mit dans sa poche.

Dehors il héla un taxi. Inutile désormais de le prendre en chasse. Elle traversa la rue et entra dans un café. Une demi-heure suffirait pour éviter de courir le moindre risque. Mais d'abord, un peu d'humanitarisme. Elle appela une ambulance.

Pas la police ni le service chargé de la protection du patrimoine. C'eût été trop évident. S'efforçant d'imiter au mieux l'accent romain, elle prévint qu'un accident s'était produit dans l'église de San Giovanni et raccrocha avant qu'on l'interroge. Sept heures quarante. Sa conscience apaisée, le moment était venu de s'asseoir au fond de la salle pour déguster un grand cappuccino mousseux et une pâtisserie. Elle était sûre que dans le sac placé dans la consigne automatique se trouvait la solution de son problème. Avec un peu de chance, elle pourrait même prendre l'avion du retour dès cet après-midi.

À huit heures dix, elle retourna à la gare et se dirigea immédiatement vers le bureau du chef de gare.

« *Bon jorno !* baragouina-t-elle avec un horrible accent. *Ho uno* problème. Difficulté. Comprenez ? » Elle gazouillait en souriant d'un air idiot. L'employé de service, habitué aux fréquentes imbécillités des touristes, poussa un profond soupir et lui sourit aimablement. Il était de bonne humeur.

« Oui ?

— Bagage ? Consigne. Hum, *consigno ?* Perdu clé. » Elle fit le geste de tourner une clé dans une serrure. « Gros problème. » Et elle refit un charmant sourire.

L'employé fronça les sourcils et ils finirent par se comprendre. Lui faisant un grand effort pour deviner le sens des inepties qu'elle proférait, elle s'appliquant à éviter d'employer les mots italiens qu'elle connaissait trop bien.

« Ah ! vous avez égaré la clé de votre consigne automatique ? C'est ça ? »

Elle hocha la tête vigoureusement, prit un bout de

papier sur lequel elle inscrivit le numéro. C 37, annonça-t-elle en le lui montrant.

« Qu'est-ce qu'il y a dedans ? Vous êtes obligée de le dire. Sinon qu'est-ce qui nous prouve que le contenu vous appartient ? »

Elle prit le temps qu'il fallait raisonnablement pour saisir le sens de la question et brandit ce qui pourrait être pris, espérait-t-elle, pour un billet d'avion afin d'indiquer qu'elle était déjà en retard. Elle finit par condescendre à comprendre et, apparemment scandalisée qu'on puisse mettre en doute son honnêteté en la matière, elle agita encore un peu les mains.

« Sac, fit-elle. Valise. Sac ?
— *Sacco, si.*
— Merveilleux ! Marron clair. Bandoulière. Fermeture Éclair. »

Puis elle gazouilla encore un peu, décrivant le contenu en énumérant si rapidement une série d'articles imaginaires qu'elle savait qu'il n'en saisirait pas un traître mot. Il finit par lever les mains.

« D'accord ! s'écria-t-il. D'accord ! »

Il ouvrit un tiroir, y prit une clé et lui fit retraverser le hall. Mary désigna le casier. Il l'ouvrit.

« Ah ! voilà ! s'exclama-t-elle d'un ton joyeux en récupérant son bien. Oh ! merci, signore. Vous êtes si aimable ! » Elle lui secoua énergiquement la main pour manifester son infinie reconnaissance.

« *Niente !* fit-il. Faites plus attention la prochaine fois. » D'humeur trop insouciante pour rédiger le rapport qu'exigeait le règlement, il se promit cependant de demander au service concerné de dénicher une nouvelle clé. Mais pas tout de suite. Il avait trop à faire. Il s'en occuperait plus tard.

Mary Verney se dirigea vers les toilettes, s'enferma dans un cabinet et plaça le sac sur ses genoux. Fin du voyage. Dieu merci ! C'est bien enveloppé, se dit-elle, en ouvrant la fermeture Éclair. Son cœur battait la chamade.

Médusée, incrédule, elle découvrit alors le contenu du sac. Pas la moindre icône, mais une énorme quantité d'argent. Ça lui faisait une belle jambe !

Enfer et damnation ! Elle n'est pas là… Mais où se trouve-t-elle alors, nom d'un chien ?

Elle feuilleta les liasses de billets de banque pour évaluer la somme. Des piles et des piles de marks. De grosses et de petites coupures, attachées par des élastiques. Rien d'autre.

Elle fit un rapide calcul. L'équivalent de deux cent mille dollars, estima-t-elle. Elle referma le sac et réfléchit quelques instants sans bouger du siège.

Cette découverte n'avait aucun sens. Totalement incompréhensible.

Il fallait parer au plus pressé. D'abord se débarrasser du sac. Elle quitta les toilettes, gagna le quai et monta dans le train de banlieue bondé qui entra lentement en gare quelques minutes plus tard. Elle savait qu'aucun contrôleur sensé ne chercherait à voir son billet à cinq minutes du terminus. Elle resta donc debout, le sac serré contre elle, à peine moins nerveuse que Burckhardt, attendant que le train entre en grinçant dans la gare centrale et la lâche sur le quai au milieu de centaines d'autres voyageurs.

Elle laissa elle aussi le sac dans une consigne automatique puis appela Mikis à son hôtel. Il mit un certain temps à se réveiller.

« Nous avons un autre problème, dit-elle. L'icône a disparu. Quelqu'un est entré dans le monastère, a tabassé un vieux prêtre et s'en est emparé. Je ne connais pas le coupable. Un certain Burckhardt se trouvait sur les lieux. Vous le connaissez ? »

Bizarrement, sans être grand amateur d'art, Mikis savait qui était Burckhardt.

« En effet, reprit-elle. L'expert en icônes français. Lui-même. Il est à Rome et j'imagine que lui aussi s'intéresse à l'icône. Je ne pense pas qu'il ait agressé le prêtre. Mais il a déposé quelque chose dans une consigne automatique. À la gare Ostiense. Numéro C 37. »

Nouveau silence.

« Ah non ! Pas question de poireauter toute une journée dans un hall de gare. Allez interroger Burckhardt. Il a dû descendre dans un hôtel de la ville... À vous de résoudre ce problème, poursuivit-elle. Appelez sa galerie parisienne et demandez le nom de l'hôtel. Ce devrait être à votre portée... Je ne peux pas voler un tableau que quelqu'un a déjà volé. Il faudra qu'on se rencontre un peu plus tard. Pour le moment, je ne vois pas en quoi je peux encore vous être utile. »

Ça va peut-être marcher. Même lui ne pouvait exiger qu'elle fasse des miracles.

Elle rentra à son hôtel par la porte de derrière, comme d'habitude, et ressortit de sa chambre dix minutes plus tard. Elle déclara au garçon qui lui servit son petit déjeuner qu'elle avait merveilleusement dormi. Ce devait être l'air de Rome. Elle allait passer la journée dans un musée d'art. Lequel recommandait-il ?

9

Pendant qu'Argyll allait voir ce qu'il pourrait trouver au marché pour le dîner et qu'Alberto retournait à sa paperasse (« J'adorerais t'aider, mais comme c'est la fin du mois est-ce que tu pourrais te débrouiller toute seule jusqu'à demain ? »), Flavia se lança dans l'enquête sur le terrain après avoir laissé un message à l'intention de Giulia la priant de la rejoindre si jamais elle repassait au bureau après le déjeuner. Quelle corvée de devoir frapper à chaque porte, poser cent fois la même question et recevoir cent fois la même réponse ! Or c'était nécessaire. Quand Giulia arriva enfin, elle l'envoya enquêter à un bout de la rue tandis qu'elle partait de l'extrémité opposée. Elles se coltinèrent tous les immeubles d'habitation, étage par étage, appartement par appartement, jusqu'à ce qu'elles se rejoignent à mi-chemin.

« Auriez-vous vu ou entendu quelque chose vers cinq heures du matin ?

— Bien sûr que non. À cette heure-là je dors.

— Non, ma chambre donne sur l'arrière.

— Parlez plus fort. Je suis un peu sourd.

— Tout ce que j'ai entendu, c'est les boueux. Ils le font exprès, vous savez ? Ils font tout ce raffut pour empêcher les honnêtes gens de dormir. Est-ce que vous savez si...

— Pour qui me prenez-vous ? Je ne suis pas voyeur.

— Fichez-moi la paix ! Je suis occupée. Le bébé vient de vomir sur le parquet. »

Et ainsi de suite. Toute une rue et, autant que Flavia pouvait en juger, le témoin idéal, à savoir l'insomniaque curieux à l'ouïe fine dont la chambre donne sur le monastère, n'existait pas.

« Foutue perte de temps. Et j'ai les pieds en capilotade ! » maugréa Flavia en rentrant au logis, mais fière de revenir à temps pour dîner et passer une soirée normale et civilisée. Elle ôta ses chaussures et agita les orteils à l'adresse d'Argyll afin d'illustrer son propos. Ils parurent à Argyll en excellente forme.

« Ce qu'il te faut, c'est un travail de rond-de-cuir peinard.

— Ce qu'il me faut, c'est un verre de gin... Tu t'y connais en icônes ? »

Argyll s'arrêta de déboucher la bouteille.

« Je n'y connais rien.

— Tu dois bien avoir une vague idée ?

— Non. Aucune. Que dalle ! C'est strictement un domaine d'experts, les icônes. Je serais incapable de faire la différence entre une icône médiévale et une icône moderne. J'ai honte de l'avouer mais à mes yeux elles se ressemblent toutes plus ou moins.

— Tu n'en as jamais vendu ?

— Sûrement pas ! C'est déjà assez difficile de gagner sa vie en vendant des tableaux quand on connaît bien la marchandise... De plus, ces dernières années ce marché n'a pas été très rentable. Aujourd'hui, il redresse un peu la tête. Les prix remontent, maintenant que l'ex-Union soviétique a été quasiment pillée.

— Qu'est-ce que tu veux dire ?

— L'offre et la demande. Les icônes ont eu énormément de mal à se vendre. Une fois que la Russie a ouvert ses frontières, en quelques mois presque toutes les icônes du pays y ont été piquées. Les marchands occidentaux se sont retrouvés submergés. Certaines étaient d'une qualité exceptionnelle, paraît-il. Il y a dix ans les grands musées se seraient battus pour les avoir, mais après leur valeur sur le marché a chuté.

— De quelle fourchette de prix s'agit-il ?

— Ça dépend. Quelle est la qualité de celle-ci ?

— Aucune idée. Le prix maximum ? Le prix le plus élevé qu'une icône puisse atteindre, à ton avis ?

— La plus forte somme dont j'ai entendu parler, c'était deux cent cinquante mille dollars.

— Je vois. Et celle du monastère était-elle dans cette catégorie ?

— Je n'en ai aucune idée. J'en doute beaucoup. Elle avait l'air tristounette.

— Tristounette ?

— Disons, euh... délaissée. Mal-aimée. Ce n'est pas le genre d'œuvre que se disputent les collectionneurs. Je lui ai offert une bougie. »

Elle bâilla à se décrocher la mâchoire. Si Argyll avait souvent des opinions un tantinet fantasques, en matière d'art il possédait une bonne intuition, bien meilleure que la sienne. En ce qui concernait les humains, c'était le contraire. Quand il s'agissait de ses semblables, il avait rarement la finesse dont il faisait preuve en matière de tableaux.

« Une bougie, répéta-t-elle, d'un ton endormi. Pourquoi donc ?

— Ça m'a paru la chose à faire et elle m'a remercié.

— Quoi ?

— Pas l'icône, évidemment, mais la femme de ménage. Des remerciements par personne interposée, si tu préfères.

— Je comprends. Et pourquoi avait-elle l'air si esseulée ?

— Eh bien, elle avait été mise là pour être vénérée. Il y avait de la place pour des centaines de bougies et assez d'espace pour qu'un grand nombre de fidèles puissent la prier. Comme il n'y avait personne et aucune bougie allumée, on aurait dit qu'elle était tombée dans la dèche. Autrefois, elle avait sûrement dû jouer un rôle plus important. Sans doute à cause de ces fameuses légendes.

— Aurais-tu la gentillesse de découvrir des détails un peu plus concrets à son sujet ?

— Tu connais son histoire ?

— À propos de l'ange qui l'a apportée ?

— Oui.

— Je suis au courant. Libre à toi de me trouver incrédule, mais je suis un peu sceptique. De plus, à quelle époque ces anges l'ont-ils apportée ?

— Il n'y avait qu'un ange, corrigea Argyll. Un seul.

— Je te prie de m'excuser.

— Je peux faire des recherches, si tu veux. Essayer, du moins. Si je ne trouve rien, j'interrogerai notre spécialiste de la religion orthodoxe et de l'islam.

— Il s'y connaît en icônes ?

— Il a pas mal écrit dessus… Comment s'est passée ta journée ? »

Elle fit un geste de la main et bâilla de nouveau.

« Ne m'en parle pas ! Ç'a été extrêmement frustrant. J'ai obtenu l'adresse de l'hôtel de Burckhardt, mais il a disparu de la circulation… Oh ! quelle barbe !

— Que se passe-t-il ?

— Je viens d'avoir une idée… L'une des personnes que j'ai interrogées cet après-midi m'a dit que le seul bruit entendu au petit matin a été le raffut qu'ont fait les éboueurs.

— Et alors ?

— Ils ont peut-être vu quelque chose. Je dois donc me rendre au dépôt central demain matin pour parler à l'équipe qui était de service aujourd'hui dans la rue du monastère. Et je crains fort qu'ils ne commencent dès potron-minet...

— Il vaut mieux que tu te couches tôt, par conséquent. »

Elle ne répondit pas. Elle se trouvait déjà à proximité de la chambre à coucher et bâillait si fort qu'elle n'entendit même pas ce qu'il disait. La conversation n'avait duré que dix minutes. Pour une soirée entière, c'était peu.

10

Situé aux abords de Rome, le dépôt était un parking sinistre pour camions en attente. Jour après jour, dès l'aube, plusieurs centaines d'hommes s'y retrouvent et tentent – tâche ingrate et sans fin – de garder la ville à peu près propre et médiocrement salubre. Chaque matin, les camions s'ébranlent au milieu de nuages tourbillonnants de gaz d'échappement et reviennent plusieurs heures plus tard couverts de poussière, dégageant une odeur de légumes pourris, croulant sous des masses de papiers sales, de vieux journaux, de sacs en plastique et d'épluchures variées. Après avoir déversé leur charge malodorante, ces hommes jouissent de quelques heures afin de se reposer et se requinquer, avant de reprendre le travail. Cela dure depuis l'époque d'Auguste et continuera jusqu'au Second Avènement. Et peut-être bien après.

Le dépôt était faiblement éclairé par des tubes fluorescents dont la plupart étaient hors service. Flavia découvrit des dizaines et des dizaines de silhouettes d'hommes à côté de leur véhicule, tels des soldats debout près de leur char d'assaut sur le point de livrer bataille. Ils bavardaient, fumaient et avalaient de temps en temps une gorgée d'alcool pour se fortifier avant de repartir affronter les forces du chaos. Elle demanda un renseignement à l'un d'eux qui paraissait être une sorte de chef.

Guère loquace, il plissa les yeux pour déchiffrer la carte professionnelle de Flavia, puis lui indiqua un petit bistrot miteux, de l'autre côté de la rue. Apparemment, ce commerce vivait lui aussi des ordures ménagères, apaisant la faim des équipes avant leur départ et étanchant leur soif à leur retour. On ne voyait rien d'autre alentour qui eût pu lui fournir des clients.

Elle pénétra dans le bistrot, observa la petite foule en bleus de travail qui s'agglutinait contre le comptoir et choisit un homme au hasard.

« Aventin numéro 3 ? » s'enquit-elle.

Plutôt taciturnes, ces types, songea-t-elle. Mais qui est disert à une heure pareille ?

Elle se retrouva devant un petit homme fluet à qui on n'aurait pas osé donner un cabas à porter, alors ne parlons pas des énormes conteneurs fournis par la ville pour assurer la propreté urbaine qui semblent peser des tonnes...

« Aventin numéro 3 ? » répéta-t-elle.

Puisqu'il ne le niait pas, elle poursuivit son interrogatoire.

« Avez-vous ramassé les ordures de la via San Giovanni hier matin ? »

Il la regarda d'un air méfiant, comme si elle risquait d'être une fonctionnaire municipale venue enquêter à la suite d'une plainte de riverain concernant le bruit ou parce que les éboueurs avaient laissé des ordures sur le trottoir.

« C'est pas impossible », fit-il.

Elles ressortit sa carte professionnelle.

« Un cambriolage avec violence a été commis dans cette rue. Sans doute avant sept heures.

— Ah oui ?

— Dans le monastère. On a fracassé le crâne du supérieur.

— Oh, oh !...

— Un tableau a été volé. Vous avez vu quelque chose ? »

Il réfléchit quelques instants, plissant son front ridé pour mieux se concentrer. La mémoire lui revint soudain.

« Non, fit-il.

— En êtes-vous bien sûr ? soupira-t-elle. Vous n'avez vu personne sortir du monastère ? Y entrer ? Vous n'avez rien entendu ? »

Il secoua la tête et se dirigea vers le comptoir. Flavia jura entre ses dents. Elle aurait aussi bien pu rester au lit. Elle bâilla. Le lever aux aurores, le café à jeun et maintenant cette vague odeur de légumes pourrissants dégagée par les vêtements des éboueurs, cela lui donnait un peu mal au cœur. Non, se corrigea-t-elle, ça me donne réellement envie de vomir.

« C'est lui qui l'a fait. »

S'efforçant de maîtriser les mouvements de son estomac quelques instants de plus, elle s'aperçut que le petit homme était revenu, flanqué cette fois-ci d'un autre individu, aussi grand que lui était petit et aussi costaud qu'il était fluet.

« Pardon ?

— C'est Giacomo qui a fait cette partie de la rue. Hier matin. »

Se concentrant de toutes ses forces, elle réussit à adresser un faible sourire à Giacomo. Il la gratifia alors d'un sourire contraint et niais qui révéla des dents tachées. Elle perçut un relent d'alcool et de cigarette, agrémenté de l'odeur de végétaux pourris. Elle espérait pouvoir rester debout assez longtemps pour l'interroger.

« Avez-vous vu quelque chose ? À six heures, à peu près ?

— Rien en particulier. » Il parlait lentement d'une voix idiote.

« Aucun bruit suspect ?

— Non. » Après chaque question, Giacomo se figeait avant de regarder le plafond, l'air puissamment concentré. Dépêche-toi ! pensait-elle. Il ne s'agit pas d'algorithme. Puis il secouait la tête avec lenteur comme si cela donnait plus de poids à sa réponse.

« Avez-vous aperçu quelqu'un dans le monastère ?
— Non.
— Rien ?
— Rien. »

Elle se tut et réfléchit. Quelle perte de temps !

« J'ai vu un homme sortir de l'église », reprit-il.

Elle le fixa intensément.

« Quand ?
— Sais pas. Six heures et demie ? Quelque chose comme ça. Non. Je dis des bêtises... Ç'a dû être avant, parce qu'on s'est arrêtés pour la pause un peu après. Et on fait toujours la pause à six heures et demie.
— Merveilleux ! s'écria Flavia avec un enthousiasme factice. Qu'avez-vous donc vu ?
— Comme j'ai dit. Un homme est sorti de l'église.
— Et alors ?
— Et alors rien. Ça m'a juste frappé parce que le portail est toujours fermé à clé. Je l'ai jamais vu ouvert. J'ai pensé : Tiens ! le portail est ouvert.
— Très bien, dit-elle d'un ton patient. Et cet homme, il portait quelque chose ? Un paquet ? »

Il remua la tête, d'un côté puis de l'autre, et réfléchit encore quelques instants.

« Non.
— Vous en êtes sûr ?
— Oui. Mais il avait un sac quand même.
— Un sac ?

— C'est ça. » Il tendit les deux mains pour en indiquer la taille. « Je l'ai remarqué parce qu'il l'a laissé tomber.

— Est-ce que ça a fait du bruit ? Est-ce qu'il a eu l'air inquiet de l'avoir laissé tomber ? »

Il secoua la tête.

« Il l'a juste ramassé par la bandoulière et s'est tiré à toute allure.

— À toute allure ?

— Oh oui ! C'est pour ça que ça m'a frappé, en plus que le portail était ouvert. Il a descendu les escaliers quatre à quatre, a laissé tomber le sac et a filé à toute vitesse.

— Je vois. Bien, ajouta-t-elle d'une voix pressante, en partie parce qu'elle voulait connaître la réponse et en partie parce qu'elle savait que son estomac se faisait de plus en plus menaçant, comment était-il physiquement ? »

Il dressa le portrait assez précis d'un homme de faible taille à l'air inoffensif. Flavia sortit les photos prises par Giulia le premier après-midi où elle avait été chargée de surveiller le monastère. Menzies raccompagnant quelqu'un sur le seuil de l'église et prenant amicalement congé de lui. C'était l'impression que ça donnait en tout cas.

L'air absorbé, Giacomo l'étudia avec soin tout en se passant la langue sur les dents.

« Oh oui ! fit-il. C'est bien lui.

— Vous en êtes certain ? L'homme qui se trouve à

droite est l'individu que vous avez vu sortir de l'église hier matin ? »

Il opina du chef. Elle le remercia et s'apprêta à partir. Elle l'informa qu'il serait convoqué au commissariat pour faire une déposition. Il parut déçu.

« Je regrette mais c'est absolument nécessaire, fit-elle sans forcer le ton le moins du monde.

— Pas de problème. Je me demandais seulement si ça vous intéresserait que je vous parle de la dame.

— Quelle dame ?

— Celle qui est entrée dans l'église après ce type. Je l'ai vue.

— Oh ! s'écria-t-elle. En effet. Ça m'intéresserait fort que vous me parliez d'elle. »

Dans l'ensemble, songea Flavia, à la fois satisfaite et désappointée, la matinée est plutôt concluante. L'éboueur avait dressé un portrait assez ressemblant de Mary Verney et serait sans doute capable de l'identifier quand on le lui demanderait.

On n'avait pas encore d'explication plausible. Plus elle y pensait, plus elle devait reconnaître cet aspect des choses. Quelqu'un était sorti de l'église avec un sac juste assez grand pour contenir une icône. Mary Verney en était ressortie les mains vides. Leur témoin en était sûr et certain. Elle n'était restée dans l'église qu'une minute ou deux. Laps de temps trop court pour frapper le père Xavier, voler l'icône et la cacher quelque part. Il leur faudrait fouiller l'église une fois de plus, par simple mesure de précaution. Ce Burckhardt avait très probablement pris le tableau et attaqué le supérieur.

L'icône et l'expert. Les deux font la paire. Autrement, ce serait une sacrée coïncidence.

Pourquoi la voler ? À l'évidence, parce qu'il la voulait. Mais un homme de renom comme lui ? S'en emparer lui-même ? Très inhabituel. Tout à fait inouï. Même le plus bête des marchands ferait appel à un spécialiste. Mme Verney, par exemple. Alors pourquoi avait-il quitté les lieux avant qu'elle arrive ? Et une Mme Verney n'effectuerait pas sa mission en emmenant son commanditaire, histoire de lui faire prendre l'air.

Parvenue dans une impasse, elle infligea à son pauvre estomac une cigarette et un café, tout en fixant le plafond dans l'espoir qu'une solution se ferait jour dans son esprit.

Peine perdue. Soudain, au moment où elle s'apprêtait à s'accorder la pause d'une demi-heure qu'elle s'était promise depuis cinq heures, Alberto l'appela au téléphone. Il y avait du nouveau. On avait trouvé un cadavre flottant sur le Tibre. Voulait-elle venir y jeter un coup d'œil. Ça pourrait l'intéresser.

Pourquoi donc ? demanda-t-elle. C'était un événement plutôt banal.

« C'est que, vois-tu, il s'appelle Burckhardt. Selon la carte d'identité retrouvée sur lui, il s'agit d'un marchand d'art. De Paris. Alors j'ai pensé que...

— J'arrive tout de suite. » Elle attrapa sa veste, maîtrisa son estomac et sortit du bureau.

11

Le coupable, quel qu'il soit, n'avait guère fait d'effort pour maquiller son crime, car tôt ou tard le corps serait remonté à la surface et se serait échoué sur la rive, même si l'un des lents et vieux dragueurs chargés de la tâche ingrate de désenvaser le fond du fleuve ne l'avait brutalement happé et précipité dans sa vaste soute.

Ce fut heureux que quelqu'un le remarque, et que ce soit le fils du patron du bateau, sinon il est fort probable qu'on n'aurait fait aucun cas de son cri d'alarme.

La prompte découverte du corps fut donc due au hasard. Ainsi, les policiers évitèrent de gaspiller un temps précieux à rechercher Peter Burckhardt pour l'interroger. Ils se consacrèrent tout de suite à une tâche bien plus urgente : retrouver la personne qui l'avait emmené à trois kilomètres de la ville, lui avait logé une balle dans la tête avant de jeter son cadavre à l'eau.

Restait le mobile. Il n'avait rien sur lui qui puisse mettre la police sur une piste, sauf un carnet d'adresses contenant plusieurs centaines de numéros de téléphone, que l'infortunée Giulia dut appeler l'un après l'autre. Aucun élément ne fit progresser l'enquête à pas de géant. Le principal indice était le cadavre. Il n'apporta cependant pas grand-chose puisqu'il n'indiquait pas la manière dont il était arrivé là ni l'identité de la personne qui l'avait jeté à cet endroit. Et, comme l'assura à Flavia le pathologiste d'un air morose, le corps ne fournirait probablement jamais le moindre éclaircissement. Ni la balle puisque, après l'avoir traversé de part en part, elle était ressortie du crâne.

« La balle a donc été tirée à bout portant ? C'est une hypothèse crédible ?

— Possible. Ça dépend de l'arme. Si vous me permettez d'émettre une hypothèse...

— Je vous écoute...

— Je dirai un petit pistolet. La balle a été tirée d'assez près. Moins d'un mètre. Je ne peux être plus précis. Pas pour le moment en tout cas. »

Parfait. Elle n'en avait pas espéré moins, ni plus d'ailleurs.

« Il y a quelque chose, dit Alberto comme elle s'apprêtait à partir.

— Quoi donc ?

— Dans sa poche. » Il tendit un bout de papier replié dans la paume de sa main. « On a trouvé ceci.
— Et alors ?
— C'est la clé d'une consigne automatique.
— Puis-je l'emprunter un moment ?
— Si tu signes un reçu et la rends.
— En voilà des chichis !
— On ne peut faire confiance à personne de nos jours, tu sais. Tu as une hypothèse ?
— Non. Aucune de satisfaisante, répondit-elle en secouant la tête. Et toi ?
— On a pensé convoquer le restaurateur pour un petit entretien. Menzies. »

Elle eut l'air perplexe.

« Ils étaient ennemis, expliqua-t-il, d'après ton ami. Autrefois, ils se sont battus. Ils se sont à nouveau querellés il y a deux jours. Tu n'es pas la dernière à décrire le milieu de la restauration des tableaux comme un univers impitoyable.
— Pas à ce point. Si on lui avait tordu le cou, alors Menzies serait ton homme. Mais lui tirer une balle dans le crâne ? » Elle secoua la tête.

Alberto haussa les épaules.

« Il faut bien passer le temps. Sauf si tu as quelque chose de mieux à proposer... ? »

Comme ce n'était pas le cas, elle signa le reçu, mit la clé dans sa poche et s'éloigna à pas lents.

Il existe des procédures bien établies pour déterminer la provenance d'une clé, mais elles sont extrêmement fastidieuses et souvent très longues, même si l'on est sûr qu'elle appartient à un casier de consigne automatique. Flavia mit cependant en branle toute la machine puis, tout en essayant d'accélérer un peu le mouvement, attendit assise à son bureau.

Faisons comme si c'était très important, se dit-elle. Comme si cela allait déboucher sur quelque chose.

Elle sortit son vieux plan de Rome très fatigué, l'étala sur le bureau et l'examina. Les gares jumelles d'Ostia Lido et d'Ostiense étaient les plus probables, même si l'on ne pouvait écarter la station de métro Colisée. Dans la mesure où elle possédait des casiers de consigne.

Des clés, songeait-elle en se dirigeant vers la station de taxis et en se frayant un chemin jusqu'au début de la queue. Les Romains ne protestèrent pas mais les touristes la fusillèrent du regard. Des clés, se dit-elle, comme le taxi se glissait dans le flot de voitures. Des tas de clés. De consigne automatique et de portail d'église. Fatigant. Mais savait-on jamais ? La fin du voyage se trouvait peut-être au coin de la rue. Avec un peu de chance.

Pas aujourd'hui. Pas en ce qui concernait cette clé-là. Au Colisée elle fit chou blanc. De même à Ostia Lido. Ostiense la déconcerta quelque peu.

Un bref instant, elle sentit renaître l'espérance. La gare possédait ses rangées de casiers et, après une brève recherche, elle se retrouva devant le numéro C 37. Le casier était verrouillé. Frémissant d'espoir, Flavia inséra la clé et sourit quand elle tourna dans la serrure.

Il y avait un bagage à l'intérieur mais c'était une valise, couverte d'étiquettes de compagnies aériennes américaines.

Elle la retira du casier, sans perdre tout espoir mais en devinant que quelque chose ne tournait pas rond. Elle la posa par terre et l'ouvrit.

Socquettes. Caleçons. Tee-shirts. Une étiquette indiquait que le propriétaire s'appelait Walter Matthews et habitait au 2238 Willow Street, 07143 Indianapolis. USA.

Tout à fait déroutant. Les sourcils froncés, oublieuse des voyageurs qui faisaient un détour pour l'éviter, elle resta assise en tailleur devant les effets éparpillés sur le sol, cherchant à deviner le rapport entre Burckhardt et la valise. Peine perdue. Elle s'apprêtait à tout ranger lorsqu'elle perçut un bruit de pas derrière elle. Tout d'abord, elle n'y prêta pas attention mais fut tirée de sa rêverie quand retentit un sonore cri de triomphe tandis qu'un grand bras américain, bronzé et musclé, lui enserrait le cou.

« Prise la main dans le sac ! hurla Walter Matthews d'Indianapolis.

— Oh ! bonté divine...

— Au voleur ! Police ! »

Plusieurs voyageurs intrigués firent halte pour

assister à la scène. Flavia fut fermement maintenue au sol durant plusieurs minutes par le touriste furieux, jusqu'à l'arrivée du chef de gare. Deux carabiniers passant par là voulurent l'arrêter sur-le-champ pendant que le chef de gare essayait de calmer le jeu.

« Écoutez les gars..., commença Flavia.
— La ferme ! Vous êtes en état d'arrestation.
— Pas question !
— Ah oui ? C'est ce que vous croyez ! »

Elle tenta de prendre sa carte professionnelle mais fut immédiatement plaquée au sol à nouveau.

« Bonté divine ! Je fais partie de la police. Lâchez-moi, espèces d'idiots ! »

Elle parlait avec assez de conviction pour les faire hésiter, le temps qu'elle extirpe sa carte de sa poche arrière. Ils regardèrent la carte et, tout gênés, lui lâchèrent les bras, ce qui fit hurler de rage Walter Matthews.

« Oh ! du calme, lança Flavia, consciente qu'elle ne rehaussait pas l'image internationale de Rome, mais peu attentive à cet aspect des choses. Reprenez votre foutue valise et estimez-vous heureux qu'on ne vous la confisque pas... »

Il ne comprit pas un traître mot de ses propos jusqu'à ce qu'elle se calme assez pour les lui traduire d'un ton plus serein. Délit. Meurtre. Consigne impliquée. Enquête de police. Aucun dégât. Merci de votre coopération. On vous en est fort reconnaissants. Etc.

Tout cela en anglais, langue inconnue du chef de

gare. Dommage, car s'il l'avait sue, il se serait montré plus compréhensif. Pour le moment, surtout indigné qu'on ait troublé l'ordre de sa gare, il répondit aux questions de Flavia avec une grande froideur.

Il ne pouvait entrer dans les détails, lui apprit-il, vu qu'il ne faisait que remplacer le chef de gare en titre durant les vacances d'icelui.

« Où les passe-t-il ?

— À Vienne. Avec le chœur des chemins de fer nationaux. Ils font une tournée en Autriche. Le *Requiem* de Verdi. Ainsi que du Palestrina. Le signore Landini est ténor.

— Félicitations... Comment se fait-il qu'il y ait deux clés ? J'en ai une et ce jeune Américain en possédait une également. »

Il haussa les épaules. L'une des deux avait probablement dû être déclarée perdue et remplacée.

« Quand ça ? »

Nouveau haussement d'épaules. On inscrit toujours ce genre de choses dans le registre.

« Eh bien, allez chercher le registre ! »

Ce qu'il fit en traînant les pieds. Elle étudia le registre avec attention. Rien.

« On a dû faire une nouvelle clé. Y aurait-il une trace de l'opération ? »

Il y a toujours un double, expliqua-t-il. Les gens perdent tout le temps leur clé et ça les met dans tous leurs états.

« Vous ne savez donc pas du tout quand le double a

été utilisé ? Ni quand on a déclaré la perte de l'original ?

— C'est ça.

— Pouvez-vous dire si celle-ci est l'original ? » Elle lui tendit la clé trouvée dans la poche de Burckhardt. Le chef de gare la regarda et fit signe que oui. C'était bien l'original. On pouvait l'affirmer grâce au numéro. Elle la reprit, la mine si déconfite qu'il finit par s'apitoyer sur son sort et décrocha le combiné.

« Les consignes automatiques ? Le signore Landini vous a-t-il récemment demandé le double d'une clé ? »

Il y eut un silence.

« Hier ? Le numéro ? Bon. Non, tout va bien. Il a oublié de l'inscrire dans le registre, c'est tout. L'air des vacances, j'imagine. Il n'a pas mentionné le nom de la personne qui a perdu la clé ? C'est bien ce que je pensais. »

Il reposa le combiné.

« Hier, fit-il. Quelqu'un est venu déclarer la perte de sa clé.

— J'ai entendu. On ne vous a pas dit à quel moment de la journée ?

— Le signore Landini l'a signalé juste avant son départ. »

Obtenir les diverses autorisations pour pénétrer dans la chambre d'hôtel de Burckhardt prit le temps habituel. C'est-à-dire des heures. Puisqu'il voyageait seul, on ne pouvait s'adresser à personne d'autre. Il fallait donc dénicher le service juridique auprès duquel les solliciter. S'il n'avait tenu qu'à elle, Flavia aurait crocheté la serrure, mais les carabiniers s'occupaient aussi du dossier et depuis un certain temps, ils faisaient du zèle. Autrefois, c'était différent, mais à cause des diverses commissions d'enquête, d'investigation ou d'évaluation tout le monde se tenait à carreau et suivait les procédures à la lettre. D'une part, pour éviter les ennuis et, d'autre part, pour montrer à ceux qui nous gouvernent qu'appliquer le règlement fait perdre beaucoup de temps et d'argent.

Ainsi, tandis qu'ils s'activaient auprès de magistrats, que les pathologistes s'activaient sur le cadavre de Burckhardt et que Paolo partait à la recherche de Mme Verney, Flavia se retrouva temporairement désœuvrée. Elle décida de faire un saut à San Giovanni pour voir si Alberto avait déjà mis la main au collet de Menzies. Comme il n'était pas là, elle alla rendre visite au père Jean.

« Pourquoi toutes ces fleurs sur les marches de l'église ? »

Il se renfrogna.

« Elles ont été apportées par les habitants du quartier. Ils cherchent à convaincre Leur-Dame de revenir et de leur pardonner.

— De quoi ?

— De l'avoir négligée. »

Repensant à ses années de catéchisme, elle se gratta la tête.

« Est-ce bien orthodoxe en matière de théologie ? »

Il secoua la tête en souriant.

« En matière de théologie, c'est atroce. Mais ça n'a rien à voir. Ils pensent qu'elle est mécontente et qu'elle leur a retiré sa protection. Franchement, ça frôle le paganisme. Et, bien sûr, on rejette la faute sur nous. Si nous ne l'avions pas coupée du peuple en fermant le portail… Savez-vous qu'hier l'un de nous, le père Luc, s'est fait apostropher dans un débit de tabac ? On lui a reproché d'avoir apporté le malheur dans le quartier. Le croirez-vous, à notre époque ?

— Difficilement…

— Inimaginable. L'idée de fermer l'église venait du père Xavier. Personne ne se doutait que les gens portaient autant d'affection à l'icône. Enfin, les fleurs et les paniers de fruits sont destinés à l'amadouer et à la faire revenir. Si ça continue, on va avoir de la visite.

— Qui donc ?

— L'inspecteur des paroisses et notre cardinal. Cela pourrait nous attirer des ennuis. On va nous reprocher d'avoir fermé l'église et d'encourager la superstition. J'en suis sûr. Je suis trop âgé pour ce genre de choses, signorina. »

Elle regarda son vieux visage ridé, ses épaules affaissées et ne put qu'acquiescer. Heureusement, ce n'était pas dans ses compétences, même si Bottando aurait pu lui dispenser de bons conseils pratiques.

À soixante ans et vu son embonpoint, ce rôle lui allait comme un gant. Flavia, elle, n'avait guère le temps de donner des conseils aux autres.

« C'est une question de clés… » commença-t-elle, pour ramener le sujet sur un terrain plus confortable. Puis elle observa un long silence. Le père Jean resta patiemment assis, dans l'attente de précisions.

« On a vu un homme sortir de l'église à six heures et demie. Quelqu'un a dû l'ouvrir de l'intérieur. Combien de clés y a-t-il ? Qui en détient une ?

— Vous parlez du portail qui s'ouvre sur la rue ? » Elle hocha la tête.

« Il n'y en a qu'une, répondit-il.

— Puis-je la voir ?

— Avec plaisir. Elle est suspendue à un crochet près du portail, à l'intérieur.

— Je ferais mieux de vérifier qu'elle est toujours là.

— C'est inutile, répondit-il en souriant, je l'ai vue moi-même ce matin. Avez-vous arrêté cet individu ? Ce n'est peut-être pas très charitable mais, s'il a agressé le père Xavier, j'aurais beaucoup de mal à lui pardonner. »

Elle fit la grimace. À l'évidence, personne ne les avait encore mis au courant.

« Je crains que cette affaire ne se complique de plus en plus. Ce matin, on a découvert le corps de M. Burckhardt dans le Tibre. Il a été tué d'une balle dans la tête.

— Seigneur Dieu ! Le malheureux homme…

— Comme vous dites.

— J'ai bien peur de ne pas comprendre les tenants et les aboutissants de cette affaire. »

Elle le regarda d'un air triste.

« Croyez-moi, vous n'êtes pas le seul, mon père. Ça dépasse désormais le simple vol d'un objet d'art sans grande valeur. Un vrai cauchemar. J'espère que le père Xavier va nous aider. Dans la mesure où on nous permettra de lui parler demain.

— Vous ne pensez pas qu'il coure le moindre danger ? »

Elle haussa les épaules.

« Je me disais que personne n'était en danger. J'avais tort, évidemment. Je l'ai donc fait garder par un policier.

— Pour une raison ou une autre, je ne suis pas aussi rassuré que je devrais l'être.

— Moi non plus, dit-elle d'un ton morne.

— J'aimerais envoyer l'un de notre frères musclés pour veiller sur lui.

— Je suis certaine que c'est faisable... Qu'y a-t-il ? »

Le père Jean paraissait soudain mal à l'aise, comme quelqu'un qui ressent le besoin de dire quelque chose mais hésite par pudeur.

« Allons ! Vous ne pouvez pas me choquer. Rien ne peut me surprendre, aujourd'hui.

— J'aimerais savoir quand nous allons voir le général. Je suis persuadé que vous possédez toute l'expérience requise. Ne vous formalisez pas, je vous prie. Le général Bottando nous connaît, depuis la dernière fois... J'aime à croire que lui et moi, nous nous sommes bien entendus, voyez-vous, et je me réjouissais à l'idée de le revoir.

— Je crains que cela ne soit impossible. Je suis chargée du dossier. Le général Bottando est trop – euh – occupé en ce moment. » Elle s'efforça de ne pas s'irriter et y réussit presque. Après tout, elle allait devoir s'habituer à ce genre de remarque.

« Veuillez m'excuser. Je ne sous-entendais pas un seul instant, bien sûr...

— Je le sais. Mais c'est comme ça. Par conséquent, si vous avez quelque chose à révéler, il faudra vous adresser à moi.

— Oh ! grand Dieu ! je ne souhaite pas avoir l'air méfiant. Ne le prenez pas contre vous, mais vous comprenez je ne vous connais pas. »

Elle lui lança un regard agacé. Que de tergiversations ! Tôt ou tard, il viderait son sac, alors qu'attendait-il ?

« Depuis un ou deux jours, je découvre, hélas ! certaines choses profondément affligeantes.

— Et dont vous souhaitez que personne ne prenne connaissance ? »

Il hocha la tête.

« Je suis tout à fait disposée à oublier un élément qui n'est pas directement lié au dossier. Ma mission consiste à trouver un voleur et un meurtrier. Pas à étaler le linge sale des autres. »

Il poussa un petit grognement, prit une profonde inspiration, puis se lança dans le récit de ses révélations. Ou presque. D'abord quelques circonlocutions pour s'échauffer.

« Peut-être avez-vous deviné que le père Xavier et moi n'étions pas toujours d'accord sur un grand nombre de points ? »

Elle hocha la tête.

« Vaguement.

— Il n'y a pas très longtemps, j'étais l'adjoint du supérieur général, le père Charles. C'était à n'en pas douter le meilleur chef que l'ordre ait jamais eu. Il ne s'agit pas seulement de ma loyauté envers lui. Il nous a fait traverser la tourmente et les séquelles de Vatican II. Il avait le don d'apaiser les querelles et de persuader les gens. C'est un don très rare. Je le connaissais quasiment depuis toujours. Il avait quelques années de plus que moi et je l'aimais comme un frère. Un véritable frère, vous comprenez. »

Elle opina du chef.

« Puis il est tombé malade. Il était vieux, avait eu une vie bien remplie, mais après sa maladie il ne pouvait plus assumer ses fonctions. Nous avons élu le père Xavier pour lui succéder. Peut-être allez-vous me trouver injuste, mais à mon avis c'est un homme pusillanime. Comme ce n'est guère une âme forte, il en emprunte l'apparence, si vous voyez ce que je veux dire. »

Il lui jeta un coup d'œil mais elle secoua la tête. Pas le moins du monde.

« Lorsqu'il prend une décision, ce n'est pas parce qu'il est certain d'avoir raison, contrairement à Charles. Il se persuade que c'est bien le cas, mais comme il n'y croit pas vraiment, il présente ses idées avec davantage de force et de dogmatisme que s'il était réellement convaincu. Quand il a une idée, il s'y accroche coûte que coûte de peur de se révéler à lui-même sa propre faiblesse. Il attaque au lieu de chercher à persuader et irrite au lieu d'amadouer.

» Il veut reconstruire l'ordre de fond en comble. À juste titre sans doute : on ne peut continuer ainsi. Il faut apporter des changements. Mais, voyez-vous, je le détestais, et même si je savais que c'était mal, je n'y pouvais rien. Il est facile de le haïr. Il n'est pas le père Charles, et sa précipitation constituait une critique implicite de l'œuvre de son prédécesseur. Il avait pris la place de quelqu'un d'irremplaçable. Il n'était ni aussi sage, ni aussi bon, ni aussi saint.

» C'est pourquoi, chaque fois qu'il a fait une proposition, je l'ai contré. Il voulait collecter des fonds pour renforcer nos missions d'enseignement dans le tiers-monde, et j'ai voté contre pour la simple raison qu'il n'aurait pas dû proposer des modifications au travail de Charles. Quand il a voulu vendre certains de nos biens, c'est encore moi qui ai mené l'opposition avec succès, et la motion a été repoussée. Vous comprenez ce que je dis ? »

Elle fit signe que oui.

« Vous pourriez penser qu'il s'agit simplement des jeux dérisoires d'une bande de vieux birbes, mais c'est plus grave que ça. Nous avons la possibilité d'accomplir de bonnes œuvres et je m'y suis opposé. Et ça s'est terminé par une catastrophe.

— Ce que je ne saisis pas…

— Comme que je dirige le monastère depuis quelques jours, j'ai eu l'occasion de parcourir les dossiers. Ce que j'y ai découvert m'a beaucoup choqué. Et me préoccupe énormément. Un instant… »

Il se leva et se dirigea vers le bureau. Il manipula un trousseau de clés et ouvrit un tiroir.

« Voilà, fit-il en tendant à Flavia un mince dossier dans une chemise en papier kraft. La première lettre est arrivée hier matin. »

Elle l'ouvrit et la parcourut. La missive émanait d'un cabinet milanais d'agents de change. Flavia fronçait les sourcils en la lisant. Elle n'y comprenait pas grand-chose.

« Je leur ai téléphoné, bien sûr, pour leur demander des précisions.

— Oui. Et alors ?

— Xavier se voulait toujours moderne. Il souhaitait utiliser les techniques et les moyens du monde réel – c'était sa formule – pour nous aider dans notre travail. Je crains qu'il n'ait été terriblement naïf en pensant qu'il était facile de gagner de l'argent. C'est pourquoi il a eu recours à ces gens – à l'insu de tous – et, autant que je puisse en juger, a joué tout l'argent que nous possédions. Ce n'est pas le langage utilisé par ces gens. Il s'agit de spéculer sur des "créneaux porteurs"... Je crois que c'est la formule utilisée.

— Et alors ?

— Et, tel un pauvre agneau mené à l'abattoir, il nous a fait perdre une fortune. Je ne comprends goutte au processus, mais je saisis trop bien le résultat. Au lieu de posséder un portefeuille assez conséquent, nous devons maintenant deux cent cinquante mille dollars à ces personnes. Xavier a perdu le reste en Bourse.

— Voilà pourquoi il voulait vendre certains de vos biens.

— Probablement. C'est sans doute ce qu'on va devoir faire, sauf si un miracle se produit. Il nous faudra payer ses dettes. Nos dettes. Quel choc !

— Je veux bien vous croire. Et ses manigances durent depuis combien de temps ? »

Il haussa les épaules.

« Depuis qu'il a succédé à Charles, je pense. Je ne le sais pas au juste. J'aurais préféré que ce ne soit pas moi qui fasse cette découverte.

— Pour quelle raison ?

— Parce qu'elle confirme mes pires craintes à son sujet. Je prends trop de plaisir à avoir deviné juste. Je devrais entamer une procédure contre lui comme le stipule la règle de l'ordre, mais je doute trop de mes motifs. C'est en partie ma faute. Si je ne m'étais pas tant opposé à lui et de façon si excessive, peut-être ne se serait-il pas senti obligé de recourir à ce genre de procédé. J'ai mené la fronde. Pourquoi ? Parce que je pense que soigner et instruire les habitants du tiers-monde est une mauvaise idée ? Pas du tout. J'admire beaucoup le père Paul, qui souhaite se consacrer tout entier à cette tâche. Il se morfond à Rome alors qu'il devrait rentrer dans son pays pour y employer ses talents… Non. C'était uniquement parce que le père Xavier le souhaitait. Un point, c'est tout. Vous saisissez ? Ma bêtise a encore aggravé la situation. Et ça s'est terminé en tragédie. Je remercie Dieu que Xavier soit toujours en vie même si la mort du signore Burckhardt me peine.

— Je vois. Qu'allez-vous faire maintenant ?

— Je n'en sais rien. Comme obtenir de l'argent rapidement ? Ce n'est pas un domaine où j'ai beaucoup d'expérience. »

Elle se leva en esquissant un petit sourire.

« Moi non plus. »

Il hocha la tête et se leva lui aussi pour lui ouvrir la porte.

12

« Tout va bien ? »
Quel altruisme !
« Pas vraiment. »
Flavia avait débarqué dans le réduit de Jonathan, prit un des biscuits au chocolat spécialement importés d'Angleterre qu'il cachait derrière les ouvrages de référence, avant de s'apercevoir qu'elle n'avait pas très faim.

« Pourquoi donc ne t'ouvres-tu pas à moi ? Depuis que tu es là, tu as une mine d'enterrement.
— Dure journée.
— Eh bien, raconte…
— Plus tard, fit-elle d'un ton brusque, agacée pour une fois par sa joyeuse insouciance.
— À ta guise. Que fais-tu là si ce n'est pas pour te soulager en parlant des problèmes du monde ?
— Devrais-je avoir une raison pour venir te voir ?
— Tu viens rarement sans une bonne raison. »

C'était vrai. Pourquoi était-elle là ? Reléguant à l'arrière-plan les questions plus complexes, elle se força à se concentrer sur les aspects pratiques du dossier.

« Tu avais dit que tu pourrais trouver quelque chose sur l'icône. Tu l'as fait ?

— Pas encore. J'ai été très occupé aujourd'hui.

— Écoute, Jonathan. Que tu sois occupé ou non, je m'en fiche. C'est urgent. »

Il se renfrogna.

« Ça regarde la police. Pas moi. Je n'ai pas eu une minute à moi. Et tu n'as jamais dit que c'était particulièrement urgent.

— Désolée.

— Qu'est-ce qui te prend ? Tu es venue jusqu'ici pour me passer un savon ?

— Je me suis excusée. Je sais que tu es occupé, mais je dois trouver des renseignements sur ce tableau. Je suis debout depuis cinq heures du matin. Le fameux Burckhardt a été assassiné.

— Quoi ?

— On lui a tiré une balle dans la tête. Cette icône est de toute évidence bien plus importante qu'on ne le croyait. Il faut que je sache pourquoi. Le temps presse, tu comprends. »

Il la regarda un instant bouche bée, puis, se secouant, se leva et quitta la pièce. Il revint quelques instants plus tard accompagné d'un homme barbu, âgé d'une bonne quarantaine d'années.

« Je te présente Mario di Angelo, le chef du département. Parle-lui de Burckhardt. »

Ce qu'elle fit. Il parut d'abord stupéfait, puis bouleversé.

« J'ai dîné avec lui il y a quelques jours à peine... Qui aurait pu deviner ? fit-il en secouant la tête d'un air chagrin. Le pauvre type. Le malheureux... C'était vraiment un homme sympathique, un bon compagnon. Très cultivé de plus. On va beaucoup le regretter, vous savez. »

Flavia hocha la tête.

« À ce dîner, il n'a pas dit s'il était venu à Rome pour acheter une icône, par hasard ?

— Non. Bien sûr, j'ai supposé qu'il était là pour ce genre de raison. Nous nous connaissions comme chercheurs et nous ne parlions jamais de ses affaires.

— Absolument jamais ?

— Non. Il a dit qu'il allait terminer des recherches et qu'il travaillait sur un sujet merveilleux. Ç'avait l'air tout à fait passionnant. Il s'agissait de la dimension théologique des icônes. L'évolution de leur fonction dans la liturgie de l'Église primitive. Le rapport entre l'utilisation des icônes et celle des statues des dieux locaux avant la chrétienté.

— Hein ?

— Vous savez, les anciennes cités grecques avaient chacune leur divinité tutélaire, Athéna à Athènes, etc. Les cités et les villes grecques chrétiennes possédaient leur propre saint ou une représentation du Christ et de la Vierge, ou d'un autre saint ayant également un rôle de protecteur. Était-ce un simple transfert d'anciens rites, d'anciennes croyances vers de nouvelles formes d'adoration, ou s'agissait-il d'un phénomène plus complexe ? Sujet tout à fait fascinant. Il y a un an environ, il a publié un petit article dans le *Journal des études byzantines*. Il m'en a envoyé un exemplaire. Je serais ravi de vous le passer si ça peut vous être de quelque utilité. »

Il était lancé, et Flavia pressentait qu'il pourrait ne pas s'arrêter en si bon chemin si on ne lui faisait pas changer de direction. Ce n'était pas inintéressant mais...

« Merci beaucoup. Jonathan ? Pourrais-tu jeter un coup d'œil sur ce truc ? Essayer de trouver ce que cherchait Burckhardt.

— À part les icônes ? »

Elle fit signe que oui.

Argyll tendit l'oreille et mit sa main en cornet.

« S'il te plaît ? ajouta-t-elle.

— Alors avec plaisir. »

Il était quatre heures et demie. La journée avait été longue et elle était loin d'être terminée. Flavia, qui devait voir Mme Verney à six heures, se doutait que l'entretien ne serait pas facile. Pour le moment, il n'y avait aucune tâche urgente et elle s'autorisa un nouveau coup de pompe. De retour au bureau, malgré un peu de paperasse, l'appel du divan devint impérieux, irrésistible. Elle s'y étendit quelques instants, se mit en chien de fusil et s'endormit.

Ce fut l'un de ces sommeils léthargiques, comateux... On sait qu'on devrait se lever mais sans y parvenir et on se réveille engourdi et désorienté, surtout si on est tiré violemment du sommeil. Par exemple par quelqu'un qui hurle à tue-tête dans votre oreille.

« Allez-vous-en ! murmura-t-elle, souhaitant une seule chose au monde : qu'on lui fiche la paix et qu'on la laisse dormir.

— Pas question ! entendit-elle. J'exige qu'on me fournisse des réponses et sur-le-champ, nom d'un chien ! Comme il n'y a pas de vrai policier ici, vous ferez l'affaire. »

Elle s'obligea à ouvrir un œil, aperçut une forme floue. Après que son cerveau eut tenté en vain de se mettre en branle, elle finit par reconnaître Dan Menzies, et se rappela même quelque chose à son sujet.

Reprendre conscience tout en se redressant constitua l'un des grands exploits de sa vie.

« Écoutez !... » commença Menzies en pointant sur elle un doigt vengeur.

Elle n'avait même pas la force d'être agacée. Elle fit un vague signe de la main, passa en chancelant dans le couloir en direction de la machine à café et avala un express d'un trait. Puis elle alla voler l'une des très fortes cigarettes de Paolo, l'alluma, hoqueta sous le choc subi par sa gorge et se sentit enfin revivre.

« Bon, fit-elle en rentrant dans son bureau, que puis-je faire pour vous, monsieur Menzies ? »

Elle avait paradoxalement adopté l'attitude idoine. Menzies s'était monté le bourrichon et était arrivé bouillant d'indignation. Être traité par-dessus la jambe par quelqu'un que sa fureur n'avait pas du tout l'air d'effrayer lui fit perdre contenance. En vérité, dans d'autres circonstances Flavia se serait montrée un peu plus compréhensive. Elle supposa qu'Alberto l'avait retrouvé, et lorsqu'on est tranquillement en train de restaurer un tableau il n'est guère agréable d'être embarqué manu militari pour subir un interrogatoire à propos d'un meurtre. Même quelqu'un de moins irascible que Menzies aurait pu être irrité.

D'un geste brusque, il lui tendit la dernière édition d'un quotidien, la lui agitant sous le nez. Elle saisit poliment le journal et se mit en devoir de le lire. L'article attaquait à nouveau le restaurateur et donnait des détails sur le vol au monastère San Giovanni, suggérant que si on laisse entrer chez soi des restaurateurs américains, on ne doit pas s'étonner que des couverts en argent disparaissent du dressoir. Bartolo avait remis ça. Elle lui avait téléphoné pour se plaindre de ses déclarations précédentes, mais il avait farouchement nié en être l'auteur. Mensonges éhontés. Elle eut l'idée de ressortir sa fiche pour lui mettre sous les yeux deux ou trois incartades du passé. Un coup de semonce pour indiquer son mécontentement. Or elle était pressée. On verrait une fois que l'affaire présente serait réglée.

Si seulement Bottando était là ! Il avait passé son temps au téléphone et était allé d'ambassade en ambassade pour tâter le terrain et voir s'il existait le moindre soutien réel au projet dont on l'avait chargé. Normalement, c'était à lui de s'occuper de quelqu'un comme Menzies (un des aspects du travail du général qui rebutaient Flavia). Peut-être devrait-elle le suivre, après tout. Une position subalterne comporte des avantages.

« Hmm », fit-elle pour rompre le silence. Qu'était-elle censée dire ?

« Et qu'y aura-t-il demain, hein ? Une fois que vous leur aurez téléphoné ? Le prochain article va m'accuser de meurtre. J'en suis persuadé.

— Eh bien !... »

Non, évidemment. On ne ferait que lier les divers éléments entre eux. Menzies était connu pour agresser physiquement les gens. Il voit Burckhardt deux jours avant le crime. Burckhardt est tué. Pas d'autre suspect. Que le lecteur tire ses propres conclusions ! Bartolo s'assurerait que tous les gens qui comptent aux Beni Artistici lisent l'article.

Menzies continua sur sa lancée.

« J'ai passé les trois dernières heures à subir un interrogatoire insensé. Ai-je tiré sur Peter Burckhardt ? C'est un véritable scandale. Que comptez-vous faire à ce sujet ? »

Elle cligna deux fois les paupières et bâilla.

« D'après vous, que devrais-je faire ?

— Faire cessez ces articles, évidemment. Sinon, je vous préviens...

— La presse est libre, monsieur Menzies, répondit-elle d'un ton las. Je ne peux rien faire cesser. Vous devriez voir ce qu'on dit de nous parfois.

— Vous pouvez arrêter de leur fournir des renseignements.

— Oh ! vous n'allez pas remettre ça...

— Écoutez cela ! s'écria-t-il en donnant des coups de doigt dans l'article. "De sources policières on affirme que..." C'est bien vous, n'est-ce pas ? Comment les journalistes pourraient-ils connaître tous ces détails ? Ils ne peuvent avoir été fournis que par vous.

— Désolée, mais...

— Ils ne viennent pas de moi, et le père Jean m'a assuré que personne à San Giovanni n'a parlé à la presse. Il ne reste donc que vous. Je vous ordonne de ne plus le faire.

— Moi aussi, je peux vous assurer que ce n'est pas moi, si vous voulez. Je n'ai pas dit le moindre mot à un journaliste à ce sujet. Et je serais très étonnée que quelqu'un d'autre l'ait fait.

— Vous pensez qu'ils connaissent tous ces détails grâce à une inspiration divine ? hurla-t-il, la face de plus en plus violacée, la rage s'emparant à nouveau de lui. On ne me la fait pas à moi. Vous me prenez pour un fieffé imbécile. Je vais me plaindre…

— À votre vieil ami l'ambassadeur. Je sais. Allez-y ! si ça vous chante. Je ne peux pas vous en empêcher. Mais ça ne servira à rien. Nous ne révélons jamais les détails d'un dossier à la presse si on peut l'éviter. Pas plus sur celui-ci que sur un autre.

— Alors qui l'a fait ?

— Je n'en ai aucune idée, et pour le moment je m'en fiche éperdument. La fuite vient peut-être des carabiniers. Ils sont bavards, mais…

— Eh bien ! voilà…

— … mais si j'ai bonne mémoire, le premier article a paru avant que les carabiniers ne s'occupent de cette affaire. Par conséquent, ils sont blanchis…

— Qu'allez-vous faire, alors ?

— Rien. Vous devrez vous débrouiller tout seul, hélas !

— Merci bien.

— Qu'espérez-vous ? Je peux seulement chercher à savoir ce qui s'est passé. D'ailleurs, puisque vous êtes là, autant commencer par vous poser quelques questions. Veuillez vous asseoir…

— Sûrement pas !

— Asseyez-vous ! » hurla-t-elle, soudain à bout de patience. Décontenancé, Menzies s'exécuta.

« Merci, fit-elle, avant d'appeler Giulia qui se trouvait dans le bureau d'à côté.

— Pourquoi l'appelez-vous ?

— Pour prendre des notes. Bon, procédons par étapes, d'accord ? Pourquoi n'aviez-vous pas mentionné Burckhardt quand on vous a interrogé la fois précédente ? »

Il s'agita un peu.

« Pourquoi l'aurais-je fait ?

— Un marchand d'icônes dans une église la veille du jour où une icône est volée… Ça ne vous a pas paru important ?

— Pas à ce moment-là.

— Pourquoi ?

— Parce que je ne savais pas qui c'était. »

Flavia le toisa.

« Vous lui avez cassé la figure à Toronto.

— Faux ! Je lui ai seulement jeté un peu d'eau au visage.

— Avec le verre.

— Je n'en avais pas l'intention. Je me suis laissé emporter.

— C'est précisément ce que je veux dire. Et ce que les journaux vont souligner.

— Je ne l'avais vu que pendant cinq minutes. Je me suis rappelé qui il était après coup.

— Allons, allons !

— Je vous donne ma parole. Je n'y connais rien en icônes ni en marchands d'icônes. J'ignorais qui était Burckhardt. À Toronto, tout ce que je savais, c'est qu'un petit morveux ignare dans l'auditoire avait osé me critiquer et qu'il avait repris ses attaques ensuite.

Peut-être avais-je un peu trop bu. Mais il s'agissait d'un incident si mineur que je me suis empressé de l'oublier. Je ne l'ai formellement reconnu que lorsque le carabinier m'a appris sa mort et m'a montré une photo. »

Flavia se racla la gorge. Il y avait chez lui un tel mélange de gêne, d'humiliation et de rage qu'elle ne voyait pas comment on pourrait faire semblant d'éprouver tous ces sentiments à la fois. Elle n'était pas sûre de le croire mais que pouvait-elle rien faire pour le moment…

« Quand Burckhardt est apparu dans l'église, s'est-il dirigé tout de suite vers vous ?

— Je ne sais pas. J'étais absorbé par mon travail. Je ne l'ai remarqué que lorsque je l'ai entendu derrière moi.

— Il n'a rien regardé en particulier ?

— Je n'ai pas fait attention, répondit-il en secouant la tête. Je crois qu'il venait de l'autre bout de l'église, près du portail d'entrée, mais je n'en suis pas certain.

— Avait-il l'air de bonne humeur ? »

Il réfléchit un instant.

« C'est difficile à dire quand on ne connaît pas la personne. Mais oui, il semblait en bonne forme. Il avait l'air parfaitement détendu.

— Aviez-vous examiné le tableau ? L'icône. Vous deviez la nettoyer.

— Je l'avais regardée.

— Et alors ?

— Et conclu que ça prendrait plus de temps pour la nettoyer qu'elle n'en valait sans doute la peine. Autant que je pouvais en juger, elle était très ancienne et se trouvait dans un état calamiteux, n'ayant pas été correctement soignée. Elle avait été piquée des vers à une certaine époque et on l'avait traitée par immersion. Il y a fort longtemps. Le traitement avait déposé une épaisse pellicule marron sur la peinture, à tel point qu'on avait du mal à distinguer les personnages. Il aurait été difficile de l'enlever sans détruire complètement la peinture. Une partie était déjà détruite, de toute façon. Malgré ma réputation, je ne tiens pas à faire les choses sans raison et je ne me charge de la restauration que si l'œuvre ne court aucun danger. Dans ce cas, je me serais contenté de nettoyer la surface, de la traiter une nouvelle fois contre les xylophages et de la renforcer. Le simple fait de la détacher de son cadre aurait été risqué.

— Ce que quelqu'un a fait maintenant.

— Hein ? Oh non ! Je parle du châssis interne. Il y en avait deux. Le cadre extérieur de bois incrusté d'or et d'argent en plus du châssis interne. Celui-ci a été emporté avec l'icône.

— Ça vous surprend ?

— Pas du tout. Le cadre extérieur pouvait s'enlever facilement. Le châssis interne était bien plus solidement fixé. Il aurait été difficile de le détacher. C'était bien moins risqué de le laisser.

— Je vois. Comment Burckhardt était-il entré ? Le portail de l'église était-il ouvert ?

— Non, il ne l'est jamais. Sans doute est-il passé par le monastère.

— Il avait donc dû sonner à la porte et quelqu'un lui avait ouvert.

— Probablement. Sauf s'il est arrivé avec quelqu'un possédant une clé. Tout ceux qui habitent là ont une clé.

— Aucune des personnes à qui nous avons parlé ne l'avait fait entrer ou ne l'avait entendu sonner.

— Alors il a dû sauter à la perche par-dessus le mur, répondit Menzies en haussant les épaules.

— Merci, monsieur Menzies. » Elle se leva et le raccompagna jusqu'à la porte avant qu'il puisse ramener la conversation sur le sujet des journaux et des journalistes. « Il est fort possible que je sois obligée de m'entretenir à nouveau avec vous dans les jours qui viennent. Je passerai vous voir au monastère, le cas échéant. »

Bizarrement, il sortit sans faire d'histoires. Elle poussa un profond soupir, secoua la tête, puis jeta un coup d'œil sur sa montre. Elle eut un pincement au cœur. Menzies lui avait fait oublier son principal boulot. Il était six heures moins dix, l'heure d'aller voir Mme Verney. La perspective ne l'enchantait guère.

Flavia avait persuadé Paolo d'aller chercher Mary Verney à son hôtel et de la ramener au bureau, puis l'avait laissée méditer sur ses péchés – quels qu'ils fussent – dans une petite pièce au sous-sol. Si Flavia ne croyait pas que Mary Verney ait volé le tableau, elle devinait que l'Anglaise avait quelque chose à se reprocher et espérait qu'un petit séjour dans un local humide et sans air la pousserait à s'expliquer. Bien qu'elle en doute un peu.

En réalité au bord de la panique, Mme Verney paraissait tout à fait calme. Elle n'avait nulle envie d'aller en prison et était furieuse de se retrouver dans cette situation à cause de la pression exercée sur elle par autrui. Elle était surtout terrifiée à l'idée que sa petite-fille puisse souffrir si elle ne livrait pas la marchandise. Pour l'heure, elle ne savait plus à quel saint se vouer. L'icône avait disparu et à la place elle avait un lourd sac bourré de billets de banque trouvé dans un casier de consigne. Si Flavia espérait que l'entretien apporterait des éclaircissements, Mary Verney nourrissait des espoirs très semblables.

Telle une prisonnière modèle, cependant, elle resta tranquillement assise lorsque Flavia entra dans le local, lui laissant le soin de commencer l'interrogatoire.

« Bon. Je dois vous prévenir que vous êtes dans de beaux draps.

— Vraiment ? Et pourquoi donc ?

— Je résume. Hier matin on a volé un tableau au

monastère San Giovanni sur l'Aventin. Vous connaissez le bâtiment ? »

Le sourire dont Mary Verney salua ces propos suggérait que lui tendre un piège aussi grossier avait quelque chose, disons, d'injurieux.

« Évidemment que je le connais. Quel tableau a été volé ? Le Caravage ou la petite icône dans le coin ? Je les ai vus pour la première fois il y a une vingtaine d'années. J'ai vécu brièvement à Rome et j'étais une touriste très appliquée.

— L'icône.

— Bonté divine ! s'exclama-t-elle, sans rien ajouter.

— Savez-vous quelque chose à son sujet ?

— Le devrais-je ?

— Je vous pose la question.

— J'entends bien.

— Êtes-vous coutumière des promenades matinales ? »

Mme Verney esquissa un bref sourire, soulagée de repérer le signe qu'elle attendait. Elle savait plus ou moins maintenant comment la police était au courant.

« Quand j'ai une insomnie. Se lever à six heures du matin est un privilège de l'âge. Surtout à Rome. Et puisque c'est ce qui semble vous intéresser, oui, je me suis baladée sur l'Aventin. Souhaitez-vous que je vous raconte tout, du début à la fin.

— À votre avis ?

— Je le répète, je suis allée faire une promenade

matinale. Et, tout à fait par hasard, je suis passée devant le monastère.

— Allons, allons ! Vous pensez vraiment que je vais vous croire ?

— Mais c'est la pure vérité ! rétorqua-t-elle avec un savant dosage de surprise et d'indignation. Quoi qu'il en soit, j'ai vu un homme descendre les marches de l'église. Le portail était ouvert, alors j'ai pensé qu'on célébrait peut-être les matines ou quelque chose du genre.

— Et vous avez senti une bouffée de piété monter en vous ?

— Plutôt de nostalgie. Comme je vous l'ai dit, j'avais visité l'endroit il y a bien longtemps, à l'époque où j'étais jeune et libre comme l'air. Quoi de plus naturel que de le revisiter ?

— Bien sûr.

— Je m'y suis donc rendue. J'ai découvert le pauvre homme étendu sur le sol, la tête en sang. Or, étant en général une bonne citoyenne, j'ai fait ce que je pouvais pour ce malheureux, puis j'ai couru appeler une ambulance. Comment va-t-il, au fait ?

— On pense qu'il va s'en tirer.

— Eh bien ! vous voyez… Et, au lieu de me remercier, on est en train de m'interroger comme le premier suspect venu. J'avoue que ça me vexe.

— Dites-moi, vous pouvez sûrement expliquer pourquoi vous vous êtes montrée si modeste à propos des remerciements que méritait votre bonne action ?

— Est-ce nécessaire ? Dieu seul sait ce que Jonathan vous a raconté sur moi, mais j'ai bien pensé que vous auriez des doutes si on me trouvait là de si bonne heure, même en toute innocence. Vu la situation. C'est pourquoi j'ai préféré ne pas compliquer les choses.

— D'accord. Quelle heure était-il au juste ?

— Je ne saurais le dire, répondit-elle évasivement. Après six heures, mais avant sept heures, je suppose.

— Nous avons des témoins qui affirment vous avoir vue à six heures quarante-cinq.

— Ce doit être ça alors.

— Et le coup de téléphone a été reçu à sept heures cinquante. Vous avez plutôt traîné, pour trouver un téléphone. »

Mme Verney secoua tranquillement la tête.

« Pas vraiment. Les cafés ne sont pas encore ouverts à cette heure-là et à Rome les téléphones publics ne sont pas légion. J'ai agi au plus vite.

— Je vois. Et l'homme qui descendait les marches, l'avez-vous reconnu ?

— Non, pourquoi ? Qui est-il ?

— "Était"... Un certain Peter Burckhardt. Un marchand.

— "Était" ?

— Il est mort. Quelqu'un l'a expédié dans l'autre monde. »

Pour la première fois, le masque d'indifférence tomba. Elle n'est pas au courant et la nouvelle ne lui fait pas plaisir, se dit Flavia. Comme c'est intéressant ! Que manigance-t-elle ?

« Quelle horreur !

— Quelle horreur, en effet ! Nous nous occupons désormais d'un meurtre, d'une agression et d'un vol. Et vous vous trouvez au cœur de l'enquête.

— Vous croyez que j'y suis pour quelque chose ? Quand ce malheureux homme a-t-il été tué ?

— Hier, semble-t-il. Vers midi, à une heure près. Je suppose que vous pouvez me dire où vous vous trouviez à ce moment-là ?

— Absolument. J'étais au Barberini, puis j'ai déjeuné à mon hôtel et ensuite je suis allée faire les magasins. Je peux vous donner tous les reçus, où doit sans doute figurer l'heure d'achat. C'est en général le cas de nos jours.

— On vérifiera. » Non que ce soit particulièrement utile. Elle savait qu'ils seraient probants.

« Puis-je m'en aller ?

— Non.

— Que voulez-vous de plus ?

— Des réponses.

— J'ai répondu à toutes vos questions jusqu'à présent.

— J'ai un problème.

— Je veux bien vous écouter si ça peut vous aider.

— Ce n'est pas impossible. Je sais que vous êtes une voleuse, voyez-vous. De plus, je n'ai quasiment jamais rencontré un voleur aussi doué que vous. Combien déjà ? Une trentaine de vols de première importance et pas le moindre soupçon.

— Si vous le dites.

— Je l'affirme. Et voilà que subitement vous débarquez à Rome. Nous recevons des coups de téléphone pour nous annoncer l'endroit où le vol aura lieu. On remarque votre présence et on vous interroge. Ça m'intrigue... À en juger par votre palmarès, vous avez toujours élaboré votre stratégie avec grand soin, sans commettre le moindre faux pas. Si vous étiez impliquée dans le vol de cette icône, je me serais attendue qu'elle disparaisse sans laisser de trace, sans préavis. Et sans violence. Je me serais également attendue qu'au moindre pépin vous pliiez bagage et rentriez chez vous. Au lieu de ça, on a été avertis à l'avance, il y a du sang partout et vous êtes toujours là. Je le répète, je me pose des questions.

— La réponse évidente, par conséquent, c'est que je dis la vérité et que je n'ai rien à voir avec toute cette affaire.

— Je n'en crois pas un mot !

— Mais vous n'avez pas de meilleure hypothèse à proposer.

— On verra bien.

— Vous serez donc obligée de me relâcher...

— Bien sûr ! Nous n'avons jamais pensé vous retenir. Il ne s'agissait que d'une conversation amicale. La première de toute une série, à mon avis. »

Mary Verney se leva, des ondes de soulagement

traversant son corps trempé de sueur et le cœur cognant encore dans sa poitrine. Elle eut le sentiment d'avoir joué comme un pied. Elle en avait trop dit à cette foutue femme policier, laquelle commençait à lui courir. Mais elle avait raison : l'opération avait été un désastre du début à la fin.

Flavia alla jusqu'à lui ouvrir la porte, pleine d'admiration pour la nonchalance et le calme parfait de la suspecte au moment où elle prenait congé. Elle n'avait pas cédé d'un pouce et Flavia n'en savait pas plus à la fin de l'interrogatoire qu'au début.

À un stade plus ordinaire, plus terre à terre de l'enquête, on accomplissait cependant quelques progrès. Le matin de sa mort, on avait vu Peter Burckhardt quitter son hôtel en compagnie d'un homme d'une quarantaine d'années, puis monter en voiture. Le pouls de Flavia s'accéléra un peu quand elle l'apprit, parce que Burckhardt, le cher homme, était descendu dans un hôtel de la via Caetani. Rue banale, un peu bruyante à cause de la circulation, mais moins animée que les grandes artères polluées alentour. Il était interdit d'y stationner, mais pourquoi se serait-on davantage préoccupé de ce genre de détails dans ce quartier que dans le reste de la ville ?

Pour des raisons historiques, inconnues de l'assassin de Burckhardt, espérait Flavia. Juste au coin de la rue partait la via delle Botteghe Oscure où se trouvait autrefois le siège du Parti communiste et c'est tout près de là que les terroristes avaient abandonné le corps d'Aldo Moro. Cela s'était passé il y avait bien longtemps.

De crainte que ces jours sombres ne reviennent, la police continuait à surveiller le lieu de près. Peut-être craignait-on, surtout aujourd'hui, que des électeurs furieux ne viennent se venger des politiciens qui les avaient si longtemps bernés.

Voilà pourquoi des policiers effectuaient toujours des rondes et que, peut-être par souci d'économie, on avait omis de démonter la caméra. Alberto lui avait signalé le fait et l'avait invitée à une séance de vidéo.

Elle arriva un quart d'heure plus tard et eut le plaisir de voir le spectacle le plus encourageant auquel il lui ait été donné d'assister ces derniers jours. L'image était atroce, prise de très loin et sûrement trop floue pour servir de preuve devant un tribunal, si on en arrivait jamais là. Mais assez nette cependant pour se faire une idée de la scène, identifier la marque de la voiture et relever trois lettres de la plaque d'immatriculation.

« Repasse-moi ça ! » demanda Flavia. Ils revirent donc Peter Burckhardt et un homme le dépassant de plusieurs centimètres descendre la rue venant de l'hôtel, et monter dans une Lancia.

« Il n'a pas l'air d'être kidnappé. Aucune arme pointée sur lui. Aucune contrainte.

— En effet.

— Vous avez identifié la voiture ?

— On procède toujours aux vérifications. Ça ne devrait pas tarder. Et vous, vous avez fait des progrès ?

— Bof... Enfin, il y a une femme qui m'intéresse énormément, mais je n'arrive pas à la coincer.

— Une femme ?

— Une Anglaise. Indûment passionnée par les œuvres d'art. L'ennui, c'est que je suis à peu près convaincue qu'elle n'a pas volé l'icône.

— Je croyais qu'on avait établi que le voleur était Burckhardt.

— Ah oui ? Moi, je n'en suis pas si sûre. Après tout, il n'est pas entré dans l'église par effraction. Quelqu'un lui a ouvert le portail de l'intérieur. Je ne suis pas certaine non plus qu'il ait frappé le père Xavier... »

Elle ne souhaitait pas fournir de plus amples détails et fut opportunément interrompue par l'arrivée d'un listing d'ordinateur.

« Bingo ! s'écria Alberto. Pour une fois, on a de la chance !

— Qu'est-ce que tu veux dire ?

— C'est une voiture de location. Prise à l'aéroport vendredi dernier par un certain M. K. Charanis. Passeport grec. Descendu au Hassler.

— Alors autant aller le cueillir tout de suite. Peux-tu obtenir du renfort ? »

Elle rentra à dix heures du soir, vannée, l'estomac dans les talons et avec un mal de tête épouvantable. Un simple coup d'œil suffit pour qu'Argyll réprime son envie de bougonner qu'il était bien tard ; il choisit de lui faire couler un bain et de lui apporter quelque chose à manger. Elle était si épuisée qu'elle eut du mal à avaler une bouchée, mais après le bain et les tendres soins prodigués par son compagnon la sensation que ses muscles du cou étaient noués finit par disparaître.

« On était à deux doigts du but, conclut-elle après lui avoir relaté la recherche de Charanis, agitant l'éponge dans les airs pour souligner tel ou tel point. Il nous a juste manqué un peu de chance… »

Ç'avait été un vrai calvaire. Le résultat aurait été le même quelle que fût la méthode employée, mais si l'identification de l'individu montrait les carabiniers sous leur meilleur jour, la tentative d'arrestation mit en lumière leurs pires défauts. Un entraînement antiterroriste trop intensif était à l'origine du problème. Au lieu qu'une délégation composée de quatre personnes, dont Flavia et Alberto, se rende à l'hôtel et frappe à la porte de la chambre de Charanis, quelqu'un, quelque part – Flavia soupçonna le supérieur hiérarchique immédiat d'Alberto, homme ayant un penchant pour les effets hollywoodiens – avait décidé que c'était l'occasion de lancer sur le terrain leur groupe d'intervention rapide, qui n'avait rien à envier à une unité spéciale de Los Angeles.

Un chaos total s'était ensuivi, ce qui mit en fureur la direction d'un des hôtels les plus huppés du pays et créa une mauvaise impression chez un grand nombre de clients, mais surtout ne servit probablement qu'à avertir Charanis qu'on l'avait identifié, la presse ayant été prévenue. Afin de tenter d'empêcher les journalistes de filmer la descente de police, Flavia était parvenue à persuader Alberto d'évoquer une vague histoire de trafic de drogue, sans se faire trop d'illusions sur le résultat de sa requête.

Ensuite, elle avait assisté, horrifiée, à l'arrivée d'un cortège de fourgons chargés d'imbéciles armés jusqu'aux dents, brandissant des fusils et hurlant dans des radios, avant de prendre position pour cerner, neutraliser, arrêter et mettre hors d'état de nuire un individu qui avait quitté l'hôtel la veille sans laisser d'adresse.

Alors qu'il aurait suffi de s'informer auparavant. Dieu nous préserve de ce genre d'inepties !

« C'est dommage, conclut Argyll en lui présentant une serviette lorsqu'elle eut terminé son récit.

— C'est le moins qu'on puisse dire !

— Est-il déjà fiché ? »

Elle secoua la tête.

« Pas que je sache. Je n'avais jamais entendu parler de lui. Nous avons contacté la police grecque pour voir si elle peut nous fournir des renseignements. Dieu seul sait combien de temps on va devoir attendre. La dernière fois qu'on a eu affaire à elle, l'individu qui nous intéressait est mort de vieillesse avant qu'on reçoive la réponse.

— Voilà plutôt un argument en faveur de l'instauration du service international de Bottando, non ?

— Voilà plutôt un argument en faveur d'une prompte réponse de la part des gens à qui on demande un renseignement. De là à mettre mettre sur pied des organismes gigantesques et coûteux, cela me paraît excessif.

— Que vas-tu faire maintenant ?

— Me coucher, je pense.

— À propos de l'icône, je veux dire.

— Attendre patiemment. Les carabiniers n'ont qu'à rechercher le Charanis en question. Pour le moment, je ne peux pas faire grand-chose au sujet de Mary Verney. À part interroger demain le père Xavier... »

Alors qu'Argyll l'aidait à se sécher, elle poussa un soupir de soulagement.

« Je reprends figure humaine... Toi, tu n'as rien trouvé d'intéressant, n'est-ce pas ?

— Ça dépend.

— De quoi ?

— De la définition que tu donnes au mot "intéressant" bien sûr. Attends un moment. »

Il quitta la salle de bains, créant un courant d'air frisquet en ouvrant la porte. Il revint quelques instants après.

« Regarde ! » Il lui tendit une photocopie, puis la retourna pour montrer un tas de griffonnages au dos et souligner qu'il n'avait pas ménagé sa peine pour l'aider.

« Esprits. Visites des. Étude anthropologique des. Structure et signification de l'apparition magique des dons. Il s'agit d'un article publié par Burckhardt il y a trois ans.

— Et alors ?

— L'icône a été apportée par un ange, tu te rappelles ?

— Que dit l'article ?

— C'est une légende assez banale. Au Moyen Âge, comme livreurs les anges semblent avoir fait des heures supplémentaires. Ils passaient leur temps à courir partout, transportant tableaux et statues, voire des maisons entières comme dans le cas de la Santa Casa de Loreto, afin de les déposer dans les lieux les plus saugrenus. Il s'agit assez souvent d'une légende populaire élaborée à partir de quelque fait avéré.

— Par exemple ?

— L'exemple donné ici est celui d'une église près des Pyrénées, en Espagne, qui possède une statue miraculeuse, livrée elle aussi par un ange. Burckhardt pense qu'elle a été offerte par un généreux bienfaiteur qui a distribué de l'argent aux pauvres pour marquer l'occasion. Au fil des générations, le don de la statue a été associé à l'argent, et on a fini par croire que l'argent avait été distribué par la statue... C'est tout naturellement devenu un miracle. Et la personne qui avait donné la statue s'est métamorphosée en ange livreur.

— San Giovanni est associé à la guérison de la peste. »

Il acquiesça d'un signe de tête.

« Meilleur régime alimentaire. Meilleure résistance à la maladie. Ça colle, il me semble.

— C'est ce que ça dit ?

— Non. C'est moi qui invente. Il y a pourtant une référence à San Giovanni. Rien d'éclairant en la matière, mais à l'évidence il avait consulté les archives. Intéressant, tu ne trouves pas ? »

Elle hocha la tête d'un air sceptique.

« C'est plutôt maigre comme indice, malgré tout.

— Je fais ce que je peux. Il y a pas mal d'éléments à digérer, tu sais. C'est pas facile quand on part de zéro.

— Je ne connais personne de plus doué que toi pour ce genre de travail de bénédictin. Ça ne t'ennuierait pas de continuer à fouiller dans ces archives ? Essaye de dénicher quelque chose de plus consistant à se mettre sous la dent.

— D'accord. Mais je le fais pour une seule raison.

— Laquelle ?

— Parce que je me régale », répliqua-t-il en lui faisant un large sourire.

13

Le lendemain matin, à peine Flavia venait-elle d'arriver au bureau qu'elle reçut un horrible message de la part d'Alberto. Direction le ministère des Affaires étrangères, s'il vous plaît. Séance tenante. Une grosse histoire, le genre d'affaire dont se serait chargé Bottando. Or il n'était pas disponible et elle dirigeait le service. Elle n'était jamais entrée dans ce ministère, pas plus qu'elle n'avait été convoquée pour participer à une réunion présidée par une telle huile.

N'ayant apparemment pas l'habitude de traiter avec les membres de la police, le diplomate réussit très vite à donner l'impression qu'il soupçonnait ce genre d'individus d'avoir les mains moites et de prendre un bain tous les trente-six du mois. Retranché derrière son bureau, il semblait se préparer à opposer une dernière résistance aux hordes de barbares, tout en bavardant d'un ton courtois mais condescendant dans l'attente du prestigieux visiteur. Celui-ci s'avéra bizarrement n'être qu'attaché commercial de l'ambassade de Grèce. S'ensuivit une certaine confusion jusqu'à ce qu'on expliquât qu'un attaché commercial ne s'occupait pas forcément de commerce.

« Puis-je vous demander pourquoi le directeur de votre service n'est pas venu en personne comme j'en avais donné l'ordre ? » demanda l'Italien. Question qui fit un rien se hérisser Flavia. Elle aperçut un sourire amusé sur les lèvres d'Alberto.

« C'est moi qui dirige le service, rétorqua-t-elle, ravie de constater avec quelle aisance les mots roulaient sur sa langue. Vous n'avez donné aucun ordre. Vous m'avez priée de venir et j'ai accepté… Bon, poursuivit-elle en ne prêtant plus aucune attention à l'Italien, dois-je comprendre, monsieur, que vous êtes un espion et qu'on est en train de jouer à des jeux stupides ?

— Tout à fait, ma chère dame, acquiesça-t-il d'un ton guilleret. Des jeux stupides. Vous avez vu juste. » Il lui fit un clin d'œil appuyé tout en opinant du bonnet.

« Bon, je suis ravi que les choses soient claires désormais, dit l'Italien en costume. Peut-être pourrions-nous commencer ? Je n'ai pas que ça à faire et le signore Fostiropoulos est lui aussi très occupé.

— C'est dommage, répliqua Flavia. Nous, nous avons absolument tout notre temps. Après tout, qu'est-ce qu'un meurtre ou deux ?

— N'est-ce pas la raison de notre entrevue ? demanda Fostiropoulos.

— Je n'en sais rien. Pourquoi sommes-nous réunis ici ?

— Vous enquêtez sur le signore Charanis.

— En effet.

— Je suis venu vous informer que vous commettez une grave erreur. L'idée qu'il puisse être impliqué de près ou de loin dans quelque activité louche est des plus grotesques.

— Je ne sais même pas qui c'est.

— C'est un homme très riche. À la tête d'affaires colossales, absolument au-dessus de tout soupçon. Il est très respecté.

— Et très puissant, s'il vous charge de le défendre.

— Ne soyez pas insolente. Ni discourtoise, signorina ! » s'écria le diplomate italien.

Fostiropoulos hocha la tête.

« Ça ne fait rien... Il est très puissant, en effet. Je ne suis venu ici que pour vous épargner de perdre votre temps en suivant cette piste.

— Il ne serait pas collectionneur de tableaux, par hasard ?

— Passionné. Mais ce n'est guère un crime...

— Vous ne m'avez toujours pas dit pourquoi vous êtes si sûr que je perds mon temps en suivant cette piste.

— Primo, parce que le signore Charanis se trouve en ce moment à Athènes et n'a pas quitté la ville depuis la semaine dernière. Deusio, parce que l'homme qui vous intéresse est âgé d'une quarantaine d'années alors que le signore Charanis a soixante-douze ans. Et tertio, parce qu'il est tout bonnement absurde de penser qu'il puisse agir de façon aussi stupide. Il aurait les moyens d'acheter ce tableau – et tout le monastère d'ailleurs – avec sa menue monnaie.

— Très bien. Nous avons malgré tout une voiture de location dans laquelle monte la victime. Et cette voiture est louée au nom de Charanis.

— Il est arrivé par le passé que les criminels utilisent des pseudonymes.

— Avez-vous vu sa photo ? » Elle lui tendit le cliché flou pris par la caméra vidéo. Fostiropoulos s'en saisit et le garda. Il est difficile, songea-t-elle, de faire la différence entre un espion disant la vérité et un espion qui ment. Fostiropoulos possédait sans doute des années d'expérience. Son intuition lui souffla qu'à partir de ce moment-là l'homme dissimula quelque chose.

« Je ne le reconnais pas. En tout cas, ce n'est pas le signore Charanis, qui a plus de soixante-dix ans.

— Je vois. »

Le Grec se leva.

« Voilà. J'ai apporté mon témoignage. Je dois partir. J'espère de tout mon cœur que vous allez retrouver cet individu, quel qu'il soit. Et que vous constaterez que je vous ai rendu service. Je regrette d'être obligé d'abréger cet entretien, mais je crains qu'il n'y ait rien d'autre à ajouter. J'ai été ravi de faire votre connaissance, signorina. »

Il fit un signe de tête à Alberto, qui n'avait pas réussi à placer un mot, puis au diplomate, qui le raccompagna avec les égards dus à un si haut personnage. L'Italien referma la porte et poussa un soupir de soulagement.

« Grands dieux ! s'écria-t-il, on l'a échappé belle !

— De quoi parlez-vous ?

— Nous avons frôlé l'incident diplomatique. Êtes-vous au courant de la puissance de cet homme ? Heureusement que notre réaction rapide l'a évité.

— De quel incident diplomatique parlez-vous ? Et, d'ailleurs, de quelle réaction rapide ? Je n'ai rien remarqué.

— Il était extrêmement mécontent.

— Non. Pas du tout.

— J'espère que vous appréciez la courtoisie dont il a fait montre en se déplaçant jusqu'ici.

— Pour le moment, personne ne nous a remerciés de la courtoisie dont nous avons fait montre en venant jusqu'ici, riposta Flavia. Nous ne dépendons pas de vous, vous savez. En outre, il n'a absolument rien dit. »

Le diplomate fixa sur elle un regard glacial. Elle lui rendit son regard. Elle ne comprenait pas pourquoi elle se comportait de la sorte, mais elle y prenait un plaisir fou. Bottando se régalait-il autant à jouer les empêcheurs de danser en rond ? Était-ce l'un des petits à-côtés du boulot ?

« Que pouvait-il dire ? Vous répandez partout des accusations sans fondement qui se révèlent un tissu d'inepties destinées à couvrir vos erreurs grossières, et vous pensez qu'il aurait dû vous aider ? Un homme de moindre envergure que Fostiropoulos aurait émis une protestation auprès du ministre et attendu que l'affaire suive son cours.

— Alors vous êtes tous de fieffés imbéciles.
— Je vous demande pardon ?
— Et vous, vous êtes le roi des crétins... On effectue une enquête de routine, qui met normalement des semaines à être prise en compte, et vingt-quatre heures plus tard on a une réunion au sommet avec un barbouze grec, qui déboule ici ventre à terre pour nous pousser vers une autre piste. Est-ce que vous ne trouvez pas ça un peu étrange ?
— Non.
— Je suis toute disposée à accepter que notre suspect âgé d'une quarantaine d'années n'est pas un milliardaire de soixante-douze printemps. Si disposée à l'accepter que cette réunion me paraît avoir été inutile. Alors quel en était le but ? Hein ? »

Un haussement d'épaules signala la fin de l'entretien. Quelques secondes plus tard Flavia et Alberto se retrouvèrent dans le couloir vide.

« Quel demeuré ! fit-elle, une fois la porte refermée. Quelle perte de temps !
— Tu le crois ou non ? Fostiropoulos, je veux dire.
— Je crois ce qu'il a dit. Ce qui me tracasse, c'est ce

qu'il n'a pas dit. De toute façon, j'ai bien peur qu'on n'obtienne aucune aide de ce côté-là. Alors, au boulot ! »

Ils descendirent l'escalier et firent la queue au guichet de l'entrée pour rendre leur badge de sécurité et signer le registre de sortie. Le réceptionniste vérifia les passes, raya leurs noms, puis dit à Flavia : « On a laissé ceci pour vous, signorina. »

Il lui tendit une petite enveloppe. Elle l'ouvrit et lut ces mots :

Chère signorina di Stefano,
J'espère que vous me ferez le grand honneur de prendre un verre chez Castello avec moi, ce soir à six heures.
Fostiropoulos

« C'est bien ma chance ! grommela-t-elle. Non seulement je n'obtiens aucun renseignement, mais je suis obligée d'accepter qu'on me fasse des mamours toute une soirée.

— N'y va pas ! suggéra Alberto.

— Il vaut mieux que j'y aille. On ne sait jamais. Je vais peut-être réussir à lui tirer les vers du nez. Si je m'abstiens, je risque de créer un nouvel incident diplomatique. Je dois dire que je déteste les contacts personnels. Surtout lorsque "contact" risque d'être pris au pied de la lettre.

— Quelle vie de chien que celle d'un policier. Tu

comprends maintenant pourquoi Bottando touchait un si gros salaire.

— Tu es au courant ?

— Oh oui ! Les nouvelles circulent vite, tu sais. J'espère que ça ne va pas entraîner trop de changements. Qu'est-ce que tu deviens, toi ?

— On m'a proposé le poste de directrice par intérim.

— Je suis plein d'admiration, madame la directrice. » Il s'inclina avec déférence.

« Qu'est-ce que tu en penses ? ricana-t-elle. Est-ce que je saurai me débrouiller ? »

Il réfléchit un certain temps.

« Allez, réponds !

— Bien sûr. Mais si tu te montres aussi impolie avec tout le monde que tu l'as été tout à l'heure avec le diplomate, on va supplier Bottando de revenir.

— J'ai été très impolie ?

— Pas du tout diplomate, en effet.

— Oh ! j'avais un certain trac.

— Arbore au moins un sourire charmeur la prochaine fois que tu traites les gens d'imbéciles.

— Tu crois ?

— Ça pourra aider à faire passer la pilule.

— Tu as peut-être raison. Je vais m'entraîner.

— Tu prendras vite le coup.

— Bon, dis-moi. Quel est ton programme de la journée ?

— Qu'est-ce que tu crois ? grogna Alberto. La

déprimante et minable routine... Vérification de l'identité des clients des hôtels, de celle des passagers des aéroports et des détenteurs de cartes de crédit. Entre-temps, réponses à donner à maintes pénibles questions à propos du déploiement dans six véhicules de trente-cinq hommes – portant assez d'armes pour mater une guerre civile – afin d'arrêter quelqu'un qui s'est déjà fait la belle. Sans parler des explications à fournir à ceux qui font carrière en dispensant aux autres des conseils professionnels – parce qu'ils étaient si nuls sur le terrain qu'on a dû les retirer du service actif pour protéger le public.

— C'est bien ce que je pensais.
— Et toi ?
— Je n'en sais trop rien. Je vais aller à l'hôpital voir si le père Xavier a repris conscience et peut parler. Sinon, j'ai l'horrible pressentiment que je vais rester au bureau toute la journée à me tourner les pouces en espérant qu'il se passe quelque chose. »

Ce matin-là, si Flavia nageait en pleine incertitude, Argyll, au contraire, quittait l'appartement animé de l'espoir d'accomplir quelque chose d'utile. Il ne s'était jamais beaucoup intéressé à l'aspect technique des enquêtes criminelles dont s'occupait Flavia, au « qui » et au « comment » du travail de police. Comme tous ceux qui n'ont pas la charge de traiter avec des êtres de chair et de sang, il trouvait le « pourquoi » bien plus fascinant. À ses yeux, si cet aspect était primordial, quel fascinant sujet d'étude constitueraient les crimes et les délits ! Évidemment cela n'aboutirait pas souvent à une arrestation, mais quelle importance ? La façon dont l'icône avait été volée était après tout d'une simplicité enfantine. Quelqu'un était entré dans l'église et s'en était emparé. Simple comme bonjour. Déterminer l'identité du voleur était déjà plus passionnant, mais d'après ce que Flavia lui avait dit il n'existait que deux possibilités. *Pourquoi* on l'avait volée, c'était entrer dans le vif du sujet, et digne d'un esprit fin et subtil.

L'histoire de ce tableau volant, tranporté par un ange, n'avait pas suscité un grand intérêt durant les siècles passés, mais Argyll s'était réveillé avec l'intention de savoir pourquoi les choses avaient soudain changé. Il y passerait la semaine si nécessaire, puisqu'il avait donné à ses étudiants une longue dissertation qui devrait les obliger à se torturer la cervelle durant plusieurs jours.

Étant le genre de personne qui aime faire ses surprises quand elles sont parfaitement au point, il n'avait rien dit à Flavia, même s'il croyait avoir une vague idée. Pas une idée époustouflante mais un petit quelque chose : déterminer ce qui avait poussé Burckhardt à l'action. Cela aiderait-il à récupérer le tableau ? À l'évidence, c'était une autre paire de manches.

Dès son arrivée au monastère, il expliqua au père Jean le but de ses investigations.

« Faites toutes les recherches que vous voulez si vous pensez que ça fera avancer l'enquête, répondit le vieil homme.

— Avez-vous une trace des documents qu'il a étudiés ?

— Qui ?

— Burckhardt, le mort. L'homme qu'on a repêché dans le fleuve. Il a cité certains de vos documents dans un article. Par conséquent, à moins qu'il n'ait été un imposteur, il a dû utiliser vos archives. Il serait intéressant de regarder ce qu'il avait consulté. »

La chance n'était pas avec lui. Le père Jean secoua la tête.

« Désolé.

— Vous ne gardez pas de trace des documents consultés ?

— Oh non ! Les rares fois où quelqu'un vient compulser les archives, nous nous contentons de lui remettre la clé du local.

— Y a-t-il un fichier ?

— En quelque sorte, répondit le père Jean en souriant. Mais il n'est pas très commode. En fait, il est inutilisable.

— C'est toujours mieux que rien.

— Je crains que non.

— Pourquoi donc ?

— Parce qu'il se trouvait dans la tête du père Charles qui connaissait les documents sur le bout du doigt.

— Il est mort, je présume.

— Oh non ! Il est bel et bien vivant, mais il a plus de quatre-vingts ans et son cerveau n'est plus ce qu'il était.

— Vous voulez dire qu'il est sénile ?

— J'en ai peur. Il a ses moments de lucidité, mais ils sont de plus en plus rares.

— Et il n'a jamais établi de fichier ?

— Non. On avait prévu de tout mettre par écrit et on l'aurait fait, mais le père Charles a eu une attaque et a été déclaré inapte. Si on établit jamais un fichier, on devra partir de zéro. Ça ne fait pas partie de nos priorités.

— Voilà qui me complique un peu la vie. Y a-t-il une chance de le voir quand même ? Au cas où…

— Sans aucun doute, mais je crains de ne pas avoir le temps de vous conduire chez lui moi-même. Nous avons à gérer notre dernière crise.

— C'est-à-dire ?

— On doit faire face à une recrudescence de ferveur religieuse populaire, répondit le père Jean en secouant la tête.

— Ce n'est pas une bonne chose ?

— Je n'en suis pas sûr… Si l'ordre passe tant de temps à s'occuper d'hôpitaux et d'écoles, que fera-t-on des sentiments religieux ? Surtout quand il y a des signes de superstition et d'idolâtrie.

— Je ne vous suis pas.

— Je parle de l'icône. Vous n'êtes pas sans savoir

que c'était une sorte de protectrice du quartier. Qu'elle le préservait de la peste et des bombes ? »

Argyll hocha la tête.

« Tout ça est oublié, bien sûr. À part quelques vieilles personnes comme la signora Graziani, nul ne s'en souvenait. C'est ce que je croyais tout au moins. Quoi qu'il en soit, le vol a tout fait renaître. C'est bien les Romains... Même si on les croit devenus cyniques et matérialistes, il suffit de gratter la surface...

— Que se passe-t-il ?

— Des tas de choses. Des veillées tard dans la nuit pour supplier l'icône de revenir. Une réelle peur que son absence ne mette en danger le quartier. Des confessions épinglées sur le portail verrouillé dans l'espoir qu'une véritable démonstration de repentance l'amadouera et la fera revenir.

— Mais elle a été volée.... »

Le père Jean secoua la tête.

« Apparemment pas. Dans l'esprit de nombreux habitants du quartier, l'icône serait partie de son plein gré pour montrer le mécontentement de Notre-Dame, et ne reviendrait qu'une fois convaincue de l'authenticité du repentir de tout un chacun. J'ai lu la description de ce genre de phénomène dans des livres d'histoire mais je n'avais jamais imaginé en être moi-même témoin. Ces gens sont sincères, absolument sincères. L'ennui, c'est qu'ils accusent l'ordre.

— De quoi ?

— D'avoir éloigné Notre-Dame de ses adorateurs.

D'avoir fermé le portail. C'est d'ailleurs la faute du général Bottando, puisqu'il nous avait conseillé de le verrouiller.

— Il n'a fait que son devoir.

— Soit. De mon côté, je finis par croire qu'il était de notre devoir de ne pas l'écouter. Donc, vous voyez, il nous faut discuter de cette affaire et décider de la marche à suivre.

— Bien sûr. Si vous pouviez m'indiquer où se trouve le père Charles ? S'il y a la moindre chance d'obtenir quelque renseignement de lui...

— Rien de plus facile. Il est ici. Nous prenons soin des nôtres, vous savez. »

Le père Jean jeta un coup d'œil sur sa vieille montre et poussa une petite exclamation.

« Ah ! Je peux vous conduire jusqu'à lui très vite. S'il a toute sa tête, je vous laisserai avec lui, vous vous débrouillerez tout seul. »

Il enfila couloir après couloir, gravit des escaliers, s'élevant de plus en plus haut dans le bâtiment jusqu'au moment où la décoration disparut pour céder la place à de la peinture plus ancienne, écaillée et cloquée. Les fenêtres devinrent de plus en plus petites tandis que les portes, de plus en plus étroites, jouaient davantage sur leurs gonds.

« Ce n'est pas le grand luxe, hélas ! dit le père Jean. Mais il a refusé de bouger.

— C'est lui qui veut rester ici ?

— Il loge ici depuis soixante ans et n'a pas souhaité

déménager même à l'époque où il était supérieur. On a voulu lui donner une chambre plus claire au rez-de-chaussée. Il aurait pu se déplacer plus facilement, et les médecins ont pensé qu'un endroit plus gai pourrait l'aider à recouvrer la raison. Mais il s'y est opposé. Il n'a jamais aimé le changement. »

Il frappa à la porte, attendit quelques instants avant d'entrer.

« Charles ? appela-t-il d'une voix douce. Êtes-vous réveillé ?

— Oui, répondit une voix de vieillard dans le noir. Je suis réveillé.

— Je suis accompagné d'un visiteur qui souhaiterait vous voir. Il voudrait vous interroger sur les archives. »

Il y eut un long silence brisé par le grincement d'un siège à l'autre bout de la chambre. Percevant la forte odeur de renfermé et de l'extrême vieillesse, Argyll se prépara courageusement à un entretien difficile et infructueux.

« Eh bien ! faites-le entrer.

— Êtes-vous en état de lui parler ?

— Qu'est-ce que je suis en train de faire ?

— Vous avez de la chance, chuchota le père Jean à l'oreille d'Argyll. Il va probablement perdre le fil de ses pensées au bout d'un moment, mais il pourra peut-être vous apprendre quelque chose.

— Ne chuchotez pas, Jean ! lança la voix, irritée. Introduisez le visiteur et faites-lui ouvrir les volets pour que je puisse voir à qui j'ai affaire. Et vous, laissez-moi tranquille. »

Le père Jean fit un sourire affectueux, puis sortit de la chambre à pas feutrés, laissant Argyll, étrangement mal à l'aise, seul avec le vieux moine. Il traversa la pièce à tâtons pour aller ouvrir les deux fenêtres et leurs volets. La lumière matinale pénétra dans la chambre avec une telle force qu'il eut presque l'impression de recevoir un coup.

Il découvrit alors un lieu austère, spartiate, avec pour tout mobilier un lit, deux chaises, un bureau et une étagère chargée de livres. Un crucifix était accroché au mur, et du plafond pendait une simple ampoule nue. Le père Charles était assis sur l'une des chaises et le regardait calmement, avec la patience infinie des vieillards. Argyll resta immobile tant que dura l'inspection, n'osant pas s'asseoir avant d'y être invité.

L'aspect physique du moine le surprit. Il pensait découvrir un petit vieillard desséché, gâteux et dans un état réellement pitoyable. Il n'en était rien. Homme encore corpulent, il avait dû être énorme dans sa jeunesse. Malgré son mauvais état psychique, il était grand, costaud et puissant de torse. Il dominait la chambre, et sous lui la chaise avait l'air bien petite. Plus frappant, ses yeux pétillaient en scrutant le visage d'Argyll. Il prenait tout son temps, conscient que c'était lui qui donnerait le signal du départ de l'entretien.

Après un certain laps de temps, ayant fait comprendre par son silence qui était le maître, il fit un signe de tête.

« Vous êtes... ? »

Argyll se présenta d'une voix claire et forte.

« Asseyez-vous, signore Argyll. Inutile de vous époumonez. Je ne suis ni sourd ni gâteux. »

Ces paroles mirent Argyll très mal à l'aise.

« Et ne soyez pas gêné non plus. Je ne suis plus l'homme que j'étais, comme le père Jean a sans doute dû vous le dire. Mais la plupart du temps je suis tout à fait *compos mentis*. Si je sens que je m'égare, je vous préviendrai et mettrai un terme à notre conversation. Je suis trop fier pour accepter que les gens me voient dans un tel état de délabrement. Ce ne serait pas agréable pour vous non plus.

— Je vous en prie.

— Eh bien, jeune homme, dites-moi ce que vous désirez. »

Argyll commença à expliquer le but de ses recherches.

« Ah oui ! Notre-Dame d'Orient. Pourriez-vous me dire ce qui vous intéresse à son sujet ? »

Argyll lui parla du vol. Durant son récit le vieil homme, très attentif, secouait la tête.

« Non, fit-il. C'est impossible.

— Je crains que ce ne soit la pure vérité.

— Vous vous trompez. Elle ne peut pas, elle ne veut pas, quitter cette maison. C'est impossible, à moins que – il sourit béatement – la politique mondiale n'ait changé du tout au tout depuis la dernière fois où j'ai lu le journal. C'est-à-dire depuis hier, vous savez. »

Voilà pour sa *mentis*. Plus « en compote » que *compos*.

« Elle va donner signe de vie quand elle en aura envie. Ne vous en faites pas. »

Comme il semblait inutile de discuter sur ce point, Argyll essaya une méthode indirecte.

« Vos confrères sont malgré tout très inquiets et ont requis mon aide. Pour les rassurer, même si leurs craintes sont infondées... »

Le père Charles esquissa un petit sourire.

« Cher monsieur, je ne suis pas sénile, je tiens un discours parfaitement logique.

— Bien sûr ! acquiesça Argyll avec force.

— Et pas de condescendance, s'il vous plaît, vous êtes bien trop jeune pour ça !

— Veuillez m'excuser. »

Le père Charles se pencha en avant et étudia le visage d'Argyll.

« Oui, je me souviens de vous. Je jouis de fort peu de temps, hélas ! Vous feriez mieux de me dire de quoi il s'agit, afin que je puisse vous répondre pendant que j'en suis capable. »

Burckhardt, expliqua Argyll, était venu prendre l'icône parce qu'il avait sans doute appris quelque chose à son sujet dans les archives du monastère.

« Autant chercher une aiguille dans une meule de

foin, mais si je découvre ce que c'était, je pourrais peut-être apprendre alors ce qui l'intéressait tant. »

Le père Charles hochant la tête, l'air ailleurs, Argyll eut peur qu'il ne s'abîme dans une rêverie. Mais il leva les yeux, un vague sourire flottant sur ses lèvres.

« M. Burckhardt... Oui, je me souviens fort bien de lui. Il est venu ici l'année dernière. J'ai été un peu dur envers lui, je crois.

— En quel sens ?

— C'est un mécanicien, si vous voyez ce que je veux dire. »

Argyll secoua la tête. Il ne voyait pas du tout.

« Il ne s'intéresse qu'à la forme, s'efforçant de tout expliquer. Il n'est pas du tout sensible à la force de ces images. Si les gens lui offrent leurs prières, il ne s'agit que d'un reste de superstition pittoresque. Si des légendes lui sont attachées, il cherche une explication rationnelle qui la débarrasse de son aspect miraculeux. Il se montre cruel envers les croyances d'autrui. Et, surtout, il les utilise pour gagner de l'argent. Voilà pourquoi je crains de n'avoir pas été aussi ouvert envers lui qu'il l'eût fallu. Il a dû se débrouiller tout seul. Et beaucoup de choses lui ont échappé.

— Ah oui ?

— Vous, je vais peut-être vous laisser trouver ce qu'il a manqué. Vous savez pourquoi ?

— Parce que l'icône a disparu et que je vais essayer d'aider à la retrouver ?

— Oh non ! s'écria-t-il en secouant la tête, je vous

l'ai déjà dit, elle n'a que faire de votre aide. Elle reviendra quand bon lui semblera. »

Argyll sourit.

« Parce que vous êtes bon et cherchez parfois à le cacher. Souvent, chaque fois que je me sens en forme, je descends prier à l'église. Il y a plus d'un demi-siècle que je le fais plusieurs fois par jour. J'en aime le calme. J'étais là il y a quelques jours et je vous ai vu entrer et lui faire l'offrande d'une bougie. Vous avez eu l'air gêné quand la signora Graziani vous a remercié. Cela lui a fait grand plaisir.

— Ma conscience protestante... Elle n'approuve pas toujours.

— C'était un acte de bonté, quoi qu'il en soit. Et aussi envers la signora Graziani. »

Argyll, peu habitué aux compliments, ne savait trop comment réagir. Il pensa que la réaction adéquate serait de remercier, ce qu'il fit.

« Je ne cherchais pas à vous flatter. Je ne fais que constater un fait qui m'autorise à croire que je peux vous confier certains des documents que j'ai omis de fournir à Burckhardt.

— Je vous en suis très reconnaissant.

— Bon. Passez-moi une feuille de papier et un stylo et je vais vous écrire ce que vous devez chercher. J'aimerais vous aider mais j'ai l'impression que mon esprit recommence à me jouer des tours. Il faudra partir vite ensuite. »

Argyll fit ce qu'on lui demandait, et le père Charles

jeta quelques rapides notes sur le papier qu'il remit ensuite à Argyll.

« Quatrième fichier, troisième tiroir en partant du haut. Tout au fond. Maintenant laissez-moi s'il vous plaît.

— C'est très aimable à vous... »

Le père fit un geste impatient du bras.

« Allez-vous-en, vite ! »

Il passa les huit heures suivantes à s'échiner sur les documents. Ils étaient tous rédigés en latin, matière dans laquelle il avait toujours été nul. Il se sentait obligé de se débrouiller tout seul. Un dictionnaire à ses côtés, il se battit donc avec les gérondifs et les ablatifs, progressant mot après mot, proposition après proposition, jusqu'à ce qu'il soit certain que sa traduction était correcte.

Les documents n'étaient malheureusement pas classés, mais rassemblés presque au petit bonheur. Une liste de nouvelles recrues pour le monastère, plusieurs pages relatant les événements de la journée, relevés des activités des ports pontificaux, connaissements de chargement et de déchargement durant l'année 1453. Texte d'une lettre patente papale. Énumération des propriétés foncières d'un noble. Commentaires sur des fêtes religieuses, surtout en l'honneur de la Vierge... Argyll perdait pied. Ces textes étaient sans aucun doute importants et pertinents, le père Charles ayant seulement omis de lui en fournir le sésame. Pour lui tout cela n'avait ni queue ni tête.

Entré dans le jeu du vieux moine, il aurait eu l'impression de trahir sa confiance en appelant à la rescousse un spécialiste du département des langues anciennes ou un médiéviste qui aurait parcouru les manuscrits en quelques minutes et lui aurait fait part de leur signification. C'était à lui et à lui seul qu'on avait confié ces archives, et en échange c'était à lui d'en élucider le contenu. Même s'il devait y consacrer toute la journée, celle du lendemain, voire tout le week-end.

Il fit une pause cigarette. Assis au soleil sur une pierre dans la cour, il songea à ce qu'il avait lu jusque-là, tâchant sans succès de repérer un fil conducteur. La deuxième ou la troisième liasse fournirait peut-être un indice. Il aperçut Menzies en train d'aller et venir dans l'église. Il lui fit un signe de la main mais il n'avait pas envie de bavarder. Le père Jean sortit du bâtiment et partit dans une Fiat minuscule. Il entendait distinctement des chants dans la rue.

Absorbé par ses pensées, il mit plusieurs minutes à trouver ça bizarre et encore plus longtemps à se lever pour aller voir de quoi il s'agissait. Il sortit du monastère et regarda dans la rue. Debout, devant le portail de l'église, un groupe d'une vingtaine de personnes étaient en train de chanter, des femmes pour la plupart, surtout des vieilles. Certaines brandissaient des croix ou des rosaires. Un certain nombre de badauds entouraient le groupe. Parmi eux un photographe et un homme en qui Argyll reconnut un journaliste. Il s'approcha et demanda ce qui se passait.

« Ils appellent ça une veillée, dit le journaliste, un petit sourire narquois sur les lèvres.

— Sapristi !

— Ils sont décidés à attendre jusqu'à ce qu'on ramène l'icône.

— Ils risquent de poireauter un bon bout de temps. »

Le journaliste opina du chef et fixa sur la foule un regard morne, se demandant dans quel sens écrire son article. Émouvant conte pieux ? Grotesque histoire de superstition romaine à prendre à la rigolade ? Grave dilemme.

Le laissant choisir son angle d'approche, Argyll rentra dans le monastère au cas où le journaliste croirait qu'il possédait quelque renseignement de première main.

Flavia avait pressenti que ce soir-là, chez Castello, Fostiropoulos se ferait attendre, et elle ne fut pas déçue. Elle en était à sa troisième cigarette et à son second bol de cacahuètes quand il entra précipitamment, l'air radieux. Il lui planta deux gros baisers sur chaque joue comme s'ils étaient les meilleurs amis du monde, puis commanda une bouteille de champagne. Nous y voici ! pensa-t-elle. L'une de ces soirées ! Le champagne était excellent malgré tout.

« Que pensez-vous de notre ami commun di Antonio ? demanda-t-il tout en remplissant les coupes avec soin.

— Qui ?

— L'homme qui a organisé la réunion ce matin.

— Ah ! lui… Pas grand-chose.

— Quel casse-pieds ! Un sacré enquiquineur. Tous les services diplomatiques en ont quelques-uns de cet acabit. Sa fiche précise : "À ne pas envoyer en dehors de Rome." C'est ennuyeux, mais on n'y peut rien. L'administration dans toute sa splendeur ! Au fil des ans, elle accumule toutes sortes de drôles de types. Coupeurs de cheveux en quatre, tire-au-flanc, salauds de première. Vous n'êtes pas d'accord ? Ils encombrent les circuits, mais personne ne songe à s'en débarrasser, on se demande pourquoi.

— Vous parlez d'expérience. »

Il sourit.

« Croyez-moi. Je pense qu'il devrait y avoir une révolution tous les vingt-cinq ans. Vider tout le monde et repartir de zéro. Mao avait raison, bien que ce genre de propos ne soient plus vraiment à la mode.

— De toute façon, ce sont toujours les mêmes qui reviennent au pouvoir, répliqua Flavia, vaguement consciente qu'une sorte de sous-conversation se déroulait peut-être au même moment. Quoi qu'on fasse pour s'en débarrasser.

— Bien sûr. Mais pas tous. Et on peut toujours les

reconnaître. Le style ne change pas. Prenez mon propre domaine...

— L'espionnage.

— Le commerce, Flavia, le commerce. Vous permettez que je vous appelle Flavia ?

— Je vous en prie.

— Georgios. De toute façon, voyez-vous, à la Belle Époque, on craignait les espions, les communistes, et tutti quanti. On savait ce qu'on faisait et pourquoi on le faisait. On protégeait les flancs de l'Europe. Puis, paf ! Terminus, tout le monde descend ! Alors d'étranges choses se produisent.

— Quoi, par exemple ?

— C'est un peu bizarre. Les gens sont désorientés. Les vieilles certitudes disparaissant, on revient vers d'autres, plus anciennes. Un ennemi traditionnel se volatilise, alors on ressuscite un ennemi encore plus traditionnel. Vous voyez ce que je veux dire ?

— Pas le moins du monde.

— Vraiment ? Vous me surprenez.

— Donnez-moi une seconde chance.

— Le vieux Charanis. Drôle de bonhomme. Que savez-vous de lui ?

— Pas grand-chose. Je le connais seulement comme collectionneur d'œuvres d'art courant les galeries, mais je croyais qu'il avait abandonné ce genre d'activités. Je me rappelle qu'un marchand l'avait regretté devant moi. Est-ce qu'il n'avait pas annoncé que des tableaux, il en avait à revendre ?

— C'est exact, répondit Fostiropoulos en souriant. Mais en vieillissant il s'est mis à penser à la mort et à devenir pieux. Il a abandonné la collection de tableaux de maîtres et décidé d'offrir des œuvres d'art aux églises. Des icônes, par exemple. Et puis il a cessé de le faire.

— Malgré tout, vous ne pouvez pas nier que ça dépasse la simple coïncidence.

— Peut-être. C'est un drôle de type. Le plus étrange à son sujet, c'est qu'il est un fervent démocrate.

— Qu'est-ce qu'il y a d'étrange à ça ?

— Quand on a eu le coup d'État dans les années soixante, il était contre les colonels. Le seul parmi les cent familles qui possèdent la Grèce. Théoriquement, parce qu'il pensait que c'était mauvais pour les affaires, mais aussi parce qu'il a l'âme romantique. La Grèce, le berceau de la démocratie… Anticommuniste acharné, certes, mais nullement favorable aux bandits nationalistes qui s'étaient emparés du pouvoir.

— Innocent comme l'agneau qui vient de naître, par conséquent.

— Jadis, il avait la réputation d'un collectionneur obsédé. Avec de magnifiques résultats d'ailleurs. Le Musée national essaye de le convaincre de lui léguer sa collection. Ce n'est pas gagné, surtout parce qu'un type comme lui a du mal à se défaire de ses vieilles habitudes. Il exige en contrepartie tant d'exemptions fiscales, tant d'avantages et de contrats commerciaux que la question est loin d'être réglée. En outre, il paraît que le directeur du musée rechigne un peu à accepter un ou deux tableaux de la collection.

— Ah oui ?

— La provenance n'est pas très claire. Personne ne sait précisément d'où ils viennent ni comment ils sont arrivés là. De toute façon ça n'a guère d'importance.

— Vraiment ?

— Oui. Parce qu'il n'a rien acheté depuis cinq ans ou plus et qu'il refuse même d'envisager d'acquérir de nouveaux tableaux.

— Quel dommage !

— Il passe tout son temps à faire retraite. Évidemment, étant donné qu'il est un tantinet mégalomane, il possède son propre monastère, et la cellule où il médite est équipée d'une liaison par satellite et d'un fax. Mais il semble avoir bon cœur, dans la mesure où il a un cœur.

— Où se trouve ce monastère ?

— Près du mont Athos. Il y passe de plus en plus de temps. Il s'habille même comme au Moyen Âge. On raconte qu'il fait pénitence pour racheter ses péchés. Il a du pain sur la planche...

— Par conséquent, en tant que suspect on peut l'oublier ? C'est ce que vous êtes en train de me dire ? Comme ce matin. Alors pourquoi ce rendez-vous ?

— Pour jouir du plaisir égoïste de passer un moment en votre compagnie, chère signorina. Et pour vous conseiller, selon la formule de nos ordinateurs, d'affiner votre recherche.

— Je sais que je manque de finesse...
— Pas du tout. Vous cherchez un certain Charanis.
— Ah ! je vois... Frère, fils, cousin, fille... ?
— Il a des problèmes avec ses enfants, le pauvre homme, même si je ne pense pas que ce soit toujours gai de l'avoir pour père. Il les a comblés de biens matériels, mais à eux de les mériter, hélas ! Il a l'esprit de compétition jusqu'à l'absurde et adore gagner, même en jouant contre un gosse. Quand son malheureux fils n'avait que quatre ans, il déployait de grands efforts pour le battre au ping-pong. Naturellement, selon la rumeur publique il existe de bonnes raisons – en tout cas des raisons compréhensibles – à cela.
— C'est-à-dire ? Qu'affirme la rumeur publique ?
— Que neuf mois avant la naissance de Mikis, sa femme avait donné un coup de canif dans le contrat. À l'époque, Charanis menait une liaison passionnée et son épouse lui a rendu la pareille. Voilà un grand dilemme... Accepter l'infidélité de son épouse est humiliant. Mais protéger son honneur en élevant un coucou dans son nid ne vaut guère mieux.
— C'est ce qu'il a fait et l'a fait payer à l'enfant ?
— Exact. Même après son divorce, il a gardé le fils... Surtout, j'imagine, pour donner une leçon à sa femme. Mikis est devenu un homme au caractère déplaisant et rebelle à toute autorité. Cette attitude s'est récemment exprimée dans la politique.
— Dans la fonction publique, ce pourrait être pire. »

Georgios fit la grimace.

« J'en doute, hélas ! Il est en cheville avec la plus haineuse bande de nationalistes d'extrême droite. Le genre de personnes à côté de qui notre vieille junte militaire a l'air d'un club de mollassons de gauche. Le schéma classique, j'imagine. Le besoin de tenir tout le pays dans une poigne de fer et de casser la figure aux étrangers pour montrer qu'on est plus dur que son père.

— Cette sorte d'individus courent les rues de nos jours. Comment est-ce que ça se traduit en termes grecs ?

— Vous vous en doutez. On déteste les Slaves, les Arabes, les immigrés quels qu'ils soient. On veut à tout prix imposer la loi et l'ordre au pays et le ramener aux vraies valeurs patriotiques. Le cocktail habituel, mais dans ce cas bien sûr c'est lié à notre passé historique.

— Celui d'Athènes ?

— Je crains que non ! fit-il tout en vidant dans son énorme main une grande quantité de cacahuètes qu'il enfourna dans sa bouche.

— Laissez-moi deviner... Alexandre le Grand. Il veut reconquérir la Perse.

— Trop ambitieux. Même pour quelqu'un d'aussi extrême que Charanis junior, continua Georgios après avoir fait passer les cacahuètes à l'aide d'une lampée de champagne et rempli à nouveau sa coupe. Non, le passé signifie pour lui l'Empire chrétien. En d'autres termes, Byzance. Lui et la bande hétéroclite de cinglés qu'il fréquente veulent reprendre Istanbul. Si Leningrad peut redevenir Saint-Pétersbourg, pourquoi Istanbul ne pourrait pas redevenir Contantinople ? »

Il prit une nouvelle poignée de cacahuètes puis changea d'avis et vida le bol entier dans sa main, poussant les cacahuètes avec ses doigts pour les faire entrer dans sa bouche. Il les mâcha bruyamment tout en souriant à Flavia pour s'assurer qu'elle l'avait bien compris.

« Il a de grands projets alors.

— Comme je l'ai dit, on revient aux anciennes valeurs sûres. Il ne faut surtout pas les sous-estimer. Religion, histoire et rêves de gloire constituent un cocktail capable de faire tourner la tête à plus d'un.

— Cela ne vous inquiète quand même pas, n'est-ce pas ?

— Officiellement, non. Surtout parce qu'il est toujours protégé par son père et que celui-ci n'est pas le genre d'homme qu'on ose provoquer. Officieusement, si, car cinq musulmans ont été brûlés vifs à Thessalonique il y a quelques mois, et il ne fait aucun doute que ces gens y étaient pour quelque chose. Ils ne sont pas nombreux, ils ne sont pas puissants, mais le groupe ne cesse de se renforcer.

— Vous savez où il est en ce moment ?

— Pas en Grèce, répondit-il en secouant la tête, ça c'est sûr. Nous savons qu'il s'y trouvait avant de faire un petit voyage de trois jours à Londres il y a trois semaines, puis qu'il est revenu à Athènes avant de disparaître. Personne ne l'a vu depuis plus d'une semaine.

— Il est allé à Londres, vraiment ? »

Il fit signe que oui.

« Ça vous intrigue ? Pourquoi donc ?

— Une simple idée. Pourriez-vous me rendre un service ?

— Bien sûr.

— Ces tableaux qui ont inquiété le directeur de votre musée. Dans la collection de Charanis. Pourriez-vous chercher à savoir de quoi il s'agit ?

— Avec plaisir, dit-il en jetant un coup d'œil sur sa montre. Autre chose ?

— J'aimerais également avoir une bonne photo de cet homme. Une qui ne soit pas aussi floue. »

Georgios sourit et plongea sa main dans sa poche.

« Rien de plus facile », fit-il en lui tendant une enveloppe. Flavia l'ouvrit. « Si vous le rencontrez à nouveau, poursuivit-il, faites-le-moi savoir. Il nous intéresse beaucoup, vous savez.

— Comptez sur moi.

— Maintenant je dois me sauver. J'ai eu grand plaisir à faire votre connaissance, signorina. »

Et il s'en alla, laissant à Flavia quelques cacahuètes et juste assez de champagne dans la bouteille pour se verser une seconde coupe. Qu'à cela ne tienne ! se dit-elle, et elle vida la bouteille jusqu'à la dernière goutte.

14

Revigoré pendant le petit déjeuner par les remerciements et les encouragements de Flavia – laquelle se dit qu'elle devait s'entraîner à la gestion du personnel masculin en commençant par une proie facile –, Argyll, plus déterminé que la veille, retourna affronter les difficultés de l'écriture médiévale et les arcanes du latin de cuisine.

Il possédait une nouvelle base de travail. Tout ce qu'il savait jusqu'alors sur l'icône, c'est qu'elle était ancienne et venait d'Orient. Depuis les révélations de Fostiropoulos à Flavia, il pouvait se concentrer sur les icônes byzantines. Les exilés et les voyageurs érudits auxquels les documents avaient fait de très brèves allusions constituaient sans aucun doute un bon point de départ. D'autant plus que la référence à la peste contre laquelle protégeait le tableau plaçait son arrivée à Rome vers le milieu du XVe siècle.

Constantinople tombe sous les assauts de l'Empire

ottoman, et les habitants qui réussissent à fuir sur des navires occidentaux le font à la dernière minute, emportant avec eux ce qu'ils peuvent. Nombreux sont ceux qui reçoivent des pensions du pape ou de monarques occidentaux compatissants, gênés de ne pas s'être portés au secours des Byzantins en temps voulu. Certains projettent de lancer une offensive contre l'infidèle et voyagent de par le monde pour réclamer de l'aide. D'autres se rendent compte qu'il n'y a plus rien à faire, que tout espoir s'est évanoui lorsque des vagues de Turcs ont déferlé à travers les brèches des fortifications, mettant brutalement fin à deux mille ans d'histoire romaine. Ces malheureux survivent tant bien que mal, enseignant s'ils ne peuvent se résoudre à abandonner leur foi orthodoxe, ou entrant dans les monastères dans le cas contraire. Au moins peuvent-ils se consoler dans leur exil en pensant qu'ils ont lutté courageusement, et que Constantin, le dernier empereur, a vécu et est mort selon les plus grandioses traditions romaines, à la tête de ses troupes de plus en plus clairsemées jusqu'à ce qu'il soit abattu par l'ennemi, et son corps déchiqueté au point de ne jamais pouvoir être identifié.

Épisode poignant et fascinant. Argyll sentait un léger frisson de plaisir à l'idée de s'attaquer ne serait-ce qu'à une minuscule bribe de cette histoire. Quelques-uns de ces exilés choqués et hagards arrivèrent au monastère San Giovanni. Argyll était prêt à parier que l'un d'eux y apporta l'icône. Et alors ? Nombreux étaient chargés d'un énorme butin, à tel point que les navires bourrés d'objets précieux refusaient la place à des citoyens abandonnés à leur triste sort. Qu'était-ce qu'une icône parmi des centaines d'autres tableaux ? De quelle manière liait-elle la fin de la seconde Rome aux hommes qui voulaient faire reprendre à la troisième sa place traditionnelle ?

La veillée avait pris de l'ampleur durant la nuit. La quantité de fleurs et de prières accrochées au portail avait crû, dissimulant l'antique bois du portail jusqu'à hauteur de bras. Au lieu de la petite poignée de personnes campant sur le parvis, il y en avait désormais plus d'une vingtaine, les sacs de couchage indiquant leur grande détermination. Un bon nombre d'entre elles étaient jeunes. La veille, on y voyait surtout de vieilles femmes, poussées par un sentiment de nostalgie et refusant qu'un nouvel élément de leur univers leur soit brutalement arraché. Maintenant, une dizaine, voire une quinzaine des personnes présentes étaient jeunes, certaines dotées du regard intense d'étudiants en théologie, d'autres étaient des Européens à la dérive, à la recherche d'une cause et espérant la trouver sur les marches de ce vieux monastère. Argyll discuta avec eux quelques instants. Les idées religieuses de l'un paraissaient traditionnelles, tandis qu'un autre évoquait en termes vagues mais avec ferveur la Grande Mère. Deux au moins trouvaient que c'était un endroit plutôt sympa pour passer la nuit. Tous semblaient être arrivés là par hasard et s'être installés pour des raisons qu'eux-mêmes avaient du mal à comprendre. S'ils avaient l'air tout à fait sereins et sûrs d'eux, Argyll devinait leur profond malaise. Il remarqua la signora Graziani assise à l'écart. Il la salua. Elle lui sourit mais parut indifférente quand il lui dit que la police continuait son enquête. Elle doutait manifestement que la police pût faire quelque chose, quoiqu'elle appréciât ses efforts.

Un peu désemparé, il pénétra dans le monastère. Les moines étaient encore plus nerveux que lui. Ils s'étaient divisés en deux camps. Un groupe considérait la manifestation sur le parvis comme un désagrément qu'il faudrait endurer jusqu'à ce qu'elle lève le camp. L'autre jugeait que toute cette histoire n'était qu'un grotesque mélodrame et souhaitait l'emploi de moyens énergiques pour disperser ces gens. En fait, seul le père Paul avait l'air tout à fait calme, voire enchanté de ce qui se passait dans la rue.

« C'est la vraie vie, murmura-t-il, debout près de la porte d'entrée, contemplant d'un œil serein le groupe installé sur les marches de l'église. C'est ainsi qu'ont commencé les grands mouvements, à partir d'un acte de foi simple du peuple. Savez-vous que je suis le seul ici à avoir envisagé la possibilité qu'il s'agisse de l'œuvre de Dieu ? Vous ne trouvez pas ça étrange ?

— Sans doute. Je ne le sais pas vraiment. Je suis théoriquement anglican, mais je ne suis guère pratiquant. »

Le père Paul sourit pour saluer ce qu'il prenait pour une plaisanterie, referma la porte et s'assura qu'Argyll ait tout ce qu'il désirait.

« J'ai suggéré qu'on ouvre le portail de l'église afin que les gens puissent s'y abriter au cas où il se mettrait à pleuvoir, dit-il au moment où il s'apprêtait à repartir. On a repoussé cette proposition de peur de déranger M. Menzies. » Secouant la tête, il s'éloigna, laissant Argyll à son travail.

Le dossier était aussi volumineux et presque aussi impénétrable que les précédents. Se concentrant avec la sorte d'intensité qui déclenche tôt ou tard une atroce migraine, Argyll peina en silence, lisant, traduisant, réfléchissant et prenant des notes. Il fit des progrès. En 1454, le monastère admit deux nouvelles recrues. De manière agaçante mais prévisible les deux hommes changèrent de nom à cette occasion pour devenir les frères Félix et Angélus, leur précédent nom n'étant pas mentionné. Vu la date et la note indiquant qu'ils avaient été exceptionnellement dispensés de baptême, il était raisonnable de supposer qu'ils avaient fui les ruines de Constantinople et venaient de débarquer, d'autant plus que l'un des deux était d'âge plus que mûr et l'autre, veuf.

Il aurait été tout à fait inhabituel qu'au moment de leur admission ces deux nouveaux moines n'aient pas apporté leur contribution aux coffres de l'ordre. Où peut bien se trouver le registre des donations et des legs ? se demanda Argyll. Et d'ailleurs, avaient-ils apporté cette icône ? Il s'appuya au dossier de sa chaise et se tapota les dents du bout de son crayon, puis fit un grand sourire. C'est comme les mots croisés, songea-t-il : ça paraît évident dès qu'on connaît la réponse. Il se pencha et raya le frère Félix de la liste. Inutile de s'occuper de lui. Le tableau avait été apporté par un ange, et voici le frère Ange en personne, au bon endroit et au bon moment. On entendait presque battre ses ailes.

Eh bien ! frère Ange, pensa-t-il. Où as-tu trouvé cette belle œuvre ? L'as-tu prise sur le chemin du port, la dérobant dans quelque église au moment où l'édifice s'embrasait et que tu te faufilais le long des ruelles pour éviter les soldats ennemis ? Était-ce un trésor familial que tu avais expédié à l'avance en prévision d'un désastre imminent ? L'as-tu volée à l'un de tes compagnons d'exil afin de pouvoir acheter ton admission dans un monastère confortable lorsque tu atteindrais la fin du voyage ? Quelle sorte d'homme étais-tu ? Prêtre, noble, ou simple sujet ?

Excellentes questions auxquelles ne répondaient pas les documents placés devant lui. Il ignorait qui avait classé les divers éléments du dossier. Étrange pot-pourri que cette collection hétéroclite de papiers allant du XVe au XVIIIe siècle, rassemblés sans logique apparente par quelqu'un, il n'y avait pas très longtemps. Le père Charles, peut-être, avant de diriger l'ordre. Si c'était lui, il les avait enfermés dans ce dossier et en avait interdit la lecture à tout le monde. On ne voyait guère pourquoi. À première vue, ils ne contenaient rien d'un tant soit peu inquiétant ni même d'intéressant.

Il regarda avec méfiance le classeur suivant en carton marron. Peut-être là-dedans ? À la vue des diverses écritures mal formées couvrant soixante-quinze pages sur différents sujets, il espéra que non. S'il s'appliquait, il risquait de passer plusieurs semaines à les déchiffrer. Il aurait dû être plus attentif pendant les cours de latin. Comment diable aurait-il pu deviner que ça lui servirait un jour ? Il feuilleta les pages dans l'espoir de découvrir des passages en italien, mais en vain. C'était du grec, bonté divine ! Dix pages en grec... La vie est vraiment injuste parfois.

Inutile. C'était au-dessus de ses forces. Il fixa de nouveau d'un regard morne les pages devant lui, puis s'ébroua. Rien à faire. Il n'avait plus qu'à espérer que le père Charles serait en forme ce matin-là. Et désireux de l'aider.

L'hôpital Gemelli où sont traitées toutes les meilleures maladies religieuses offre un mélange d'ancienneté en ce qui concerne l'architecture et de grande modernité en matière d'équipement. Que les infirmières soient des sœurs ne signifie pas qu'elles sont moins féroces que leurs collègues des établissements séculiers. Les malades menacent de dérégler le fonctionnement harmonieux de l'hôpital, et les visiteurs sont des parasites dont la présence offusque quiconque s'intéresse sérieusement aux questions de santé. Rendre visite au père Xavier s'avéra donc plus compliqué que Flavia ne l'avait imaginé. Après avoir surmonté trois étages d'obstacles avant d'atteindre celui où se trouvait la chambre du père, elle était à la fois sonnée et exaspérée. Au moins il était conscient.

La dernière étape fut plus facile. Non pas grâce aux infirmières de service mais parce que le prêtre que le père Jean avait envoyé veiller le supérieur s'approcha d'elle et lui proposa sa protection. Il détenait une bien plus grande autorité que ne pourrait jamais l'espérer un simple membre des forces de l'ordre.

« Merci, lui dit Flavia avec reconnaissance une fois que la dernière infirmière eut rentré ses griffes et battu en retraite.

— Elles sont très protectrices, en effet, expliqua-t-il avec douceur, mais vous êtes la troisième personne à lui rendre visite aujourd'hui. Elles craignent que ça ne le fatigue trop.

— Qui d'autre est venu ?

— Le père Paul. Ainsi qu'un autre policier. Je pense que c'est la raison pour laquelle les infirmières sont mécontentes. Elles auraient voulu que vous coordonniez mieux vos interrogatoires.

— Un autre policier ? Qui donc ?

— Je ne sais pas. Un monsieur très gentil, très doux avec le père Xavier. »

Flavia était de plus en plus agacée. C'était sans doute l'un des sous-fifres d'Alberto – probablement Francesco, son adjoint –, alors qu'elle lui avait précisé qu'elle se chargeait d'interroger le vieux prêtre. Alberto n'avait théoriquement même pas souhaité envoyer quelqu'un. Bien sûr, il avait tout à fait le droit de changer d'avis mais il aurait pu la prévenir. Par correction.

« Fin de la quarantaine, bien en chair, dégarni, toujours en sueur, légère odeur corporelle ? demanda-t-elle, sachant qu'il reconnaîtrait d'emblée le portrait de son collègue.

— Oh non ! fit-il. Pas du tout. À peine quarante ans, je dirais. Vêtu avec beaucoup de classe, mais portant une barbe de plusieurs jours. Très sûr de lui, au demeurant, vous savez. Trop élégant pour un policier, si vous voulez mon avis. Il est vrai que je ne suis pas italien… »

Elle lui tendit une photo de Mikis Charanis.

« Oui, c'est bien lui. »

Elle ferma les yeux de désespoir.

« Quand est-il venu ?

— Il est reparti il y a un quart d'heure environ. Sa visite n'a pas duré plus de dix minutes.

— Avez-vous vu le père Xavier depuis son départ ?

— Non. Je suis resté assis ici… »

Flavia se précipita vers la porte, écarta la dernière

infirmière qui la gardait et entra sans frapper. Pourvu que son pire cauchemar ne soit pas sur le point de se réaliser !

Couché dans son lit, le père Xavier porta sur elle un regard vaguement intéressé.

« Bonjour signorina », dit-il. Il était en aussi bonne forme que possible, vu les circonstances. En tout cas, on ne venait pas de lui loger une balle dans la cervelle. Malgré son profond soulagement, imaginer que si Charanis l'avait voulu, il aurait pu le tuer sans être inquiété ne contribua pas à lui remonter le moral. Bonté divine ! Alberto n'était-il pas censé avoir posté un homme devant la porte ?

Elle se laissa tomber sur la seule chaise disponible et prit une profonde inspiration. À quoi bon, pensa-t-elle, provoquer une inquiétude inutile ou faire parade de son incompétence ?

« Je crois comprendre que vous avez reçu la visite d'un collègue d'un service concurrent, dit-elle en se forçant à sourire. Je fais partie de la brigade chargée de la protection du patrimoine et j'enquête sur le vol de votre icône. Peut-être pourriez-vous m'indiquer ce que vous lui avez dit ? Ainsi, je pourrai cesser de vous importuner.

— Absolument. Il voulait juste savoir ce qui s'était passé et où se trouvait l'icône. Ce que je n'ai pu lui dire, hélas !

— Il vous a demandé où elle se trouvait ? demanda Flavia en fronçant les sourcils.

— Oui, répondit le père Xavier en souriant. Vous considérez, n'est-ce pas, que cela relève de vos compétences, pas des siennes. Malheureusement, je ne peux pas vous l'apprendre, ni à l'un ni à l'autre. J'étais à l'église en train de prier, c'est tout ce que je me rappelle.

— Vous n'avez pas vu votre agresseur ?

— Non. Il a dû venir de derrière.

— L'icône était-elle toujours à sa place ? L'avez-vous remarquée ?

— Je n'ai pas fait attention, fit-il en secouant la tête. Je crains de ne pas beaucoup vous aider.

— Vous étiez venu à l'église pour prier ?

— Oui.

— Est-ce fréquent ? Je veux dire : est-ce votre habitude ?

— Bien sûr ! Je suis prêtre, vous savez…

— À six heures du matin ?

— Quand j'étais un simple novice, signorina, nous étions obligés de nous lever à trois heures et puis de nouveau à cinq heures. J'aime maintenir la tradition, même si je ne considère plus légitime de l'imposer aux autres.

— Je vois. Avez-vous entendu quelqu'un pendant que vous étiez en prières ? Vu quelqu'un ? Parlé à quelqu'un ?

— Non.

— Absolument rien d'anormal ?

— Absolument. »

Elle hocha la tête.

« Mon père, force m'est de constater que non seulement vous êtes un menteur, mais que vous mentez mal.

— Votre collègue n'a pas eu l'impertinence de me traiter de menteur.

— Ravie de l'apprendre. Mais je maintiens mon accusation. Vous étiez dans l'église parce que vous aviez rendez-vous avec Burckhardt. Malgré la décison de votre ordre de ne rien vendre, vous êtes passé outre le résultat du vote pour couvrir vos dettes auprès de vos courtiers. Vous l'avez appelé et avez pris rendez-vous avec lui pour six heures du matin. Vous vous êtes rendu à l'église, avez décroché la clé puis ouvert le portail afin qu'il puisse entrer. Ensuite, vous l'avez attendu. C'est évident. Ce n'est même pas la peine de confirmer cette version des faits. Il ne peut y en avoir d'autre. »

Elle se tut et le fixa pour voir si elle avait fait mouche. Le silence du moine la convainquit qu'elle ne s'était pas trompée, ce qui ne la surprit pas. Elle le laissa macérer dans son jus un moment avant de lui soumettre une idée qui venait de germer dans son esprit.

« Pour éviter d'avoir des ennuis avec votre ordre, vous avez tenté de camoufler la vente en vol. Vous avez passé l'appel anonyme à la police annonçant qu'il y aurait un cambriolage… Quoi qu'il en soit, enchaîna-t-elle, vos relations avec votre ordre ne me regardent pas. Je ne sais absolument pas si vous aviez le droit de prendre cette initiative. Pour simplifier les choses, je serais même disposée à oublier le temps que vous nous avez fait perdre avec vos appels mensongers. C'est un délit pour lequel je pourrais vous faire inculper. Mais nous avons des sujets plus urgents à traiter. J'exige simplement que vous me fournissiez tout élément susceptible de nous aider.

— Et dans le cas contraire ?

— Dans le cas contraire ? Vous remarquerez que je vous fais l'honneur de considérer que vous vouliez cet argent pour le bien de l'ordre et non pour votre usage personnel.

— Évidemment ! s'écria-t-il, presque avec colère. J'y ai passé toute ma vie d'adulte. Je ne lui porterai jamais tort. Croyez-vous que l'argent m'intéresse ? Pour mon usage personnel ? Je n'en ai jamais eu, et puis qu'est-ce que j'en ferais ? Mais l'ordre en avait besoin. Il y a tant à faire et cela coûte une fortune. J'ai été maintes fois contré par cette bande de vieux rétrogrades.

— Parfait ! Eh bien, si vous aimez tant votre ordre, vous avez intérêt à tout me dire. Autrement, je m'assurerai qu'il soit mêlé à un si affreux scandale que vos confrères maudiront le jour où ils vous ont accueilli parmi eux. »

Elle scruta son visage. À son grand émoi, elle aperçut une grosse larme rouler sur sa joue.

« Allez, allez ! fit-elle avec douceur. Finissez-en, vous vous sentirez soulagé ! »

Elle se leva pour aller chercher des Kleenex qu'elle lui tendit d'un geste brusque, puis le laissa se tamponner les yeux. Elle faisait semblant de ne rien remarquer et lui de trouver tout cela parfaitement normal.

« Je suppose que ça vaut mieux, finit-il par dire. Dieu seul sait à quel point je me le suis reproché. Je ne peux guère nier avoir agi comme un imbécile. Il y a deux ans environ, juste après mon élection comme supérieur de l'ordre, j'ai reçu une lettre d'une société milanaise qui me faisait une proposition des plus alléchantes. Si nous lui confiions l'équivalent de deux cent cinquante mille dollars, elle nous garantissait le double au bout de cinq ans. »

Flavia hochait la tête d'un air distrait, puis elle se figea, réfléchit un bref instant et écarquilla les yeux.

« Vous ne leur avez pas confié cette somme, n'est-ce pas ? » demanda-t-elle, incrédule.

Il fit signe que oui.

« L'occasion semblait trop belle pour la laisser passer. Avec cet argent, voyez-vous, je pouvais financer la nouvelle mission en Afrique sans gêner aucune des autres activités. Même le père Jean ne pouvait être contre.

— Ça ne vous a pas paru un peu louche comme proposition ? Un rien risqué ? »

Il secoua la tête d'un air chagrin.

« La société offrait des garanties absolues et

affirmait qu'elle ne faisait cette offre qu'à quelques investisseurs triés sur le volet. »

Flavia secoua elle aussi la tête avec tristesse. C'était tellement classique.

« Le mois dernier j'ai reçu une lettre m'informant qu'en raison de circonstances imprévisibles les investissements n'avaient pas rapporté autant que prévu. Je me suis renseigné, bien sûr, et j'ai découvert que selon le contrat je ne pouvais même pas récupérer la somme restante.

— Qui était au courant de cette affaire ?
— Personne.
— Vous n'avez pas soumis la proposition au conseil, n'avez pas sollicité son autorisation ni pris l'avis de spécialistes indépendants ?
— Non. Je sais, j'ai agi comme un fieffé crétin.
— Vous avez par conséquent donné à ces gens deux cent cinquante mille dollars. Ils ont perdu combien exactement ? »

Il poussa un profond soupir.

« Presque tout. Ils refusent de me donner le chiffre précis.

— Ça ne m'étonne guère !
— Vers cette époque, j'ai reçu une lettre du signore Burckhardt m'offrant d'acheter l'icône. Pour une somme couvrant presque mes pertes.
— Seigneur Dieu ! C'est insensé ! Pourquoi était-il disposé à payer cette somme exorbitante !
— Il voulait être sûr que nous allions accepter et

ne pas perdre de temps en négociations stupides. Évidemment, c'était sans compter avec l'opposition du père Jean. »

Flavia réfléchit à cette déclaration. Quel marchand offrirait deux cent cinquante mille dollars quand il était à l'évidence possible d'acheter l'œuvre pour une fraction de cette somme ?

Réponse : un intermédiaire travaillant à la commission. Cinq pour cent de deux cent cinquante mille, c'est plus que cinq pour cent de cinquante mille. Burckhardt devait déjà avoir un client.

« Continuez.

— On a donc eu une réunion, où l'on a discuté de la possibilité de vendre certains de nos biens, et Jean a fait en sorte que la motion soit repoussée. »

Il s'arrêta, soucieux de vérifier que son récit était reçu avec sympathie.

« J'étais désespéré, voyez-vous. Il me fallait trouver de l'argent.

— C'est pourquoi vous avez décidé de vendre l'icône ?

— En effet. Je pense que j'en avais le droit en tant que chef de l'ordre. J'ai pris rendez-vous avec Burckhardt pour qu'il vienne la chercher à l'église. Il était censé apporter l'argent, prendre l'icône et repartir. Et alors, théoriquement, j'aurais signalé le vol.

— Un instant… Que voulez-vous dire par "Il était censé apporter l'argent" ? En espèces ?

— J'avais exigé qu'il apporte la somme en billets. J'en avais assez qu'on se paye ma tête. »

Ça allait de mal en pis. Flavia n'en revenait pas. Elle avait déjà entendu parler d'agissements stupides mais là, ça dépassait la mesure.

« Comment se fait-il que les choses aient mal tourné ?

— Aucune idée. Je suis arrivé dans l'église juste après six heures. J'ai déverrouillé le portail, décroché la Vierge du mur et l'ai mise dans un sac. Puis j'ai attendu. Alors quelqu'un m'a frappé. C'est quasiment la dernière chose dont je me souviens.

— Et donc, à ce moment, quelqu'un a pris la Vierge ?

— Non, fit-il d'un ton catégorique.

— Comment le savez-vous ?

— Parce qu'elle était toujours là. Je le sais.

— Comment ? Vous étiez inconscient.

— Elle m'a parlé.

— Plaît-il ?

— J'étais en train de mourir, je le sais bien. Elle m'a accordé sa grâce et m'a sauvé. Elle est venue à moi et m'a dit : "Ne vous agitez pas. Ne vous en faites pas. Tout ira bien. Je vais m'en assurer." Sa voix était si douce, si mélodieuse, pleine de compassion et de sollicitude. Je me suis immédiatement senti envahi par une chaleur apaisante. »

L'ancienne catholique qui dormait en Flavia lutta quelques instants contre la vénérable cynique qu'elle était devenue, avant de déclarer le match nul. Cela avait fait coopérer le père Xavier, ce qui était déjà en soi un véritable petit miracle. Elle n'était pas pour autant disposée à croire que l'homme qui avait frappé le moine n'avait pas dérobé l'icône.

« C'est un miracle, poursuivit le père. Ça me donne la chair de poule rien que d'y penser. J'ai mal agi et je ne mérite guère de faveur, mais elle m'a accordé son pardon. Dites-moi, qu'allez-vous faire de moi ?

— Je n'en ai aucune idée, répondit-elle en secouant la tête. Heureusement, ce n'est pas moi qui décide en la matière. Je me contente de déterminer ce qui est arrivé. Mais vous n'êtes pas sorti de l'auberge, croyez-moi... »

Elle regagna son bureau à pied. Le long trajet lui fit parcourir la ville de part en part, traverser le fleuve et les quartiers médiévaux. Ridicule et totalement déraisonnable de gaspiller un temps qui eût pu être bien mieux employé... Encore plus ridicule de s'arrêter pendant vingt minutes dans un bistrot situé dans une ruelle pour boire un café et un verre d'eau. J'ai besoin de temps, pensa-t-elle, pour tenter de tirer au clair toute cette affaire.

En outre, ne devait-elle pas célébrer un tant soit peu l'événement ? Certes, pas pour fêter un succès personnel – elle avait bien failli avoir un second meurtre sur les bras – mais elle savait désormais que

Charanis était entré dans l'hôpital, avait parlé au père Xavier avant de repartir comme il était venu. Charanis était donc toujours à Rome, mais il n'avait pas l'icône. Il avait dû se figurer que Burckhardt la détenait et l'avait tué quand le marchand avait refusé de révéler où elle se trouvait, ou n'avait pu le faire. Il n'abandonnait pas la partie. Qu'est-ce qui lui faisait croire qu'il possédait la moindre chance de s'en emparer maintenant ?

Et si Charanis ne l'avait pas, où diable était-elle ? Voilà peut-être la question essentielle et, par conséquent, celle qu'il fallait écarter pour le moment. Mary Verney était la suspecte numéro un, bien qu'elle fût toujours à Rome.

Tout en buvant son café à petites gorgées, Flavia regardait les employés de bureau et les rares touristes, qui, attirés dans cette ruelle en croyant se diriger vers quelque endroit intéressant, s'arrêtaient pour consulter leur plan d'un air perplexe, puis le retournaient, avant de rebrousser chemin. Je suis de tout cœur avec vous, pensa-t-elle. Elle régla l'addition et quitta les lieux.

Le dernier détail mettant un terme à son incertitude l'attendait sur son bureau : un mot de Fostiropoulos, d'une brièveté admirable. Le directeur du musée d'Athènes qui négociait le legs des tableaux de Charanis avait des doutes à propos d'un tableau en particulier, un Tintoret. Bien sûr, il n'en avait soufflé mot à personne de peur d'offenser inconsidérément un donateur potentiel richissime, mais il était fort désireux de connaître l'origine du tableau.

Flavia ne mit que vingt minutes à la découvrir. Le tableau avait disparu vingt-six ans plus tôt d'un château en Autriche. D'un seul coup, sans crier gare, sans le moindre indice, et on ne l'avait jamais revu. Tout à fait selon la méthode de Mary Verney lorsqu'elle était au sommet de sa forme. L'un de ceux sur lesquels on n'avait rien trouvé l'année précédente. Pincée...

Elle la fit arrêter une demi-heure plus tard. Finis, les égards et la touche personnelle. Juste trois policiers costauds et une voiture. Flavia leur enjoignit de la jeter à l'arrière du véhicule et de l'enfermer dans une cellule du sous-sol. Ne lui dites rien ! Pas un mot ! Aucune explication... Soyez le plus sinistres et le plus intimidants possible. Fichez-lui une frousse bleue.

Ils firent du bon boulot. Malgré tous ses forfaits, Mary n'avait jamais eu affaire à la police. Même les contractuelles la rendaient nerveuse, et cette confrontation avec les autorités italiennes vues sous leur jour le plus défavorable la secoua terriblement – d'autant plus qu'on la laissa poireauter pendant trois heures avant que Flavia décide d'aller faire un brin de causette avec elle. Quand, armée d'une liasse de fiches, elle pénétra dans la cellule, la prisonnière paraissait venue à résipiscence. Flavia adopta un air blasé et très professionnel... Une de plus à coffrer. Quelle barbe !

« Bon..., commença-t-elle après être restée assise quelques instants à relire ses notes tout en cochant certains passages d'un coup de crayon, je dois vous informer que nous possédons assez d'éléments pour que le magistrat instructeur retienne plusieurs chefs d'accusation contre vous. D'abord, non-assistance à personne en danger et délit de fuite. Ensuite, complicité de vol et finalement – et surtout – complicité de meurtre.

— De meurtre ? s'exclama Mary Verney, relevant brusquement la tête de stupéfaction. De quel meurtre parlez-vous ?

— De celui de Peter Burckhardt.

— C'est absurde !

— Ce n'est pas mon avis. Nous soutiendrons, preuves à l'appui, que vous avez prévenu un certain Mikis Charanis de la présence de Burckhardt dans l'église de San Giovanni le matin où l'icône a disparu et où le père Xavier a été agressé.

— Je n'avais jamais entendu parler de ce Charanis.

— Nous prouverons qu'il y a vingt-six ans vous avez volé un Tintoret pour son père.

— C'est grotesque...

— Loin d'avoir pris votre retraite, comme vous l'affirmez, vous êtes venue à Rome dans le seul but de dérober cette icône, pour le père ou pour le fils, peu m'importe. Personnellement, je pense que vous auriez dû suivre votre intuition. Vous avez perdu la main. Quelle cupidité, madame Verney ! Vous me surprenez. J'aurais cru que vous aviez assez de bon sens pour savoir vous arrêter à temps. C'en est fait de vous désormais. »

Un long silence s'ensuivit durant lequel Mary Verney se dit que Flavia avait bigrement raison. Au tréfonds d'elle-même, elle avait si nettement pressenti ce total fiasco que la lourde peine de prison qui l'attendait sans doute n'aurait pas dû la surprendre le moins du monde. Tout cela à cause d'un homme qu'elle avait beaucoup aimé et à qui elle avait fait confiance mais qui n'avait même pas eu le courage de lui faire face.

Y avait-il un moyen de s'en sortir ? Si elle se taisait, elle irait en prison. De plus, Mikis Charanis ne croirait probablement pas à son silence et mettrait sa menace à exécution. Si elle disait la vérité ? Nul doute que cela aboutisse au même résultat.

« Combien de temps allez-vous mettre à vous décider ? demanda Flavia.

— Seriez-vous disposée à accepter quelque compromis ?

— Non. Je ne marche pas. Bien, je vous écoute...

— La question est de savoir si vous pouvez m'aider.

— La question est de savoir si j'en ai envie. »

La discussion semblait dans une impasse mais Flavia n'était pas d'humeur à jouer aux devinettes. Les petits jeux, elle en avait eu tout son soûl.

« Vous souhaitez un échange de bons procédés :

donnant, donnant. Mais ça ne m'intéresse pas. J'exige la vérité, toute la vérité, rien que la vérité. Ainsi que le moyen de vérifier vos dires. Je ne vais rien vous promettre à l'avance. Ni promesse, ni accord, ni garanties. C'est à prendre ou à laisser. Je ne sais pas pourquoi vous tenez tant à voler ce tableau et je m'en fiche. Ça vous regarde. Par conséquent, vous passez aux aveux, ou alors tant pis pour vous ! »

Troisième long silence, puis Mary secoua la tête.

« Je ne sais rien sur cette icône ou ce meurtre. C'est pure coïncidence si ce matin je marchais dans le quartier de l'Aventin. Je n'ai rien volé ni fait de mal à personne. Je ne suis qu'une vieille petite touriste. J'ai dit tout ce que j'avais à dire. »

Puis, son air serein ne reflétant absolument pas ce qu'elle ressentait, Mary croisa les doigts dans son giron et fixa tranquillement la femme policier assise en face d'elle.

Flavia la fusilla du regard.

« Je n'en crois pas un mot. Vous êtes impliquée dans cette affaire jusqu'au cou. »

Mary secoua la tête derechef.

« Combien de fois dois-je vous le répéter ? Je n'ai pas l'icône. »

Excédée, Flavia sortit de ses gonds.

« Ça, je le sais ! C'est Menzies qui l'a, s'écria-t-elle avec colère. Il l'a emportée chez lui pour la nettoyer. Et il refuse de la rendre avant demain quand il aura terminé le travail. Il aurait dû nous le dire mais il ne l'a pas fait, et de toute façon ce n'est pas ce qui nous intéresse. Ce qui nous intéresse, c'est que vous êtes venue à Rome pour la voler et que ça a foiré. Un homme est mort et un autre a dû être hospitalisé. Bon, maintenant expliquez-moi ce qui s'est passé. »

Mary secoua une nouvelle fois la tête, mais une petite lueur dans ses yeux indiquait qu'elle savait qu'elle avait gagné la partie. Elle avait gardé son sang-froid et Flavia était allée trop loin.

« Je n'ai rien à dire là-dessus. Inculpez-moi ou relâchez-moi. »

Flavia referma le dossier d'un coup sec, sortit de la cellule en martelant le sol. Une fois dehors, elle s'appuya lourdement contre le mur de béton froid.

« Alors ? demanda le vigile. Qu'est-ce que je fais d'elle ?

— Gardez-la encore quelques heures, puis relâchez-la. » Elle rentra au bureau d'un pas vif pour réfléchir à ce qu'elle venait de faire. Puis elle héla un taxi pour aller voir Dan Menzies au monastère.

La recherche d'une solution facile à son problème de grec ne tarda pas à essuyer un premier revers. Dans l'escalier menant à la petite chambre sinistre du père Charles, Argyll croisa le père Paul, toujours aussi tranquille et serein.

« Cela ne me paraît guère une bonne idée, fit-il

lorsque Argyll lui expliqua le but de sa visite. Il n'est pas bien en ce moment.

— Je ne le retiendrai pas longtemps. Mais je gagnerai un temps fou à m'entretenir avec lui. Il m'a donné une énigme à résoudre et je crois comprendre qu'il en détient déjà la clé.

— Vous pouvez tenter votre chance, répondit le père Paul en secouant la tête, mais j'ai bien peur que sa maladie ne l'ait repris. Il est difficile de lui faire dire quelque chose de sensé, et vous ne pourrez pas prendre pour argent comptant ce qu'il vous racontera. Ses accès de démence sont spectaculaires.

— Ils durent combien de temps ?

— Cela dépend. Parfois quelques heures, parfois plusieurs jours...

— Je ne peux pas attendre plusieurs jours. »

Le père Paul eut l'air désemparé.

« Je crains de ne savoir quoi dire pour vous aider. Allez donc le voir quand même. S'il ne comprend pas ce que vous lui demandez, il sera soulagé d'avoir un peu de compagnie. Personnellement, je lui rends visite le plus souvent possible. C'est lui qui m'a fait entrer dans l'ordre. Je lui dois donc beaucoup, j'ai plaisir à lui parler. Mais je ne pense pas que vous appreniez grand-chose de lui.

— Je vais quand même essayer. Il ne devient pas, euh... agressif, n'est-ce pas ?

— Oh non ! Pas du tout. Pas physiquement.

— Il hurle ? Juste pour que je ne sois pas surpris, vous comprenez ?

— Il peut être très effrayant. Il dit des choses horribles. Et quelquefois...

— Quelquefois quoi ?

— Il a le don surnaturel de parler des langues inconnues. »

Le père Paul était apparemment frappé par cette dernière manifestation de la folie du vieillard, mais Argyll trouva que de toutes les éventualités celle-ci était la moins effrayante.

Du moment qu'il donne une traduction au fur et à mesure ! se dit-il tout en gravissant les quelques marches restantes après avoir annoncé au père Paul qu'il y allait quand même. Il peut exécuter une pantomime si ça lui chante...

Faire face à un fou n'était guère réjouissant, cependant. Il avait vu trop de grand-guignolesques films d'horreur pour ne pas ressentir une certaine appréhension lorsqu'il frappa à la porte et attendit une réponse qui ne vint pas. Après avoir patienté quelques instants, l'oreille collée à la porte, il l'ouvrit doucement et scruta l'intérieur de la chambre.

Elle était cette fois aussi plongée dans l'obscurité, mais il savait désormais où regarder, et grâce aux rais de lumière filtrant entre les lattes des volets fermés il aperçut le père Charles à genoux devant sa chaise. En prière. Comme il est impoli d'interrompre quelqu'un qui prie, il commença à faire marche arrière.

Alors le père Charles se mit à parler, relevant la tête mais sans la tourner. On aurait dit du grec. Il parlait trop vite pour Argyll.

Il demeurait là, incertain de la marche à suivre. Le père Charles se retourna et du geste et de la voix l'invita à entrer. Il répéta l'invitation. Argyll fut soulagé. Non seulement il semblait assez lucide pour se rendre compte de l'arrivée d'Argyll, mais le visage du vieil homme n'avait pas cette expression hagarde qu'il redoutait. Les yeux mi-clos, les gestes lents et presque gracieux, il était en fait totalement serein. Il fixa Argyll et tendit la main.

Celui-ci s'approcha et la saisit, mais le léger froncement de sourcils qui assombrit le visage du père Charles indiqua que ce n'était pas ce à quoi il s'attendait. Il ne voulait pas qu'on lui serre la main, ni qu'on l'aide à se relever.

Pris d'une soudaine inspiration et avec une certaine audace, Argyll se pencha en avant et y déposa un baiser. Eurêka ! Le père Charles opina de la tête et accepta qu'on l'aide à s'asseoir sur sa chaise. D'un geste, il enjoignit à Argyll de s'asseoir par terre, à ses pieds. Argyll s'exécuta et attendit.

Du grec à nouveau. Argyll hochait la tête comme s'il comprenait. Ensuite, ce fut une langue qui ressemblait au latin, puis une autre qui dépassait de beaucoup ses compétences. De quoi le père était-il spécialiste ? Du sanskrit ? De l'assyrien ? De l'hébreu ? Ce pouvait être n'importe laquelle de ces langues. Le père Charles eut l'air marri de constater qu'il n'était pas compris. Il fit une nouvelle tentative, débitant quelques mots en allemand, puis, apparemment, en bulgare, avant de lancer une phrase en français. Ça, d'accord. Argyll hocha violemment la tête et répondit.

« Vous avez le devoir et le privilège de rester silencieux, déclara le père Charles, attristé d'avoir à lui faire ces reproches. Je suis peut-être tombé bien bas et j'ai peut-être été abandonné, mais vous devez me rendre les honneurs qui me sont dus. On me l'a promis.

— Veuillez m'excuser, monsieur.

— Et lorsque vous vous adressez à moi, vous devez utiliser la formule protocolaire.

— Désolé, mais quelle est-elle ? demanda Argyll, penaud.

— "Votre très sainte Majesté".

— Vous êtes moine. "Mon père" ne serait-il pas plus approprié ? »

Le père Charles demeura coi tout en scrutant le visage d'Argyll.

« Je vois que mon déguisement accomplit son office. Mais qui êtes-vous, jeune homme ? Je vous ai déjà vu et je vous reconnais. Vous n'êtes pas au courant ? »

Que répondre à cela ? Argyll secoua la tête.

« Soit. Je suis moine, paraît-il. Je revêts cet habit et joue la comédie. Mais c'est seulement à l'intention du monde. Vous venez de la part de Sa Sainteté, Calixte ? »

Argyll sourit. Il n'était pas très fort en matière de religion mais il savait qui était le pape. Et ce n'était pas Calixte.

« Il ne vous a pas mis au courant, reprit le père Charles, presque amusé. Pas même vous. C'est bien lui ! Pour être mon émissaire vous devez être informé, cependant. Sinon vous risquez de commettre une erreur et de tout faire capoter. Il vous faut jurer que vous ne révélerez jamais rien au-delà de cette pièce, même en cas de nécessité absolue. En faites-vous le serment ? »

Pourquoi pas, après tout ? Fou à lier, certes, mais étrangement touchant. Il montrait beaucoup de grandeur dans sa folie. Argyll jura ses grands dieux.

Le père Charles opina du bonnet.

« Apprenez donc la vérité que je vous révèle personnellement. Je suis Constantin XI Paléologue Dragasès, empereur de Byzance, l'âme la plus noble, vice-régent de Dieu sur terre, héritier d'Auguste et de Constantin. »

Mazette ! Argyll le regarda bouche bée.

L'empereur Constantin sourit avec condescendance.

« Je sais. Vous me croyiez mort et pourtant je suis là, trônant devant vous. Mais seules deux ou trois personnes savent que moi, le maître de la moitié de la terre, je suis caché et déguisé en ce lieu perdu, faisant semblant d'être un moine et contraint de célébrer les rites en secret afin que nul n'apprenne ma survie. Vous en faites partie désormais. Vous devez garder le secret, sinon tout s'effondrerait. L'empereur est mort sur les murs de Constantinople, abattu par l'infidèle. Voilà ce que croit le monde, et on doit continuer à le croire jusqu'à ce que tout soit prêt. Alors, balayant tout sur son passage, protégé par l'image de la Vierge, l'empereur reviendra pour restaurer la foi. L'effet de surprise est essentiel. Il s'agit d'une petite cachotterie, mais justifiée, vu les circonstances, vous ne trouvez pas ? »

Argyll acquiesça.

« Cela prendra du temps, bien sûr, poursuivit le vieil homme d'un air grave, une lueur belliqueuse dans l'œil tandis que son esprit élaborait des intrigues. Toutefois, notre situation n'est pas aussi désespérée qu'elle le paraît. Les Vénitiens et les Génois vont nous aider. Ils y seront bien obligés pour sauvegarder leurs intérêts commerciaux. Georges de Serbie fera de même, parce qu'il sait qu'il sera le prochain. On peut compter sur les chevaliers de Saint-Jean de Malte, me semble-t-il. Et il y a également la Morée.

» Mais, fit-il en se penchant en avant pour souligner le point, cette fois-ci il faut faire les choses correctement. Nos forces sont réduites et nous n'avons pas le droit de commettre la moindre erreur. Si je dois récupérer mon trône, il faut que chacun connaisse sa mission et le moment où l'accomplir. Je projette une attaque sur trois fronts. Les chevaliers de l'ordre débarquent en Anatolie et y bloquent les forces. Georges traverse les Balkans jusqu'au détroit et effectue la jonction avec une flotte de Vénitiens et de Génois.

— Et vous-même, sire ? s'enquit Argyll, oubliant presque qu'il s'agissait de folie douce et apercevant quasiment les pavillons des navires prêts à appareiller. Vous devez vous placer à leur tête. »

Le père Charles sourit, chérissant son projet.

« Bien sûr, bien sûr. Je vais vous révéler un secret. Le plus grand secret de tous. Pour vous montrer la bonté de Dieu. Le bien surgira de ce malheur, de cette très amère leçon. Il y avait une raison pour que Byzance tombe : nos dissensions L'ont mécontenté. L'Orient et l'Occident passent plus de temps à se battre qu'à lutter contre notre ennemi commun. »

Il se tut, penchant la tête de côté.

« Vérifiez la porte, monsieur. Je crains d'être écouté. »

Argyll s'exécuta. Avec un craquement d'articulations, il se releva de sa position assise très inconfortable pour aller jeter un coup d'œil dans le couloir.

« Il n'y a personne, dit-il posément. Personne ne nous écoute. » Lorsqu'il rentra, le père Charles, le visage très animé, se pencha en avant pour lui chuchoter à l'oreille...

« Depuis six mois je suis en train de négocier la réunification de la chrétienté. L'Orient et l'Occident vont se réunir et agir de concert. C'est un miracle. La chrétienté sera plus forte et plus puissante que jamais. J'ai eu un signe aujourd'hui, dans l'église de la

Sainte-Sagesse, avant la chute des murs. Elle arrivait trop tard, notre contrition, mais je connaissais ma mission et je suis tout près de l'accomplir. Calixte et moi, nous sommes parvenus à un accord. Il va aider le projet de toute sa puissance. Et l'infidèle ne s'en apercevra qu'au moment où je réapparaîtrai devant les murs de Constantinople, à la tête d'une armée de chevaliers français et allemands, et même anglais. Les infidèles seront vaincus et balayés.

— Jusqu'au moment où tout sera prêt, vous allez rester caché ici en prétendant être le frère Angélus. C'est votre stratégie, n'est-ce pas ? »

Il hocha la tête d'un air malin.

« Pas mal comme idée, hein ? Avec seulement Gratien, mon serviteur... Qui soupçonnerait que je vis dans un tel dénuement ? Les endormir et leur faire croire qu'ils sont en sécurité. Pendant tout ce temps, mes émissaires secrets et ceux de Sa Sainteté sillonnent l'Europe, tendant pour attraper les infidèles un filet aux mailles si serrées qu'ils ne pourront pas s'échapper et seront complètement exterminés. Vous comprenez désormais pourquoi le secret doit être jalousement gardé ? Vous saisissez ?

— Bien sûr. Mais un tel secret ne peut durer éternellement.

— Ce ne sera pas la peine. Le temps presse. Sa Sainteté soutient le projet de tout son cœur, mais elle est âgée et malade. À sa cour une faction s'y oppose et cherche à exploiter ma faiblesse. Autre raison pour garder le secret. Nous devons frapper dur et fort. »

Argyll opina du chef. C'était très clair à ses yeux.

« Mais n'y a-t-il pas un hic ?

— Quel hic ?

— Vous êtes mort, pas vrai ? Je veux dire que vous faites semblant d'être mort. Tué sur la muraille d'enceinte. Si vous ressuscitez soudain, qui le croira ? Tout le monde ne dira-t-il pas que vous êtes un imposteur ? Et on refusera de vous suivre. Suivre un empereur est une chose, suivre un imposteur en est une autre.

— Très malin, jeune homme ! s'écria le père Charles en agitant un doigt. Mais à malin, malin et demi. Il faut me faire confiance lorsque j'affirme que tout a été minutieusement préparé. Les gens croiront que je suis ce que je suis, mais dans le cas contraire ça n'aurait aucune importance.

— Pourquoi donc ?

— Parce qu'ils la suivront, elle.

— Qui ?

— L'Hodigitria. »

Argyll le regarda d'un air perplexe. Le père Charles gloussa avant de reprendre une mine grave.

« Vous en restez coi ! C'est ce que je pensais. Oui, jeune homme. Oui, réjouissez-vous de la bonne nouvelle ! Elle a survécu... L'image la plus pieuse de tout l'immense empire, la Mère elle-même, peinte par la main de saint Luc guidée par Dieu et l'image fidèle de son visage et celle du seul fils né de sa chair. Elle vit et se trouve ici. » Sa voix ne devint plus qu'un chuchotement rauque. « Ici même, dans ce bâtiment. Tous les vrais chrétiens la suivront. Celui qui jouit de sa bénédiction aura la mainmise sur l'Empire chrétien. C'est ce qu'on croit et c'est ce qui se passera. Bien. Vous devez garder mon secret jusqu'à ce que nous soyons prêts à agir.

Lorsqu'il quitta la chambre du père Charles, Argyll était déboussolé, le retour à la lumière du soleil et à la vie normale constituant un choc aussi brutal que s'il venait de traverser les siècles dans une machine à remonter le temps. Il avait découvert ce qu'était l'icône ou ce qu'elle pouvait être, c'était ce qui comptait. Il aurait dû prendre un taxi et filer voir Flavia pour la mettre au courant.

Il n'en fit rien. Il était si décontenancé par le récit du père Charles qu'il oublia tout ce qui lui paraissait désormais quelque peu secondaire, terre à terre, dans cette affaire.

Il ne mettait pas en doute le récit du père, pas fondamentalement. Il retourna à la bibliothèque de l'université pour une seule et unique raison : le confirmer. Il savait qu'il était véridique ou qu'il s'agissait tout au moins d'une interprétation acceptable des faits historiques. Si le père Charles avait complètement perdu la boule, son intelligence demeurait intacte.

Toutes sortes de connexions s'étaient mises en court-circuit dans son cerveau, probablement en apprenant le vol de l'icône. Le récit de l'empereur, la disparition du tableau, tout s'était mêlé dans sa tête, et il s'était identifié aux personnages étudiés par le passé. Cela ne signifiait pas pour autant que le fond du récit était absurde. Seule la forme était saugrenue.

Argyll pouvait d'abord chercher à voir si les ouvrages d'histoire contredisaient cette version des faits. Il ramassa une quantité de livres avec lesquels il se construisit une petite forteresse dans un coin de la bibliothèque, puis commença sa lecture. Ouspenski sur les icônes. Runciman sur le siège. Pastor sur les papes. Ducas pour un compte rendu de la chute de la ville par un témoin oculaire. Ensuite plusieurs dictionnaires, encyclopédies et autres compendiums. En assez grand nombre pour sonder la question.

Il dévora livre après livre, alla en chercher d'autres, poursuivit sa lecture, lisant incroyablement vite et avec un niveau de concentration qu'il atteignait rarement. Une heure passa, puis deux, mais il ne trouvait toujours rien, pas un mot qui rende invraisemblable le récit du vieux fou. L'empereur était censé être tombé le dernier jour du siège, or le corps n'avait jamais été formellement identifié. Méhmet II, le sultan turc, fit empailler une tête, l'empala sur une pique et la fit circuler entre les diverses cours du Moyen-Orient pour montrer sa victoire, mais sans jamais fournir la moindre preuve qu'il s'agissait de la bonne tête.

L'empereur Constantin disparut et on ne le revit jamais... Il n'y avait ni corps ni témoin oculaire de sa mort. Cela ne signifiait pas qu'Angélus, le frère grec, était l'empereur, mais rien ne prouvait non plus qu'il ne l'était pas.

Et la peinture, l'Hodigitria ? Il était facile d'établir que c'était l'icône la plus vénérée de tout l'Orient. Elle représentait la Vierge, la main gauche tendue et portant l'Enfant sur le bras droit. On l'avait promenée sur les remparts en 1087, et grâce à elle la ville aurait été sauvée du désastre. On la sortait de l'église en temps de guerre et en période de danger. La tradition affirmait qu'elle avait été peinte par saint Luc d'après nature. C'était le symbole même de l'union entre l'empereur, la ville, l'empire et la chrétienté. Les Turcs l'auraient détruite, pendant les orgies de pillage et de violence auxquelles ils avaient le droit de se livrer quand une ville était prise après un siège. Mais dans ce cas non plus il n'y avait pas de témoin. Personne n'avait assisté à sa destruction. La veille de l'assaut final, l'icône ne fut pas sortie de l'église pour être promenée sur les murs comme à l'accoutumée, alors qu'on aurait eu besoin plus que jamais de l'aide divine. Nul doute que son absence ait affreusement démoralisé les troupes. Que s'était-il donc passé ? La seule raison valable à son absence, c'est qu'elle avait déjà quitté la ville, transportée clandestinement sur l'une des galères vénitiennes qui, passant par les baguettes des Turcs assiégeant la ville, sortaient déjà du port pour se mettre en sécurité. Peut-être l'empereur avait-il tout prévu de longue date et compris que la Vierge Marie elle-même ne pourrait sauver la ville de sa propre ineptie. Il avait alors décidé de mettre l'icône à l'abri et de préparer sa fuite de dernière minute, envisageant déjà une contre-attaque. Puis il avait gagné Rome pour dresser ses plans en attendant le moment propice.

La contre-attaque ne se produisit jamais. Aucun regroupement d'armées, aucune réunification de la chrétienté. Rien. Personne ne leva le petit doigt, et Constantinople devint Istanbul et le resta... Argyll entama ensuite sa pile de livres sur les papes. Le nom était correct en tout cas. Calixte III devint pape en 1455 et consacra son pontificat à tenter de reconquérir l'Orient. Sans succès. La seule tentative pour réunifier la chrétienté avait eu lieu des années plus tôt, au concile de Florence, lequel se termina en queue de poisson au milieu des querelles. Calixte lui-même mourut en 1458 et fut remplacé par un pape plus intéressé par ses projets architecturaux et par le mécénat. Si l'empereur avait survécu, on peut affirmer que ses chances d'une *revanche** moururent avec Calixte.

Dernier point à vérifier : le père Charles avait évoqué la dernière nuit à Sainte-Sophie, l'église de la Sainte-Sagesse, avant l'assaut final. Ducas en fait le récit. Il explique comment, prise de panique, la population qui n'avait pas fui, sachant que la fin était proche, se rendit pour prier à l'église de *Hagia Sophia*, se contentant des prêtres encore présents. Les catholiques se soumirent aux prêtres orthodoxes, les orthodoxes aux prêtres catholiques, ni les uns ni les autres ne se souciant de la confession de leur pasteur, pour la première et peut-être pour la dernière fois. L'empereur était avec eux, en attendant que sonnent les trompettes l'appelant aux murs pour livrer bataille. Sans doute un tel spectacle était bouleversant, mais l'empereur avait raison d'affirmer qu'il était trop tard. Quelques heures s'écoulèrent avant que les troupes ennemies envahissent l'église. Un grand nombre de fidèles furent tués, les autres faits esclaves, et dès le lendemain la plus vénérable des églises devint une mosquée.

Argyll bâilla. Consultant sa montre, il sursauta. Six heures et demie ! Cela faisait déjà quatre heures qu'il était là, le temps était passé presque sans qu'il s'en rende compte. Revenant sur terre il découvrit qu'il avait mal au dos et que les muscles de ses épaules se plaignaient d'avoir été fort mal traités. Il rangea les livres sur les étagères puis alla téléphoner pour voir où se trouvait Flavia.

Peu après, il sautait dans un taxi.

Étrangement, il se prit à hésiter quand il la trouva. Même si le père Charles avait perdu la tête, Argyll avait juré de garder le secret. D'un autre côté, il ne voyait pas pourquoi le serment devait aussi concerner l'icône.

Peut-être serait-il plus convaincant s'il s'abstenait de révéler qu'il avait eu le renseignement de première main, pour ainsi dire. Il n'y avait guère de chance que Flavia soit très impressionnée s'il lui avouait tenir ses preuves d'un empereur byzantin mort plus de quatre siècles auparavant. Ça ne fait pas sérieux. En y réfléchissant bien, et à ce moment-là seulement, Argyll se dit que c'était un tantinet invraisemblable.

C'est pourquoi il improvisa un peu.

« J'ai étudié les documents et j'ai fait pas mal de recherches complémentaires. En fait, j'ai tellement bûché et si vite que la tête me tourne. Je pense avoir trouvé la clé de l'énigme. Le tableau est l'Hodigitria. Ce nom te dit quelque chose ? »

Elle secoua la tête d'un air prudent.

« Je suppose que c'est une icône.

— Oui. La Vierge Marie. À l'Enfant. Exactement. Le signe distinctif est que l'Enfant est porté sur le bras droit. Comme des milliers d'autres. L'une des compositions les plus fréquentes.

— Alors, qu'a-t-elle de différent, celle-ci ?

— Selon la tradition, elles ont toutes le même original. Peint par saint Luc d'après nature. La peinture était appelée ainsi à cause de l'endroit où elle était conservée à Constantinople. C'était l'icône de l'Empire byzantin. À la fois protectrice et emblème suprême de l'Empire. Tant qu'elle était à Constantinople, la ville ne pouvait pas tomber, le christianisme régnerait sur la

Méditerranée orientale et avait le droit de régner sur cette région du monde.

— Ça n'a pas trop bien marché, hein ? » fit sèchement Flavia.

Argyll fut presque vexé par son ton ironique.

« Officiellement, elle a été détruite durant l'assaut final donné par les Turcs. À mes yeux, poursuivit-il d'un ton grave, décidé à trouver des arguments décisifs, l'important est qu'elle ne l'a pas été. On l'a fait sortir de la ville pour la mettre à l'abri. Voilà pourquoi ses pouvoirs miraculeux n'ont jamais été mis à l'épreuve. Je suis persuadé que ça n'aurait rien changé, mais telle est l'histoire. Elle a été apportée à Rome par un Grec voyageant sous le pseudonyme de frère Angélus et placée au monastère San Giovanni, dont elle n'a jamais bougé. Jusqu'à il y a deux jours. Voilà pourquoi ton Charanis la veut.

— N'a-t-elle aucune concurrente ?

— Oh si ! Il y a davantage de peintures attribuées à saint Luc qu'à Vermeer. Trois rien qu'à Rome. D'après mes recherches les pedigrees des autres ne sont pas aussi solides. De plus, ça n'a aucune importance. C'est la seule qui puisse prétendre être l'authentique Hodigitria.

— Burckhardt le savait ?

— Apparemment. Il a consulté les archives et, bien que je pense qu'il est passé à côté de l'essentiel de l'affaire, il en a compris assez pour tirer les bonnes conclusions.

— Cette histoire tient-elle debout, Jonathan ?

— L'icône a-t-elle été peinte par saint Luc ? Non. Il semble qu'on l'ait citée pour la première fois au VIIIe siècle. Un faux sacré, si tu veux. Est-ce le même tableau ? Je n'en sais rien, mais c'est fort probable. C'est l'objet de la quête, en tout cas. L'as-tu retrouvé ? Ton cher Charanis a-t-il mis la main dessus ? »

Elle secoua la tête.

« Charanis est à Rome et il cherche toujours. Ce qui nous donne une chance de l'attraper. Avec la coopération de Mary Verney.

— Elle va nous aider ? »

Flavia eut un sourire crispé.

« Je l'espère bien. Elle ne le sait pas encore cependant.

— Quel est son mobile dans toute cette affaire ?

— Je n'en sais fichtre rien. Il ne s'agit pas d'argent à l'évidence. Elle semble être sous l'emprise de ce type d'une façon ou d'une autre. Et ce doit être une très forte emprise pour qu'elle prenne tant de risques. As-tu envie de te rendre utile ce soir ?

— J'ai passé l'après-midi à me rendre utile.

— Alors quelques heures de plus passeront inaperçues.

— Que veux-tu que je fasse ?

— Va surveiller Dan Menzies pour moi. Je te rejoindrai dans une heure à peu près. »

15

Mary Verney fut relâchée après avoir passé environ huit heures au commissariat, qu'elle quitta presque le cœur léger. Elle avait résisté à la pression et gardé son calme quoiqu'elle eût d'abord été tentée de coopérer avec Flavia. Mikis Charanis était un fou dangereux, et, seule, elle était trop vulnérable.

Ensuite, Flavia avait dépassé les bornes. Une fois que Mary eut compris qu'on ne possédait aucune preuve solide contre elle, elle se sentit en meilleure posture et retrouva sa détermination en apprenant où était l'icône. Avec un peu de chance elle pourrait finir le boulot. Elle le méritait bien.

À ses yeux, le problème était fort simple. Charanis détenait sa petite-fille et voulait l'icône. Elle voulait récupérer sa petite-fille, mais n'avait pas l'icône pour la donner en échange. Menzies, lui, l'avait, ou était censé l'avoir… Bien sûr, Flavia pouvait s'être trompée ou chercher à la tromper. Il lui suffisait de vérifier en allant chez Menzies. Simple comme bonjour. Heureusement qu'elle avait pris la peine de découvrir son adresse quand elle avait appris qu'il travaillait dans l'église. Et heureusement qu'ils ne se connaissaient pas.

Y avait-il une autre solution ? Attirer Charanis dans un piège tendu par la police ? Très bien. Sauf que son père utiliserait alors toutes les armes de son puissant arsenal pour le faire libérer, et sans doute y parviendrait-il. Si Mikis allait en prison, ses acolytes finiraient le travail, et quand ils sauraient que Mary Verney était responsable de son arrestation, elle et sa petite-fille paieraient le prix fort. Elle ne voulait surtout pas qu'il arrive quelque chose à Louise et n'avait aucune envie de passer le reste de sa vie à regarder par-dessus son épaule.

Elle n'était pas du genre à accepter son sort les bras croisés. Sa vie avait été une lutte constante pour se protéger et protéger sa famille contre le monde extérieur. Voilà pourquoi elle s'était mise à voler. Elle avait l'habitude de faire les choses à sa façon, à son rythme et pour son propre intérêt. Être houspillée, harcelée, à la fois par des voyous et la police, lui donnait une telle sensation d'étouffement qu'elle se sentait presque sur le point de tomber malade. Non qu'elle n'ait éprouvé une certaine sympathie pour Flavia. Paradoxalement – elle en était consciente –, elle se considérait dans l'ensemble comme une citoyenne respectueuse des lois. Excepté sa singulière façon de gagner sa vie... Elle s'inquiétait de la montée du taux de la criminalité signalée par les journaux, souhaitait qu'on inflige de sévères peines aux délinquants et jugeait que la faute incombait aux parents – ce qui, dans son cas, se vérifiait, même si elle plaçait ses forfaits dans une autre catégorie. Elle ne faisait de mal à personne et ne détruisait rien. Il s'agissait d'une redistribution de biens. La façon dont elle avait mené son existence ne lui inspirait guère de remords. La plupart des gens qu'elle avait volés pouvaient aisément supporter leurs pertes. En dépit de son étrange conception de la justice, elle ne se faisait aucune illusion sur elle-même non plus. Le comportement de Charanis la choquait. Elle n'y pouvait rien.

Elle était en train de se verser à boire quand le téléphone sonna. C'était le réceptionniste qui lui annonçait un visiteur. Elle eut un pincement au cœur, écouta un moment sans parler avant de se ressaisir lentement.

« Quelle surprise ! fit-elle sèchement. Eh bien ! montez, monsieur Charanis. »

Il y avait des années qu'elle ne l'avait pas vu. La dernière fois, elle lui avait livré un tableau et avait fini par demeurer chez lui tout un mois. C'était l'une des plus agréables périodes de sa vie malgré sa poignante brièveté. Charanis était l'homme le plus charmant et le plus passionnant qu'elle ait jamais rencontré. Et voilà ce qu'il lui avait fait ! Il avait tout manigancé, elle en était sûre. Jusqu'à présent, elle n'avait connu que sa bienveillance et sa sollicitude, ne s'étant jamais opposée à lui.

Même aujourd'hui, alors qu'elle avait plus de cinquante ans, et lui beaucoup plus, à l'idée de le revoir les battements du cœur de Mary s'accélérèrent un peu. Et puis, elle avait peur. Non seulement à cause de ce qu'il lui avait fait mais elle craignait aussi que le vieillissement de Charanis ne confirme le sien et ne révèle ses souvenirs comme des chimères.

Il avait changé, en effet, mais bien qu'il fût désormais vieux et voûté, le sourire en biais et le regard espiègle exercèrent à nouveau leur charme avant qu'elle ne se contrôle.

« Voilà bien longtemps…, fit-elle d'un ton froid.

— Beaucoup trop longtemps, répondit-il avec son fort accent. Quel plaisir de te revoir, Mary. » Il y eut un long silence pendant qu'ils se regardaient. Puis il ajouta : « Comment vas-tu ?

— Ta question est vraiment surprenante. Vu ce que tu m'as fait. »

Il hocha la tête.

« Je craignais cette réaction. Tu te trompes. Je ne t'ai rien fait.

— Tu as kidnappé ma petite-fille, et à cause de toi je risque la prison. Personnellement, je ne trouve pas que ce soit rien.

— Ta petite-fille, vraiment ? Sommes-nous déjà si vieux ? »

Elle se versa un autre verre et remarqua avec fierté

que ses mains ne tremblaient pas. Tant mieux ! se dit-elle. Je maîtrise au moins quelque chose.

« Raconte-moi ce qui s'est passé », poursuivit-il.

Le calme de Charanis empêcha Mary de ricaner et la força à s'exécuter. Elle lui parla de Mikis, de l'icône et de sa petite-fille. De la police et du meurtre de Burckhardt. Plus elle avançait dans son récit, plus la mine du vieil homme s'assombrissait. Il baissait de plus en plus la tête au point qu'il eut presque l'air de dormir. Mais elle le savait tout ouïe. C'était sa posture quand il réfléchissait.

Le récit de Mary se termina enfin. Charanis restait silencieux.

« Alors ? Qu'en penses-tu ? Vas-tu prétendre n'y être pour rien ? Ou simplement refuser de me croire ? »

Il leva la tête.

« Malheureusement, je te crois sur parole. Mais je n'y suis pour rien. Absolument pour rien. Tu sais bien que je ne pourrais jamais te traiter ainsi. Toi !

— Je le croyais. J'ai tenté de te joindre mais on m'a éconduite.

— Je faisais une retraite. Dans ce cas, je donne pour instruction qu'on ne me dérange sous aucun prétexte.

— J'ai du mal à croire que tu n'arrives pas à tenir ton propre fils.

— Il n'est pas mon fils.

— Qui est-ce alors ? »

Charanis haussa les épaules.

« Il est né après notre liaison. Un accident, mais en un sens c'était ma faute. Et la tienne. J'ai fait semblant de ne rien voir, mais je n'ai pas été un bon père. J'ai respecté les apparences jusqu'à ces toutes dernières années, puis j'ai perdu patience.

— Pourquoi donc ?

— Il faisait du trafic de drogue. Sans la moindre raison. Dieu sait qu'il n'avait pas besoin d'argent, et, quand bien même, ç'aurait été scandaleux. Je me suis senti assez père – ou j'ai été assez stupide – pour faire abandonner les poursuites en usant de mon influence, mais ensuite j'ai rompu tout lien avec lui. Je suis peut-être vieux jeu mais il y a des choses que je ne puis tolérer. Mikis a continué à me harceler jusqu'à ce qu'il découvre mes motifs. Il a assez d'argent et aucun des deux ne manque à l'autre. Depuis lors, il est devenu de plus en plus diabolique. Le mot n'est pas trop fort, crois-moi. Il s'est servi de son argent – mon argent, en fait, celui que j'ai gagné et que je lui ai donné dans un accès de bêtise – pour fomenter la haine. Il se voit à la tête d'un mouvement politique d'envergure et est prêt à tout, même au pire, pour acquérir du pouvoir. J'ai cru un moment qu'il ne s'agissait que d'une lubie dont il se lasserait, comme il s'est lassé de tout par le passé, puis j'ai appris de quoi il retournait. Il fait énormément de mal, Mary. Il a peut-être commis des meurtres. Il semble croire que sa cruauté montre sa force. Lui seul compte. Il n'a aucun sens du bien ou du mal. De cela je me tiens pour responsable. Je suis la seule personne qui aurait pu l'influencer.

— Mais tu ne l'as pas fait. Rien ne peut l'arrêter désormais. Pourquoi me traite-t-il de la sorte ?

— Il y a environ un an, j'ai reçu une lettre de Burckhardt. Je le connais bien et je lui fais confiance. Je lui ai acheté pas mal de choses par le passé. Il est honnête et on peut compter sur lui. Il savait que je collectionnais les icônes et m'a demandé si j'en voulais une de plus. J'ai décliné son offre en expliquant que j'en avais déjà cinq cents et que je n'aurais même pas le temps de les répertorier avant de mourir. Il m'a certifié que ce serait le joyau de ma collection. Il est venu me voir pour m'en parler.

— Et alors ?

— Il a déclaré avoir retrouvé l'Hodigitria. Tu sais ce que c'est ? »

Mary fit signe que non.

« La plus sainte icône de Byzance ! Il a affirmé pouvoir le prouver, et c'est ce qu'il a fait. Il m'a montré assez de preuves pour conclure à son authenticité. Elle aurait été apportée par un moine fuyant Constantinople après la chute de la ville. Je lui ai dit de l'acquérir quel qu'en soit le prix.

— Très bien. Mais quel rapport avec ce qui s'est passé ici ?

— J'ai d'abord refusé, rappelle-toi. Alors il a proposé l'icône à d'autres personnes. Il en a aussi parlé à Mikis. Il ignorait que je ne le voyais plus et espérait que Mikis me persuaderait d'accepter sa proposition. Quand Mikis a appris de quel objet il s'agissait, il a décidé de l'obtenir pour en faire une sorte d'étendard, emblème de ses peu ragoûtantes idées politiques. En tout cas, je suis à peu près certain que c'est ce qui s'est passé.

— Ah ! Burckhardt travaillait pour toi ? J'aurais dû le deviner...

— Tu aurais dû, en effet. Je lui ai donné une traite d'un million de dollars pour obtenir le tableau en lui disant de revenir me voir si ce n'était pas suffisant. La dernière fois que nous nous sommes parlé, il m'a annoncé qu'il avait conclu l'affaire pour un quart de la somme. Ensuite, je découvre que la police italienne fait une enquête et que Burckhardt a été tué d'une balle dans la tête. Je suis donc venu voir ce qui se passait.

— Comment as-tu appris que j'étais là ?

— Je n'avais que l'embarras du choix, répondit-il avec un sourire narquois. Pour être précis, je suis passé par Fostiropoulos, un ami travaillant à l'ambassade.

— Comment se fait-il que Mikis ait été au courant de mes activités ? Pourquoi n'a-t-il pas simplement loué les services d'un truand ? Ce n'est pas très difficile. »

Charanis réfléchit quelques instants, les yeux au plafond.

« Je dirais que c'est son désir de vengeance. Il est dévoré de rancune.

— Pourquoi donc ? Que lui ai-je fait ? La dernière

fois que je l'ai vu, il n'avait que six ans. Il ne pouvait guère se souvenir de moi.

— Il semble fort bien se souvenir de toi. Il te considère comme responsable de l'échec de mon mariage avec sa mère. Selon lui, avant ton apparition on vivait dans le jardin d'Éden. C'est faux, bien sûr. La conduite de Yanna était inacceptable longtemps avant notre rencontre. Mais on cherche une raison à tout. Il savait que tu habitais avec moi, et ce n'était pas un secret pour ma famille que tu me fournissais en tableaux. Quand le Musée national a mis en doute l'origine de l'un d'entre eux, il lui a été facile d'aboutir à la bonne conclusion après un minimum de recherche. Je le soupçonne d'avoir vu là un moyen d'obtenir l'icône et d'infliger à ta famille une souffrance pareille à celle que tu avais infligée à la sienne. Bon... As-tu l'icône ? Si oui, donne-la-moi tout de suite et je vais me charger de résoudre toutes tes difficultés.

— Je te remercie, dit-elle, sincèrement reconnaissante, mais je ne l'ai pas, à mon grand regret. Bientôt peut-être...

— Elle ne doit pas tomber entre les mains de Mikis. Ce serait non seulement dangereux mais aussi un véritable sacrilège. Je ne le permettrai pas.

— Je ne vois pas les choses comme ça. Si je l'avais, je la lui donnerais, et au diable les conséquences ! Je veux récupérer Louise saine et sauve et franchement je me fiche pas mal si tous les Balkans s'embrasent. »

Charanis secoua la tête.

« Tu crois qu'il va faire du mal à Louise ? demanda-t-elle, prête enfin à entendre la réponse qu'elle craignait le plus.

— C'est le nom de ta petite-fille ? Pas avant qu'il n'obtienne l'icône. Après, je n'en sais rien. C'est possible. La cruauté est le seul art qu'il pratique à la perfection. »

Le cœur de Mary battait la chamade. Son pire cauchemar se réalisait. Un rapport de force clair et net ne lui faisait pas peur. Un contrat est un contrat, même si les termes en sont brutaux. Mais elle avait affaire à un déséquilibré. Elle voyait ses options diminuer puis disparaître une à une. Si elle refusait de donner l'icône à Mikis, Louise mourrait. Si elle la lui donnait, l'enfant risquait quand même d'être tuée. Elle devait annoncer à Charanis ce qu'elle avait l'intention de faire.

Il réfléchit un moment, puis poussa un soupir de vieil homme amer.

« Donc, on n'a pas le choix. Je pense que j'ai toujours su que, tôt ou tard, ça se terminerait ainsi. »

Ce soir-là, Flavia convoqua une réunion des effectifs disponibles ou sous-employés. Il y avait beaucoup à faire et elle savait qu'on ne pouvait se permettre le moindre raté. Le temps pressait. Si on perdait la trace de Mary Verney, si Mikis Charanis leur glissait entre les doigts, cela indisposerait une énorme quantité de gens. Et ferait mauvais effet. Elle s'aperçut qu'elle pensait déjà en chef de service. Pas question que le ministère allègue le manque d'expérience de Flavia pour nommer sur le poste quelque pistonné étranger au service.

Elle avait beaucoup réfléchi au problème sans trouver de meilleure solution que celle qu'elle avait déjà commencé à mettre en pratique. Dommage que Bottando ne soit pas dans les parages, car son avis en la circonstance aurait été bien utile... Il était parti hanter les couloirs du pouvoir, et elle ne pouvait interroger personne d'autre.

« Bien, dit-elle à ses troupes assemblées, ça ne va pas du tout être un jeu d'enfant. L'essentiel est que Mary Verney ne sorte jamais de notre champ de vision. Elle veut absolument cette icône et je lui ai dit qu'elle se trouvait dans l'appartement de Dan Menzies. Je suppose qu'elle va tenter de la dérober. Ne cherchez surtout pas à l'en empêcher. Je ne saurais trop insister sur ce point : laissez-la s'en emparer ! Et, surtout, je vous en prie, évitez à tout prix qu'elle vous voie ! Quand elle l'aura, prévenez-moi et ne la lâchez pas d'une semelle. Sinon, si vous perdez sa trace, toute l'opération capotera. Je veux la voir avec l'icône, je veux la voir la remettre à Charanis et je veux le voir la prendre.

— Est-ce qu'elle va la lui remettre en mains propres ?

— J'en doute. Si elle entre dans un bâtiment, attendez qu'elle en ressorte. L'un de vous la suivra et l'autre y entrera pour découvrir ce qu'elle y a fait. Elle placera sans doute l'icône en lieu sûr pour que Charanis vienne la chercher. Soyez vigilants, car elle se saura suivie. Je veux l'utiliser comme appeau pour faire sortir Charanis de son nid afin de l'arrêter ensuite. Un point c'est tout. C'est un homme dangereux. Les carabiniers seront prêts à intervenir avec leur équipe de pieds-plats dès qu'on aura localisé l'individu. Ils le veulent encore plus que nous et c'est eux qui effectueront l'arrestation. Notre boulot consiste à repérer Charanis. Compris ? »

Ils opinèrent du chef.

« Bien. Mary Verney se trouve en ce moment dans sa chambre d'hôtel. Vous, Giulia, vous surveillerez le hall d'entrée et Paolo se postera dans la rue pour vous assister. Vous vous munirez tous de téléphones portables... Prions Dieu qu'ils fonctionnent ! Je veux que vous – elle désigna les deux seules autres personnes qu'elle avait réussi à dégoter – vous vous teniez à chaque bout de la via Barberini. Si elle sort de l'hôtel l'un de vous au moins ne pourra manquer de la repérer. S'il vous plaît... »

Ils hochèrent tous la tête avec plus ou moins d'ardeur. Giulia était toujours assez novice pour être enthousiaste. Les autres ne virent là qu'une longue nuit d'ennui en perspective.

Flavia prit ensuite la direction de la via di Montoro où était situé l'appartement de Menzies. Elle découvrit le restaurateur en plein travail tandis qu'Argyll somnolait, allongé à même le sol, qui était plus confortable que le canapé.

L'icône, l'Hodigitria, était placée sur un chevalet de manière qu'elle attrape bien la lumière. C'était une petite peinture, telle qu'Argyll l'avait décrite. Elle était si sombre que Flavia dut la scruter de près pour distinguer le visage un rien hautain qui regardait au loin depuis l'antique plaque de bois vermoulu sur laquelle elle était peinte. Bien qu'elle sût qu'il s'agissait d'un faux, Flavia était subjuguée. Elle pouvait aisément imaginer l'effet produit dans la pénombre d'une église par l'original dans son cadre doré serti de joyaux, entouré de rangées de cierges allumés par ses adorateurs. Effet en partie dû aux proportions, se dit-elle. La discrétion et la taille modeste émeuvent toujours davantage que le tape-à-l'œil et le surdimensionné.

Pourtant, ainsi dévêtue, pour ainsi dire, sans cadre, ni autel, ni parfum d'encens, l'icône ne semblait pas à la hauteur de tout le tintouin qu'elle causait. Certes, la copie était encore incomplète et la peinture fraîche des parties déjà terminées brillait d'un trop vif éclat dans la lumière du soleil couchant.

« Oh, mon Dieu ! s'écria-t-elle, elle ne sera jamais prête… »

Menzies n'apprécia guère le commentaire.

« Permettez-moi de vous faire remarquer, répliqua-t-il en faisant la grimace, que je travaille dessus depuis à peine quatre heures. J'avance fichtrement vite, merci. Ce sera prêt à temps. Alors, faites votre boulot et laissez-moi faire le mien. Regardez ! »

Il enleva le tableau du chevalet et le tourna avec délicatesse.

« Du vieux chêne, trois millimètres d'épaisseur. Encrassé et recouvert de poussière. J'ai dû le tailler moi-même dans une des stalles de San Giovanni. Il ne date que du XVe siècle mais il va devoir faire l'affaire. Puis il a fallu salir et foncer les bords sciés, ce qui m'a pris un bon moment. Ensuite, j'ai dû peindre la chose de mémoire. Le peintre avait utilisé une peinture à base d'une sorte de goudron, lequel avait créé des boursouflures à la surface de la peinture. Afin d'obtenir cet effet...

— D'accord ! D'accord ! s'exclama Flavia. Je me fais du souci, c'est tout... Est-ce que ce sera prêt à temps ?

— Vous me laissez jusqu'à quelle heure ?

— Jusqu'à huit heures, demain matin, je dirais. »

Il grimaça et fit ses calculs.

« Ce sera prêt. Ce sera peut-être bien mon plus beau travail. En tout cas, mon plus rapide.

— Hélas ! personne ne le saura jamais.

— Les plus grands artistes sont restés anonymes. Personne ne sait qui a peint l'original non plus. Bon. Si vous voulez bien vous taire... »

Il travailla un moment en silence tandis que Flavia arpentait la pièce, jetant de temps en temps un coup d'œil sur le tableau, jusqu'à ce que Menzies perde patience.

« Écoutez, allez-vous-en ! Vous m'empêchez de me concentrer. Allez boire un café ! Lisez le journal ou faites ce que vous voulez. Et emmenez votre ami ! Ses ronflements me dérangent. »

« Quel toupet ! s'exclama Argyll un instant plus tard. Au monastère je l'ai aidé à manier sa scie et à recueillir de la poussière derrière les tuyaux d'orgue. J'ai mélangé des peintures, affiné des poudres au pilon et fourré ma tête dans une hotte de cheminée pour racler de la suie de bois et la faire macérer dans de l'éthanol afin de préparer l'entoilage. Je n'ai quasiment pas eu un seul instant de repos depuis mon arrivée dans l'appartement. »

Il avala son café d'un trait et en commanda un autre.

« Mais c'était très amusant, je dois dire. Ça doit être fort gratifiant d'être faussaire... Comment as-tu réussi à le persuader de coopérer à ce point ? Tu es sûre que ça va marcher ? »

Elle haussa les épaules. Fabriquer un faux en moins de douze heures n'était pas difficile, surtout que Mikis Charanis n'avait qu'une vague idée de l'aspect de l'icône, ne l'avait jamais vue hors de son cadre et qu'elle était encrassée au point d'être presque méconnaissable. On ne pouvait cependant espérer qu'il puisse tromper un spécialiste ni d'ailleurs quiconque très longtemps... Flavia comptait ne pas en arriver là. Quelques minutes suffiraient. Les subtilités, par exemple trouver le style précis ou tenter d'obtenir la sérénité de l'original, n'étaient pas indispensables pour satisfaire Charanis. Mais ce n'est pas lui qu'il s'agissait de berner. Mary Verney serait plus coriace.

Il était fort dommage qu'on n'ait pu avoir recours à un vrai professionnel plutôt qu'à Menzies. Quelqu'un comme Bruno Mascholino, qui eût été ravi de prêter son concours en échange d'une réduction de peine d'un mois ou deux, car il aurait fait un meilleur boulot. Mais il n'aurait pas su ce qu'il fallait peindre. Seul Menzies avait étudié l'icône d'assez près en vue de sa restauration. Voilà pourquoi, malgré les inconvénients, on avait dû se rabattre sur lui. Le convaincre n'avait pas été si facile d'ailleurs.

« Je lui ai promis que je ferais une déclaration le dégageant de toute responsabilité dans cette affaire, reprocherais à la presse son agressivité envers lui et, enfin, que je demanderais à Bottando d'user de son influence auprès des Beni Artistici pour lui faire obtenir le contrat de la Farnésine.

— Il ne perd pas au change... mais est-il la personne idoine pour faire le travail ?

— En vérité, je me moque qu'il transforme le plafond de la villa Farnesina en un décor de Walt Disney ! Je ne sais même pas s'il est la personne idoine pour faire le présent boulot. Mais on n'a que lui sous la main. Qu'en penses-tu ? »

Argyll se gratta le menton et réfléchit quelques instants.

« Ça peut marcher, répondit-il prudemment. Comme Menzies le reconnaît lui-même, ce qui l'aide beaucoup, c'est la crasse et le fait qu'aucune des parties prenantes n'a vu l'icône hors de son cadre. Et que Mary Verney va conclure qu'elle vient d'être restaurée par un vrai béotien. J'en arrive malgré tout à penser que, contrairement à ce qu'on dit de lui, il ne travaille pas vraiment à grands coups de serpe. Il possède une certaine délicatesse de touche, en fait. J'ai même fini par l'apprécier. C'est un mufle mais il n'est pas aussi répugnant qu'on le croit à première vue. Entre les coups de scie et les coups de pilon, on a eu une longue et agréable conversation.

— Bravo ! s'exclama Flavia d'un ton narquois. Je suis ravie que vous ayez réussi à glisser un peu d'amitié virile entre deux coups. Mais aura-t-il terminé à temps ? Voilà la seule chose qui m'intéresse pour le moment. »

Argyll médita la question puis hocha la tête.

« Je pense que oui. C'est devenu un défi. Peut-être manquera-t-il quelques finitions, mais ce sera prêt. Il aura terminé. C'est ce que j'espère à tout le moins. »

16

Mikis appela le lendemain matin. Avec un certain émoi, Mary suivit les instructions à la lettre. N'ayant pas reçu le coup de téléphone habituel de Louise, elle se faisait un sang d'encre. Elle n'allait pas lui laisser voir son inquiétude. Elle reposa le combiné avec calme, sortit de sa chambre et se dirigea vers le téléphone public le plus proche.

« Comment va ma petite-fille ?
— Chaque chose en son temps.
— C'est le moment idéal, il me semble.
— Elle est en excellente santé, bien sûr, et elle a été rapprochée de chez elle. Vous recevrez un coup de fil dès que cette affaire sera réglée, si tout se passe bien. Bon… Vous avez l'icône ? »

Elle prit une profonde inspiration.

« Oui… Enfin, je l'aurai dans une heure.
— Où se trouve-t-elle ?
— Ça, ça ne vous regarde pas. Secret professionnel.

— Ne jouez pas au plus malin avec moi, madame Verney. J'exige de savoir où elle se trouve.

— Et moi, je vous répète que ça ne vous regarde pas. J'irai la chercher dans une heure et je vous la remettrai un peu plus tard aujourd'hui même. C'est tout ce que vous avez besoin de savoir. Je ne tiens pas à ce que vous commettiez un second meurtre. Pourquoi avez-vous fait ça ? C'était stupide et inutile. Ça n'a servi qu'à alerter la police. »

Un grognement de mépris retentit à l'autre bout du fil.

« J'ai cru qu'il avait le tableau et qu'il mentait quand il m'a affirmé ne pas l'avoir. J'ai voulu lui donner une leçon.

— Je suppose que vous allez vous débarrasser de moi également ?

— Oh ! grands dieux, non ! gloussa Charanis. Nous sommes des associés, l'auriez-vous oublié ? Je ne ferais jamais cela à un associé. De plus, qui sait quand vous pourrez m'être à nouveau utile. Une femme possédant vos talents... Et à qui on donnerait le bon Dieu sans confession. Qui aurait l'idée de vous soupçonner ?

— La police romaine pour commencer.

— Ah oui ! en effet... Que s'est-il passé ?

— On m'a arrêtée. À juste titre d'ailleurs, étant donné le fiasco... On aurait vraiment dit que je cherchais à me faire arrêter. Heureusement, la police n'a que de forts soupçons. Je veux en terminer avec cette affaire avant qu'elle en apprenne davantage. Alors, allons-y ! Si vous voulez l'icône, vous devez respecter le contrat. Relâchez Louise.

— Je veux d'abord voir le tableau.

— Ce n'est pas nécessaire.

— Oh si ! Vous allez me le montrer. À une certaine distance si vous voulez. »

Elle réfléchit très vite.

« D'accord. Trouvez-vous dans une heure et demie près du pont Umberto-Ier, du côté du Lungotevere Marzio. Près de l'arrêt d'autobus. Je m'y rendrai et vous montrerai le tableau. Alors vous libérerez Louise. Quand sa mère me confirmera qu'elle est saine et sauve, je vous indiquerai l'endroit où vous pourrez le récupérer. »

Il y eut un long silence à l'autre bout du fil.

« Dans une heure alors », acquiesça-t-il.

Elle raccrocha, son cœur cognant dans sa poitrine. Maintenant les vraies difficultés commençaient.

« Voilà ! Qu'en pensez-vous ? Bien sûr, ce n'est pas vraiment fignolé... »

Dan Menzies se recula nerveusement, laissant Flavia saisir l'icône et l'examiner en tout sens.

« Le visage n'est pas tout à fait réussi », reprit-il, fébrile comme un cuisinier cherchant les compliments.

Flavia étudia le visage avec soin.

« Et certaines des éraflures et des parties grattées sont loin d'être parfaites », ajouta-t-il. Flavia les étudia.

« Mais je suis très content du dos. Tout à fait satisfait. Quoique avec un peu plus de temps... »

Flavia reposa la peinture, fit un pas en arrière et hocha la tête.

« Je trouve que vous avez fait un excellent travail, finit-elle par dire. Bien meilleur que je ne l'avais espéré.

— Vraiment ? Vous êtes sincère ? demanda Menzies, flatté. Bien sûr, ce n'est pas mal du tout. Rares sont ceux qui auraient pu faire un aussi bon boulot, surtout en aussi peu de temps. Quelqu'un comme d'Onofrio, par exemple, serait encore en train de chercher le bon bois.

— On a bien choisi, le complimenta Flavia. Je suis enchantée. À part un détail, cependant. Ça sent toujours un peu la peinture. Pourriez-vous y remédier ? Je suppose que ça ne se remarquera pas, mais on ne sait jamais. On jouit de quelque latitude, puisque Mary Verney croira que c'est à cause du travail de restauration, mais je pense qu'elle aura des doutes si ça sent trop fort.

— Il nous reste combien de temps ? »

Flavia jeta un coup d'œil sur sa montre.

« Quinze minutes tout au plus. »

Il réfléchit un court instant.

« Le micro-ondes, fit-il.
— Plaît-il ?
— Mettez le tableau dedans.
— Je l'allume ?

— Seigneur Dieu, surtout pas ! Je n'ai pas l'intention de le faire cuire. Je veux juste utiliser un ustensile bien hermétique. »

Il se mit en quête d'objets et les posa dans une coupe métallique sous laquelle il plaça une bougie.

« Qu'est-ce que c'est ?

— De l'encens. Ça camoufle des tas d'odeurs et donne à tout un délicieux parfum de sainteté. En plus de deux ou trois ingrédients qui en fumant vont dégager une certaine senteur.

— Laquelle ?

— Chaussettes sales. En laine. J'ai appris cette astuce d'un vieil ami. Un petit quart d'heure devrait suffire pour neutraliser l'odeur de peinture. L'effet ne va pas durer éternellement, soit. Mais ça devrait être efficace pendant toute la journée. Le truc, c'est que les ingrédients chauffent sans s'embraser. Sinon, il faudrait tout recommencer. »

Il n'y avait certes aucun relent de peinture dans l'odeur qui s'échappa du micro-ondes quand il l'ouvrit un quart d'heure plus tard... Il était tout aussi clair que l'appareil ne serait plus jamais le même, mais tant pis ! On rembourserait Menzies sur les frais de mission, si l'opération réussissait. Si elle échouait, l'état du micro-ondes serait le cadet de ses soucis.

« Bien, fit-elle. Je dois m'en aller maintenant. Pourriez-vous garder un œil dessus jusqu'à ce que quelqu'un vienne chercher le tableau ? Ce sera une femme âgée d'une cinquantaine d'années qui prétendra faire partie de la police.

— Avec plaisir, répondit le restaurateur, soudain aimable et coopératif. Pas de problème. »

Flavia partit. Paolo l'appela quelques minutes plus tard. Mme Verney était sortie, l'informa-t-il. Le moment est arrivé, se dit Flavia.

Les pères Jean et Xavier étaient assis face à face dans la chambre d'hôpital, sans trop savoir quoi se dire. Le père Xavier paraissait calme et satisfait. Le père Jean était plus nerveux. Il était extrêmement difficile d'accepter que votre supérieur général ait agi d'une façon, disons, aussi immorale. N'était-il pas scandaleux d'avoir fait fi de la décision nette et sans ambiguïté du conseil, même votée à une très faible majorité ? Une première, en fait. Étant la personne la plus susceptible de donner une suite à l'affaire, le père Jean était encore plus troublé d'avoir été choisi comme confident. C'était pourtant ce qu'il avait toujours souhaité, le moyen de contrecarrer les tendances réformatrices de Xavier.

Il ne pouvait s'en servir néanmoins. Le secret de la confession n'entrait pas en jeu, mais il avait beaucoup réfléchi ces derniers jours, analysant et jugeant sévèrement sa propre attitude. S'il avait appris les faits plus tôt, c'eût été très différent. Aujourd'hui, il pensait que c'était à lui de présenter ses excuses et non le contraire.

Au lieu d'être totalement loyal à Xavier comme c'eût été normal, il s'était efforcé de miner son autorité. Tout autant que le supérieur, il était responsable de la situation actuelle.

« Je vais bien sûr démissionner comme chef de l'ordre, dit le père Xavier après un moment. Je suis certain que vous serez élu à ma place. Ce sera le mieux, il me semble.

— Je vais peut-être vous surprendre mais j'insiste pour que vous y réfléchissiez bien, répondit posément le père Jean. C'est une fâcheuse affaire, mais je ne pense pas que vous deviez démissionner. Je suis aussi fautif que vous, car je ne vous ai pas fourni l'appui que vous étiez en droit d'attendre. Je suis disposé à le dire au conseil. »

Le père Xavier leva les yeux, se demandant vaguement ce que tramait son vieil ennemi.

« C'est très aimable à vous, Jean, mais je crains que ce ne soit inutile. Je vais devoir abandonner le poste. J'ai commis une trop grave erreur et cela finira par se savoir. Je refuse d'apporter le déshonneur à notre maison. D'ailleurs, je ne vais pas guérir tout de suite de mes blessures.

— Les médecins affirment que vous allez vous rétablir complètement.

— Tôt ou tard, sans doute. Du moins je l'espère. Mais ce sera long et en attendant je serai tout à fait incapable d'assurer mes fonctions. Il vaut beaucoup mieux que je les abandonne et que vous me remplaciez. »

Le père Jean secoua la tête.

« Tout récemment encore, j'aurais saisi cette chance des deux mains, répondit-il avec un léger sourire. Mais, aujourd'hui, force m'est de reconnaître que je ne ferai pas un bon chef. Je suis trop vieux et trop rigide. Si nous choisissons quelqu'un d'autre, et si nous faisons le bon choix, cet épisode peut faciliter un nouveau départ, au lieu de demeurer comme un triste souvenir.

— "Nous" ? demanda le père Xavier. "Nous" ? Vous ne désignez pas le conseil par ce pronom, je suppose.

— Pas du tout. Si vous et moi parvenons à nous mettre d'accord sur quelqu'un et si nous le recommandons tous les deux, alors le conseil approuvera notre choix. Vous le savez aussi bien que moi.

— Si nous parvenons à nous mettre d'accord... Qui recommanderiez-vous ? »

Le père Jean approcha sa chaise du lit.

« Que pensez-vous du frère Bertrand ? Il n'est pas politiquement engagé, et c'est un bon administrateur.

— Il se consacre à son hôpital en Bulgarie... Vous n'arriverez jamais à le faire revenir ici. C'est un homme de valeur, mais il n'est pas pour nous. Je songeais au père Luc peut-être. »

Le père Jean s'esclaffa.

« Oh non ! C'est un saint homme, je le reconnais

volontiers, mais à côté de lui je fais figure de réformateur enragé. S'il était élu, on passerait la nuit à se flageller avec des verges. Non, cher ami, ne nous infligez pas le père Luc !

— Marc ?

— Trop vieux.

— Il est plus jeune que moi.

— Trop vieux quand même.

— François ?

— Nul comme administrateur. On serait en faillite un an après. En plus grande faillite... »

Ils se turent pour réfléchir.

« Ce n'est pas facile, n'est-ce pas ? dit le père Xavier.

— On a besoin de sang neuf. D'un homme indépendant de toute faction et capable d'apporter de nouvelles idées. Aucun de ceux dont on vient de citer le nom ne convient le moins du monde. On sait tous exactement ce qu'ils feraient. En fait, on a besoin de quelqu'un venant de l'extérieur. Quelqu'un d'aussi exotique que le père Paul. »

Le père Jean avait fait cette suggestion presque par hasard, mais une fois que le nom fut prononcé il résonna fortement dans sa tête. C'était une proposition choquante, il en était conscient.

« Il n'a qu'une trentaine d'années, ne possède aucune expérience de l'administration, n'a aucune base locale dans l'ordre. Cette charge ne l'intéressera pas. Et il est africain.

— Justement ! » dit le père Jean. Maintenant que cette idée lui était venue à l'esprit, elle lui paraissait irrésistible.

« Ce n'est ni un réformateur ni un traditionaliste. Les réformateurs l'aimeront parce qu'il est un ardent partisan des missions, et les traditionalistes, pour son intransigeante orthodoxie en matière de liturgie. Quand il n'est pas en Afrique en tout cas... Dieu seul sait ce qu'il fabrique quand il est là-bas. C'est un homme bien, mon père. Vraiment.

— Je le sais. C'est le père Charles qui l'avait remarqué, n'est-ce pas ? J'avoue qu'au début j'étais sceptique, mais depuis j'ai appris à l'apprécier.

— La seule chose qui me fasse encore hésiter, c'est la peur du qu'en-dira-t-on, reprit le père Jean. Notre plus jeune supérieur depuis trois siècles, un Africain ?

— Peut-être l'heure est-elle venue de nous débarrasser de ce genre de préjugé. En outre, Jean, mon ami, je regrette d'avoir l'air terre à terre, mais cela fera de nous l'ordre dont on parle le plus dans l'Église. Pensez aux retombées en matière de recrutement.

— Le croyez-vous à la hauteur ? Personnellement, je pense que oui. Plus que n'importe qui, autant que je puisse en juger. Il est sérieux, intègre et il a du bon sens. »

Le père Xavier croisa les doigts sur son ventre, l'air convaincu.

« Il se débrouillera très bien, dit-il d'un ton catégorique. Surtout si nous lui apportons notre concours.

— Vous le ferez ? demanda Jean, conscient qu'une décision importante était sur le point d'être prise. Vous lui apporterez votre concours ? »

Le père Xavier hésita une fraction de seconde avant de faire un signe affirmatif.

« De tout mon cœur.

— Par conséquent, moi aussi. »

Pour la première fois depuis des jours, le père Xavier émit un petit rire.

« Alors nous avons un nouveau chef. Il nous faut rédiger une note pour le conseil. Pour ma part, je souhaiterais que ce soit fait le plus vite possible. Dès cet après-midi. Une missive de ma main présentant ma démission et une note signée par nous deux recommandant le père Paul pour me succéder. Après votre départ, je vais donner quelques coups de téléphone, mais vous devrez présider la réunion. Le problème, c'est le père Paul lui-même. »

Le père Jean secoua la tête.

« Je pense qu'il vaudrait mieux ne pas l'en informer à l'avance. Il refuserait d'être candidat. Si on le prend au dépourvu en lui proposant le poste en pleine séance, et si on passe au vote sans tarder… il sera mis devant le fait accompli. »

Le père Xavier se cala contre ses oreillers.

« Dieu du ciel, Jean, voilà qui va forcer les jésuites à nous prêter attention ! »

Soulagé d'un lourd fardeau, le père Jean se leva pour partir. Une petite larme au coin de l'œil, il s'empara de la main de son ancien supérieur et la secoua avec force.

« Je suis si content ! s'écria-t-il. Je pense que nous avons été inspirés, voyez-vous... »

17

Assis sur son divan, Menzies contemplait son œuvre. C'était un homme vaniteux sauf en ce qui concernait son travail. En ce domaine, il était extrêmement exigeant envers lui-même, bien qu'il ne le montrât pas aux autres. Or, aujourd'hui, fixant l'icône, puis se levant pour aller la prendre, la tourner dans tous les sens, la frôler du doigt avant de la scruter une fois de plus d'un œil critique, il se sentait satisfait. Est-elle parfaite ? se demandait-il en l'enveloppant soigneusement dans un linge. Non. Pouvait-il déceler un défaut ? Il réfléchit à la question en emballant le tout dans du papier journal avant d'attacher le paquet avec de la ficelle. Sans aucun doute, quoiqu'il lui eût fallu un certain temps pour le découvrir. Quelqu'un d'autre s'en apercevrait-il ? Il médita quelques instants. Il ne le pensait pas. Vraiment. Il avait fait du bon travail. Brillant même, vu les circonstances.

C'est alors que Mary Verney se présenta chez lui,

comme envoyée de la police, pour récupérer l'icône. Va-t-elle remarquer que quelque chose cloche ? se demanda-t-il avec appréhension.

« Vérifiez son état, s'il vous plaît, la pria-t-il, lorsqu'elle prit le paquet soigneusement emballé. Je ne voudrais pas que vous l'abîmiez et que vous reveniez me dire qu'elle était comme ça quand vous êtes venue la chercher.

— Je suis sûre que ce n'est pas nécessaire.

— J'insiste. Et j'exige un reçu. »

Elle poussa un profond soupir.

« Fort bien. » Elle ôta l'emballage. « C'est parfait.

— Examinez-la attentivement. »

Elle l'examina sous toutes les coutures.

« Elle me semble tout à fait bien. Avez-vous travaillé dessus ?

— Un peu. Je commençais tout juste.

— Je suis certaine que vous pourrez terminer plus tard.

— Vous êtes satisfaite ?

— Oh oui ! ... Bien. Je dois partir maintenant. Je suis en retard.

— Mon reçu... ? »

Avec un agacement à peine dissimulé, elle reposa le paquet et griffonna un petit mot. « Reçu du signore D. Menzies une icône de la Vierge appartenant au monastère San Giovanni. » Menzies le prit et le lut d'un air à la fois ironique et ravi. Un certificat de compétence, se dit-il. Quelque chose à montrer à ses amis.

« Bon. Il faut que j'y aille.

— Parfait ! s'écria Menzies. Prenez-en bien soin. Elle a causé assez d'ennuis comme ça, cette icône.

— Je ne vous le fais pas dire ! »

Mary Verney, le tableau sous le bras, prit à gauche en sortant de l'immeuble.

Assis dans un petit bistrot de l'autre côté de la rue, un homme utilisa son portable dès qu'il l'aperçut.

« Tu peux ajouter à la liste de ses divers délits celui de se faire passer pour un membre de la police, dit-il tranquillement. Elle l'a sous le bras et se dirige vers la piazza Campo dei Fiori. Je ne la lâche pas d'une semelle. »

Mary Verney prit un taxi devant Sant' Andrea. L'endroit était très animé car le marché battait son plein, mais, l'heure de pointe étant passée, elle n'eut pas à attendre dans l'angoisse, en pleine rue, une icône volée sous le bras. Elle commença par donner cent mille lires au chauffeur.

« Bon. Écoutez-moi bien. Ça va être une course assez inhabituelle. Je veux que vous fassiez exactement ce que je vous demande. Si vous êtes d'accord, je vous donnerai à nouveau cent mille lires à la fin de la course. Compris ? »

Le chauffeur, un jeune homme atrocement bigle, lui décocha un effrayant sourire.

« Du moment que vous n'allez pas tuer quelqu'un.
— Vous seriez contre ?
— La course vous coûterait alors plus cher.
— J'ai bien choisi, à ce que je vois... Bon. À trois heures précises, je veux que vous preniez le Lungotevere Marzio en direction du sud jusqu'au pont Umberto-Ier. Cinquante mètres avant, il y a un arrêt d'autobus près duquel est censé se trouver un homme. Vous me suivez jusque-là ? »

Le chauffeur opina du chef.

« Vous passerez dans la file longeant le trottoir et ralentirez. Quand je crierai "Stop !", vous vous arrêterez et quand je dirai "Allez-y !", vous repartirez aussi vite que possible. Ensuite, je vous dirai quoi faire. D'accord ?
— Une question, dit l'homme qui, comme Mary Verney s'en aperçut soudain, avait un fort accent sicilien.
— Oui ?
— Où est le Lungotevere... Comment vous avez dit déjà ?
— Seigneur Dieu ! marmonna-t-elle entre ses dents. Vous avez un plan ? »

Cinq minutes plus tard, ils étaient en route, Mary tenant le plan d'une main et serrant l'icône de l'autre. Dieu merci ! le trajet n'était pas très long, sans quoi les encombrements les auraient empêchés d'arriver à temps. Le chauffeur monta la via della Scrofa, puis pivota à cent quatre-vingts degrés à la porte Ripetta pour se diriger vers le sud. Très fébrile, Mary sentit s'accélérer les battements de son cœur. Elle sortit l'icône du sac et de son emballage et la posa sur ses genoux.

« Passez dans la file intérieure, ordonna-t-elle, notant que la circulation était plus intense qu'elle ne l'avait espéré. Ralentissez. »

Elle l'aperçut, un peu plus loin que l'arrêt d'autobus, les bras ballants.

« Stop ! »

Le taxi s'arrêta et elle plaça l'icône contre la vitre. Mikis fixa l'icône tandis qu'elle fixait Mikis. Cela dura environ dix secondes, puis il hocha la tête et fit un pas en avant. Il mit une main dans sa poche.

« Filez vite ! hurla Mary. Fichons le camp à toute vitesse. »

Le chauffeur, qui s'amusait comme un fou désormais, redémarra sur les chapeaux de roue. L'avenue était bondée. Vingt mètres plus loin, le feu était rouge et deux gros camions bloquaient le passage.

« Continuez à rouler, lui cria-t-elle. Ne vous arrêtez sous aucun prétexte. »

N'ayant guère besoin d'encouragement, il fit une embardée et monta bruyamment sur le trottoir, la main sur le klaxon et le pied sur le champignon. Il roula de plus en plus vite jusqu'au passage pour piétons à la hauteur du pont. Puis il coupa à gauche en diagonale, contourna un touriste et traversa le passage à une telle vitesse qu'ils n'auraient absolument pas pu éviter un véhicule venant en sens inverse. Il fonça ensuite vers la piazza Navona, avant de se jeter dans les petites rues pavées adjacentes.

« Vous allez tuer quelqu'un ! » vociféra Mary Verney, comme le taxi faisait une nouvelle embardée pour éviter un vieux touriste en train de déguster une glace.

Pas de réponse. Le jeune homme devait se prendre pour un coureur automobile. Puis il ralentit d'un seul coup et, tournant brusquement à angle droit, s'engouffra dans une caverne sous un vieil immeuble d'habitation.

Il coupa le moteur et ils restèrent tous les deux silencieux quelques instants. Mary tremblait d'effroi.

« Où sommes-nous ?

— Dans le garage de mon beau-frère. »

Il sortit de la voiture et referma les lourdes portes anciennes. Le soleil d'été disparut avec une effrayante rapidité, cédant la place, quand il tourna le commutateur, à la maigre lueur d'une ampoule. Mary prit plusieurs profondes inspirations pour se calmer, puis fouilla dans son sac, à la recherche d'une cigarette qu'elle alluma d'une main tremblante.

« Merci, dit-elle, quand le chauffeur revint. Vous vous êtes débrouillé comme un chef. »

Il fit un large sourire.

« C'est la façon normale de conduire à Palerme.

— Tenez ! » Elle lui tendit une liasse de billets. « Voici les cent mille lires complémentaires promises. Et deux cent mille de plus... Vous ne m'avez jamais vue. Vous ne me reconnaissez pas. »

Il empocha l'argent et désigna la porte.

« Merci beaucoup. Et si un jour vous avez besoin d'un taxi...

— Eh bien ?

— Ne m'appelez pas ! »

Elle hocha la tête, jeta sa cigarette à moitié consumée et l'écrasa dans la poussière du sol. Puis elle ramassa l'icône dans son emballage.

« C'est loin d'ici, la via dei Coronari ? »

Le chauffeur de taxi indiqua une direction, puis elle sortit du garage et se retrouva dans la lumière éclatante d'un été romain.

Cinq cents mètres plus loin, dans une tout autre rue, se dirigeant dans le mauvais sens et cerné de tous côtés par des voitures et des camions, Paolo pleurait de dépit et d'humiliation. La soudaine accélération et les acrobaties du taxi de Mary l'avaient pris totalement au dépourvu. Mis au pied du mur, il s'apercevait qu'il tenait assez à la vie. Il tambourina des deux poings contre le tableau de bord, puis prit son portable et se força à appeler.

« Perdu sa trace, fit-il.

— Miséricorde ! dit Flavia, effondrée. Paolo, c'est pas vrai ! Dis-moi que tu plaisantes.

— Désolé... Bon, qu'est-ce que je fais maintenant ?
— Le suicide, ça te tente ? »

« À quoi jouez-vous, nom d'un chien ? » Revigorée par un petit verre, Mary Verney bouillait de rage lorsqu'elle appela Mikis du téléphone public du bistrot. « Nous avions un accord. Vous n'aviez rien à gagner à sortir une arme.

— Je n'ai pas sorti d'arme, se défendit Charanis à l'autre bout du fil.

— Allez donc !

— Non, je n'ai pas sorti d'arme, répéta-t-il. Comme vous le dites vous-même, qu'aurais-je eu à gagner à vous tirer dessus ? Rien. Ne soyez pas hystérique. Je veux en terminer avec cette affaire et fiche le camp.

— Vous avez vu le tableau ?

— Oui.

— Vous êtes satisfait ?

— Relativement. Il faudra que je l'examine de près. Vous devriez recevoir un coup de fil dans un quart d'heure environ. Je vous retéléphonerai dans une demi-heure et vous me direz où se trouve l'icône. Elle a intérêt à être là. »

Finie, sa courtoisie de façade... Le ton s'était durci. Mary Verney jeta un coup d'œil sur sa montre. Tout allait se jouer dans le quart d'heure suivant. La machination allait ou marcher ou lui éclater au visage.

Seigneur Dieu, elle aurait tant voulu ne pas être forcée d'agir ainsi ! La moindre anicroche...

Elle regarda sa montre à nouveau. Treize minutes. Elle alluma une cigarette. Une de plus. Mais, à son âge, quelle importance ? Elle envisagea les divers accidents de parcours possibles.

Le téléphone retentit. Elle se précipita dessus, le décrochant d'un geste un peu maladroit dans son impatience.

« Elle a recouvré la liberté. » La formule était solennelle. Puis la communication fut brusquement interrompue. Elle téléphona à sa belle-fille mais, troublée et énervée, elle dut s'y reprendre à trois fois avant de faire le bon numéro.

« Bonjour, mamie ! » La voix mutine, adorablement enfantine, lui fit monter les larmes aux yeux. Dès qu'elle l'entendit, elle sut que la partie était gagnée. Mission accomplie. Elle réussit à marmonner quelques mots, mais Louise devrait patienter un peu.

« Est-ce que ta maman est là ? »

Elle coupa tout de suite la parole à sa bru. Elle parlait toujours trop et une fois qu'elle commençait, on avait du mal à l'arrêter.

« Elle va bien ?

— Oui. Je ne sais pas ce qui s'est passé...

— Je t'expliquerai plus tard. Prends Louise, sautez dans la voiture et filez !

— Pour aller où ?

— N'importe où. Non. Va à la police. Rends-toi au

commissariat le plus proche. Restes-y le plus longtemps possible. Tu dis que tu veux signaler la disparition d'un chien ou n'importe quoi. J'enverrai quelqu'un vous chercher quand tout sera terminé.

— Quand tout quoi sera terminé ?

— Fais juste ce que je te dis, ma petite. Tout sera fini à peu près dans une heure. »

Son cœur se serra, après avoir raccroché le combiné, en regardant le petit paquet à côté d'elle. Il fallait maintenant le livrer en espérant que tout se déroulerait sans encombre. Elle prit une profonde inspiration et sortit. Plus que la dernière étape.

Lorsqu'elle avait entendu un Paolo penaud et désemparé lui raconter au téléphone comment il avait perdu la trace de Mary Verney, de rage et de frustration Flavia avait failli jeter l'appareil à travers la pièce. Bien sûr, un contretemps était à prévoir. Il y a toujours quelque chose qui cloche. Mais dès le début, et une telle incompétence ? Paolo possédait des années d'expérience. Il connaissait les rues de Rome comme sa poche. Au volant, c'était un vrai casse-cou. Parmi toutes les personnes capables de filer le train d'une étrangère connaissant à peine la ville, elle l'aurait mis en tête de liste.

La cause était entendue désormais. Pourvu qu'on puisse intercepter l'un ou l'autre des suspects, ou les deux, au moment où ils quitteraient le pays. Quelle déception ! Quelle honte ! Quelle humiliation ! Quelle ineptie !

Elle arpenta la pièce, non que ça lui ait jamais facilité la réflexion – pour cette occupation la position horizontale était préférable –, mais parce que ça lui donnait la vague illusion d'agir. Il y aurait donc une remise du paquet. Apparemment entourée de beaucoup de précautions, sinon elle aurait déjà eu lieu. Mary Verney s'était arrêtée devant Charanis, puis le taxi avait si brusquement accéléré que Paolo avait perdu sa trace. À l'évidence, Mary Verney ne faisait pas confiance au Grec. Ayant vu qu'elle avait le tableau, il devait sans aucun doute faire quelque chose avant qu'elle le lui remette.

Où la remise allait-elle avoir lieu ? Elle passa voir Giulia dans la pièce d'à côté. Revenue au bureau, la stagiaire attendait qu'on lui donne du travail.

« Vos notes, demanda Flavia. Les rapports de filature de Mme Verney. »

La jeune fille ouvrit le tiroir de son bureau et en sortit une liasse de feuillets.

« Où est-elle allée ? reprit Flavia. Je sais qu'elle a été faire des emplettes, visiter des musées, etc. Mais où est-elle allée à part ça ? »

Giulia haussa les épaules.

« Chez des antiquaires. On a rendu visite à presque tous les antiquaires de la via dei Coronari. Puis elle m'a fait faire une longue marche. Elle m'a dit qu'elle aimait parcourir quatre ou cinq kilomètres par jour.

— Quel itinéraire avez-vous suivi ?

— On a descendu le Corso, traversé le Campo dei Fiori et ensuite le ponte Sisto. On s'est arrêtées pour prendre un café en face de la basilique Santa Maria in Trastevere. Puis on a été visiter le tempietto de Bramante dans l'église San Pietro in Montorio, et on a fini la tournée en regardant le coucher du soleil depuis la promenade du Janicule. Ensuite, on a pris un taxi pour rentrer à son hôtel. J'étais épuisée mais elle, elle était toujours fraîche comme un gardon.

— Elle n'a rien fait d'insolite ? N'a pas semblé sur le qui-vive à un certain moment ? N'a pas vérifié quelque chose ?... De quoi a-t-elle parlé ?

— On n'a pas cessé de discuter. Elle est vraiment très sympathique. Mais elle n'a rien dit de particulièrement frappant.

— Faites un petit effort. Elle va sous peu remettre ce tableau à Charanis. Elle a dû choisir un lieu précis dans ce but. Un endroit calme, sans témoin, où elle peut le déposer et repartir très vite. Elle ne lui fait pas confiance, et je la comprends. Elle a peur de lui. Quel serait l'endroit à la fois tranquille et bien desservi où elle pourrait laisser le paquet ?

— À Rome ? Ça n'existe pas. De plus, si elle veut mettre une prudente distance entre elle et cet homme, pourquoi ne pas passer par un intermédiaire ?

— Qui, par exemple ?

— L'un des marchands de tableaux. »

Flavia la regarda fixement. Peut-être la stagiaire avait-elle un avenir dans la police après tout.

« À qui a-t-elle rendu visite ? »

Giulia lui tendit sa liste. Flavia la parcourut.

« Elle m'a présentée chaque fois comme sa nièce, expliqua Giulia.

— Elle les connaissait ?

— Oh oui ! Ils l'ont tous reçue à bras ouverts. Malgré un soupçon de prudence chez certains d'entre eux, tout le monde a été très aimable.

— Y compris celui-ci ? demanda Flavia en indiquant l'un des noms à mi-liste.

— Oui, y compris celui-ci. »

Flavia faillit l'embrasser de reconnaissance.

« Oui, s'écria-t-elle d'un ton triomphal. Oui, oui. C'est celui-ci. Ça ne peut être que celui-ci.

— Pourquoi donc ?

— Parce que vous me dites qu'elle le connaissait, et quand je lui ai rendu visite l'autre jour il a nié avoir jamais entendu parler d'elle. Giuseppe Bartolo, mon vieil ami. Vous voilà tous les deux pincés. Enfin !... Venez ! Allons-y ! Le temps presse. »

En dépit de tous ses efforts pour obtenir des renforts, tandis qu'elle et Giulia filaient le long des rues, traversaient la piazza Navona et s'engageaient dans la via dei Coronari, Flavia songeait que les chances que les carabiniers puissent rouler assez vite pour être présents quand il le faudrait étaient fort minces. C'était le début de l'heure de pointe, et aucun de ses collègues ne se trouvait assez près pour arriver à pied à temps, même en courant. Elle était seule, avec Giulia. Elle ne savait même pas ce qu'elle allait faire une fois sur les lieux. Traîner dehors et attendre ? Et quoi après ? Même en supposant qu'elle avait vu juste ? Elle avait horreur des armes à feu et tirait très mal. Sans doute Giulia avait-elle reçu la formation de base, mais elle se rappela que les stagiaires n'avaient pas le droit d'être armés. Comment devrait-elle réagir si Charanis débarquait avant les renforts et refusait de se laisser gentiment arrêter ?

L'obligation de jouer des coudes au milieu de la foule pour gagner la galerie le plus vite possible l'empêcha de trop réfléchir au problème. Elle avait une chance d'attraper l'individu en possession de l'icône et de boucler toute l'affaire d'un seul coup, et elle était bien décidée à la saisir. Elle espérait seulement avoir deviné correctement l'intention de Mary Verney. Et si, en ce moment même, elle se trouvait sur la promenade du Janicule en train de remettre l'objet ?

Il était désormais trop tard pour faire machine arrière. De toute façon, voici la galerie... Elle ralentit le pas pour permettre à Giulia de la rattraper, puis, chancelant un peu, s'immobilisa pour reprendre haleine.

« Qu'est-ce qu'on va faire, maintenant ?
— Croiser les doigts et attendre. »

Flavia jeta un coup d'œil alentour.

« Autant aller s'asseoir et chercher à passer inaperçues, j'imagine. »

Elle traversa la rue et entra dans un café. Elle se précipita vers une table qui offrait une vue dégagée sur la galerie et ses abords.

« La galerie n'a pas une porte de derrière ? demanda Giulia.

— Non. Je connais l'endroit. »

Elle commanda une bouteille d'eau minérale, en but un verre, ouvrit son sac et lorgna son arme d'un air anxieux. Puis elle fouilla tout au fond pour chercher les balles qu'elle gardait dans une petite bourse. Par principe, elle refusait de se balader avec un pistolet chargé dans la poche. Le règlement stipulait qu'elle devait porter un pistolet sur elle. Il ne précisait pas qu'il était censé être prêt à tirer.

Giulia regarda avec inquiétude la façon maladroite dont Flavia le chargeait.

« Votre inquiétude est justifiée, fit Flavia d'un air morne. La seule fois où j'ai essayé de me servir de cet engin, j'ai failli tuer Jonathan. »

La stagiaire fit un pâle sourire.

« Comment est-ce qu'on sait qu'il n'est pas déjà venu et reparti ? »

Bonne question. Flavia leva les yeux tout en réfléchissant à une réponse possible, puis fronça les sourcils.

« Tout simplement parce qu'il est en train d'arriver. »

Elle indiqua d'un signe de tête la direction de la piazza Navona. Giulia tourna la tête pour découvrir en chair et en os l'homme qu'elle n'avait vu que sur une photo floue. Il était grand, plutôt beau garçon malgré un petit ventre, et très, très professionnel d'allure. Le genre d'homme peu enclin à se laisser facilement intimider et embarquer en douceur.

« À mon avis, dit Flavia, le mieux serait de lui sauter dessus par-derrière au moment où il sortira de la boutique. Il aura l'icône, ce qui signifie qu'un de ses bras sera occupé, et à nous deux on devrait pouvoir le plaquer au sol. D'autant plus qu'après avoir récupéré l'icône il devrait se sentir plus détendu. »

Giulia opina du chef, les traits crispés.

« Nerveuse ? »

Nouveau petit hochement de tête, lèvres serrées.

« Bienvenue au club !... Bon, allons-y ! lança Flavia tandis que Mikis disparaissait dans la galerie. Vous vous postez de ce côté-ci de la porte. Moi de l'autre. »

Elle jeta un billet sur la table pour payer l'eau, et les deux femmes traversèrent la rue, cherchant tant bien que mal à avoir l'air de deux acheteuses en quête d'un petit cadeau pour l'anniversaire d'une tante adorée.

L'appréhension faisait transpirer Flavia et elle vit que Giulia tremblait de tous ses membres. Pourvu que la stagiaire ne fasse pas tout capoter ! Si elles agissaient toutes les deux comme prévu, elles avaient quelques chances de réussir l'opération. Mais si Giulia restait pétrifiée, alors elle mettrait Flavia dans un sacré pétrin.

Elles prirent position de chaque côté de la boutique. Flavia jeta ostensiblement un coup d'œil sur sa montre comme si son petit ami semblait lui avoir posé un lapin. Giulia concentra son attention sur une voiture rouge décapotable où se trouvaient deux jeunes d'une vingtaine d'années qui s'efforçaient d'agacer tout le monde en faisant brailler leur stéréo, s'assurant que leur sans-gêne attirait bien les regards. Que personne n'aille leur demander de baisser le son ! pria silencieusement Flavia. Je vous en supplie... Autour d'eux, la rue fourmillait de passants, allant et venant, bras dessus, bras dessous, jouissant de cette chaude journée ensoleillée. Gens paisibles et normaux menant une vie paisible et normale. Et toujours aucun signe de Paolo ni de personne. Où était donc tout le monde ?

Il était trop tard pour espérer des renforts... La porte de la galerie s'ouvrit et Charanis apparut, un paquet sous le bras. Avant de sortir dans la rue, il fit une courte halte dans la petite entrée. Flavia vérifia qu'elle pouvait saisir son arme, les jeunes de la voiture augmentèrent encore le volume et tambourinèrent contre les portières, agitant la tête au rythme de la musique. Attendant un signe, Giulia fixait sur Flavia un regard à la fois farouche et désespéré.

Flavia hocha la tête et fit un bond en avant pour attraper le bras droit de Charanis, soulagée de constater que Giulia l'imitait.

« Vous êtes en état d'arrestation ! » cria-t-elle.

Elle sentit les muscles de Charanis se raidir et nota

que le cri et l'échauffourée avaient attiré l'attention des types de la voiture ainsi que celle de deux ou trois passants. L'un des deux jeunes gens sortit du véhicule pour voir ce qui se passait. Charanis laissa tomber le tableau et commença à se recroqueviller tout en se contorsionnant pour se dégager.

Le jeune de la voiture s'approcha juste au moment où Charanis faisait un ultime effort pour se libérer.

« Aidez-nous ! » cria Flavia. Le jeune gars la regarda droit dans les yeux avant de lui faire un étrange petit sourire.

Il n'y eut qu'un faible bruit, presque complètement couvert par la cacophonie de la radio. Soudain Charanis se plia en deux si brusquement qu'il se dégagea de l'emprise de Flavia et s'affala par terre. Le jeune ramassa tranquillement le paquet contenant l'icône, se dirigea vers la voiture et remonta dedans. Le véhicule démarra en trombe dans un crissement de pneus. Cela ne prit pas plus de sept secondes, montre en main. Il n'y eut ni hurlement ni bousculade de passants cherchant à se mettre à l'abri. L'opération avait été si rondement menée qu'elle était passée tout à fait inaperçue. Jusqu'au moment où la large rigole de sang s'échappant du corps prostré de Charanis forma une grosse mare dans le caniveau.

Flavia reprit ses esprits la première. Immobile, Giulia contemplait la tache rouge s'étendant sur sa robe.

« Appelez une ambulance ! lança Flavia quand il

devint clair que la jeune fille n'était pas blessée. Vite ! »

Elle s'accroupit pour tâter le pouls de Charanis. C'était inutile. Un attroupement se formait, les gens s'agitant et parlant fébrilement. Flavia aurait dû prendre les choses en main et les empêcher de s'approcher. Elle n'en fit rien. Elle restait assise près du corps, le regard dans le vide. Elle n'avait pas la moindre idée de ce qui s'était passé.

Elle ne remarqua pas la seule personne qui aurait pu le lui expliquer. Derrière la foule de badauds, la mine sinistre, un petit vieillard aux cheveux gris avait suivi la scène sans sourciller. Depuis qu'il avait quitté Mary, il n'avait pas chômé. Il s'était assuré qu'elle était suivie pas à pas et protégée. Quand elle lui avait indiqué l'endroit où elle devait remettre l'icône, il avait donné ses ordres. Il considérait de son devoir d'être présent sur les lieux. Au cours de sa longue vie, il s'était souvent montré impitoyable, voire cruel à l'occasion, mais jamais il n'avait été lâche ni n'avait fui ses responsabilités. Il réparait ses erreurs, et aujourd'hui il venait de réparer la plus grave d'entre elles. Quelques instants plus tard, il s'éloigna de la scène du drame et se dirigea vers l'endroit où l'attendait sa limousine, qui allait le conduire à l'aéroport.

18

Le quartier de Rome où se trouvait Argyll était certes moins violent mais guère plus serein. Le jeune Anglais n'était pas au courant de l'imminente promotion du père Paul. Ce dernier non plus quand il se présenta à la réunion, convoquée de toute urgence, décidé une fois de plus à plaider la cause de son retour au pays. Non, les tracas d'Argyll venaient de la pile de documents qu'il déchiffrait mot à mot avec la plus grande difficulté, consultant fréquemment le *Grec ancien sans peine* emprunté à la bibliothèque. Si ce que le père Charles lui avait raconté était vrai, s'il ne s'agissait pas des chimères d'un vieillard sénile, alors il manquait un grand nombre de papiers. Il en restait assez pour suggérer l'exactitude de la ligne générale, mais il s'avérait difficile de prouver avec certitude l'identité du frère Angélus. C'était énervant mais peu important du point de vue pratique.

Le problème venait des périodes de repos et de réflexion qu'imposait ce fastidieux travail. Ses pauses, durant lesquelles il regardait par la fenêtre, se firent de plus en plus longues, et ses pensées, quand il reprenait une activité plus consciente, de plus en plus désordonnées et imprévisibles. Et, finalement, plus audacieuses.

Par exemple, il se prit à prêter attention au seul petit détail que tout le monde avait totalement négligé, autant qu'il pouvait en juger. À savoir : si aucun des agresseurs potentiels n'avait fracassé le crâne du père Xavier, qui était donc le coupable ? Si les éboueurs n'avaient vu que Burckhardt et Mary Verney sortir de l'église par le portail principal, comment avait-il donc quitté les lieux ?

Il s'attaqua un moment d'un air songeur à un subjonctif irrégulier, puis réfléchit à une autre question. Ce jour-là il avait fait les courses au marché. Pourquoi pensait-il à ça ? À cause d'un autre élément : Burckhardt portait un sac. Trop petit apparemment pour y mettre l'icône, mais dans lequel il transportait l'argent. Il avait dû repartir bredouille. Si le père Xavier était entré dans l'église juste avant, il avait dû déverrouiller le portail. Puis il avait été agressé. Burckhardt était arrivé, puis reparti sans l'icône. Par conséquent, elle avait disparu avant que le portail soit ouvert et n'avait pas pu...

Il se leva. À chaque jour suffit sa dose de grec, et pour Argyll deux lignes suffisaient amplement. Il allait à nouveau tenter sa chance auprès du père Charles. Il pourrait lui lire le texte s'il avait toute sa tête. Sinon, on verrait bien ce qu'il lui raconterait cette fois-ci ? Peut-être lui révélerait-il le lieu où l'Atlantide avait disparu. Ou l'endroit où se trouvait le trésor perdu des Templiers ? En outre, il était tout seul. Tous les moines s'étaient précipités dans la bibliothèque, l'air très affairé, et n'avaient pas réapparu.

Le père Charles était non seulement lucide mais il semblait de meilleure humeur que la fois précédente, voire ravi d'avoir de la visite. Il esquissa un sourire en prenant le manuscrit que lui tendait Argyll.

« N'enseigne-t-on pas le grec dans les collèges anglais ?

— Si, mais mon grec est un peu rouillé...

— Ah ! Et qu'avez-vous appris jusqu'ici ? »

On aurait dit un examen et, le vieil homme n'ayant à l'évidence aucun souvenir de ce qu'il avait dit la dernière fois, Argyll se comporta comme tout élève l'aurait fait : il tricha et fit un bref résumé de leur précédente conversation.

« Cela ne paraît guère probable, mais le moine, le fameux frère Angélus, ne serait-il pas un haut dignitaire de l'empire d'Orient qui aurait apporté l'icône avec lui ? »

Les yeux du père Charles pétillèrent.

« Très bien, jeune homme, très bien. Félicitations ! C'était, comme vous dites, un haut dignitaire, dont on ne connaît pas l'identité.

— Vraiment ?

— En effet. Ce secret fut très bien gardé à l'époque et c'est toujours le cas aujourd'hui.

— C'était l'empereur. »

Le père Charles arqua un sourcil.

« Qu'est-ce qui vous fait croire ça ? Il n'y a aucune preuve.

— Si. Mais vous les dissimulez. Vous les avez enlevées du dossier.

— Grand Dieu ! Que vous êtes malin ! s'écria-t-il, perplexe. Je ne vois pas comment vous avez deviné ça. »

Argyll décida de ne pas le lui dire.

« Mais vous avez tout à fait raison. Il s'agissait bien de l'empereur.

— Pourquoi le cacher ?

— Pour protéger sa mémoire de gens comme vous. Et de ceux qui sont venus ici fureter partout. Une telle révélation gâterait l'histoire, vous ne pensez pas ? L'image du courageux dernier empereur tombant sur les murs en pleine bataille. À mes yeux, cet épisode est l'un des plus glorieux de notre histoire. Ce serait bien triste si on devait le remplacer par le récit de sa fuite sur un navire après avoir abandonné ses hommes, et de son arrivée dans un monastère où il se serait piteusement réfugié durant les dernières années de sa vie.

— Mais il projetait une contre-attaque, n'est-ce pas ?

— Oui, il me semble, mais, comme la plupart de ses

projets, celui-ci n'a rien donné. Le pape Calixte, son principal soutien, est mort, et son successeur était davantage préoccupé de népotisme et d'œuvres d'art que de la sécurité de la chrétienté. Constantin XI Paléologue Dragasès – c'était le nom de l'empereur, entre parenthèses – est mort un an ou deux après. De mort subite.

— C'est-à-dire ?

— Un soir, après le dîner, il a ressenti de violentes douleurs à l'estomac. Il est mort dans des souffrances atroces deux jours plus tard. Je pense qu'il s'agissait d'un empoisonnement, ce qui n'aurait rien eu de surprenant. Un grand nombre de gens avaient tout intérêt à ce que la papauté ne gaspille pas son argent dans des croisades. Ça en faisait plus pour eux. En outre, tout le monde négociait déjà des contrats avec les Turcs. Une nouvelle guerre aurait nui aux intérêts de la papauté, de Venise et de Gênes. Constantin était un rêveur et représentait un remords vivant. Sa mort a permis à la légende de sa bravoure de perdurer.

— Et vous vous assurez que cela continue. »

Le père Charles hocha la tête.

« Comme je ne suis pas un vandale, je n'ai rien détruit. Tous les feuillets essentiels sont soigneusement cachés. Il faudrait des mois d'investigations pour reconstituer le fil de l'histoire même en sachant ce que l'on cherche. Vous savez ce qu'est l'icône ?

— Oui. L'Hodigitria. »

Le père Charles indiqua de nouveau son admiration.

C'est étrange, pensa Argyll, on a l'impression de parler à deux personnes totalement différentes.

« Quelle brillante intuition ! Je suis ébloui, je dois dire. Oui, c'est bien elle. Peinte par saint Luc en personne et laissée par l'empereur au monastère sous la garde de Gratien, son serviteur, et de la famille de celui-ci. Il a stipulé qu'elle ne devrait jamais quitter l'enceinte du monastère sauf pour retourner en grande pompe dans un Constantinople chrétien. Et que soit maudit celui qui enfreindrait ces instructions ! L'empereur lui-même a juré d'anéantir quiconque poserait des mains impies sur elle et il a fait prêter le même serment à son serviteur. »

Soudain, grâce à une fulgurante intuition, jaillie des faits et non plus de la légende, Argyll sut exactement ce qui s'était passé. C'était si évident qu'il fut un rien surpris de ne pas l'avoir deviné plus tôt.

« Vous étiez dans l'église le matin où le père Xavier a été agressé, n'est-ce pas ? »

Le père hocha la tête.

« Quand je suis en forme, j'ai l'habitude de passer très tôt une heure en contemplation avant que les autres moines se lèvent. Ce matin-là, j'étais en effet assez bien.

— Par conséquent, vous avez vu ce qui s'est passé ? »

Il sourit, puis secoua la tête.

« Non. Pas du tout.
— Vous mentez.

— Oui, reconnut-il sans se troubler.
— Avez-vous pris l'icône ?
— Mais non, bien sûr ! Elle n'a pas besoin que je m'occupe d'elle. »

Argyll le fixa sans ciller tandis que le père Charles balayait de la main la pièce presque nue.

« Fouillez donc, si le cœur vous en dit.
— Non, dit Argyll, je n'ai pas l'intention de le faire.
— Elle est en sûreté. Elle se trouve sous la protection divine comme l'a stipulé l'empereur, et personne ne peut lui faire de mal. C'est pourquoi il est inutile que la police continue son enquête. »

Il regarda Argyll, certain qu'il comprendrait. Argyll opina du chef.

« Oui, acquiesça-t-il. Je vous remercie. »

Tout songeur, Argyll retourna à la salle des archives afin de remettre les documents en ordre et de ranger ceux dont il n'aurait plus besoin. Le Caravage devrait attendre la semaine suivante. Au bas de l'escalier menant à la chambre du père Charles, sur le seuil de la porte ouverte, Argyll aperçut le père Paul qui fixait la cour, la mine défaite. Il paraissait fatigué, comme s'il avait vieilli de trente ans en quelques jours.

Argyll toussota. Le père Paul se retourna puis s'écarta pour lui laisser poliment le passage.

« Détendez-vous ! s'écria Argyll, en constatant que

le père Paul ne se déridait pas. Ça ne peut pas être si grave.

— Si, monsieur Argyll.

— On ne vous permet pas de rentrer chez vous, hein ? Désolé de l'apprendre.

— C'est ça. Et définitivement.

— Mais dans un an, sûrement que... ?

— Le conseil s'est réuni. Le père Xavier a envoyé un message indiquant qu'il se retirait.

— Voilà une décision tout à fait raisonnable de sa part. Ce n'est pas demain la veille qu'il sera à nouveau d'attaque.

— Oui... Et on a élu son successeur.

— Ah oui ? Et qui est donc l'heureux élu ? Je ne peux pas dire que je l'envie.

— Moi...

— Oh ! » Argyll scruta avec une profonde sympathie le visage du père et conclut que la tristesse qui s'y lisait ne dissimulait pas, comme c'est souvent le cas, l'ambition satisfaite. « Grands dieux, vous avez dû avoir un sacré choc ! »

Le père Paul le regarda d'un air chagrin.

« Vous ne pouvez pas refuser ? reprit Argyll. Arguer de votre jeunesse ?

— C'est ce que j'ai fait.

— De votre manque d'expérience ?

— C'est ce que j'ai fait aussi.

— Révéler que vous êtes marié et père de trois

enfants. Et que vous avez un petit problème d'alcoolisme ? »

Le père Paul ébaucha un sourire. Un pâle sourire, mais c'était déjà un début.

« Je n'ai pas pensé à ça. Mais je doute qu'un mensonge aurait servi à grand-chose. Nous avons fait vœu d'obéissance. On ne peut pas refuser.

— C'est pour combien de temps, ce boulot ?

— C'est une condamnation à vie ou jusqu'à ce que la maladie me rende incapable d'assurer mes fonctions.

— Vous semblez vous porter comme un charme. »

Le moine opina du chef.

« Ce poste ne vous tente vraiment pas ?

— Rien ne me tente aussi peu, monsieur Argyll. » Argyll vit qu'il était au bord des larmes. « Je veux rentrer chez moi. Il y a tant à faire là-bas. Ce poste ne me convient pas du tout. Chaque jour passé à Rome est un vrai tourment.

— Qui a dit déjà qu'on ne devrait confier le pouvoir qu'à ceux qui n'en veulent pas ? » Il réfléchit un instant. « Je ne m'en souviens pas. Je pense toutefois que vous ferez un merveilleux supérieur. Ça n'a peut-être pas été très gentil de leur part, mais pour le bien de l'ordre je doute que vos confrères aient pu faire un meilleur choix. Ils ont été bien inspirés. »

Le père Paul fit une petite grimace.

« Je crains que vous ne vous trompiez.

— Écoutez, dit Argyll avec douceur. Vous connaissez Flavia ? »

Il fit signe que oui.

« On lui a offert la direction du service chargé de la protection du patrimoine. La perspective la terrifie, et depuis des jours elle est de mauvaise humeur. Surtout parce qu'elle pense que je souhaite la voir refuser le poste, qui lui donnera encore plus de travail que maintenant. C'est énormément de responsabilités, beaucoup d'ennuis quand des erreurs sont commises, et elle sera toujours comparée à son prédécesseur. Mais elle fera un excellent travail, malgré sa terrible appréhension actuelle.

— Vous pensez qu'elle devrait accepter ?

— En effet. Sinon, elle s'en voudra. Et elle sait parfaitement qu'elle sera à la hauteur. Vous aussi d'ailleurs. Vous avez besoin tous les deux d'un peu d'expérience. Bottando n'a pas agi à la légère. Pas plus que les gens qui vous ont proposé pour ce poste. »

Le père Paul esquissa un vague sourire.

« C'est gentil à vous. Mais ils ont besoin d'un politicien et d'un comptable, pas de quelqu'un comme moi.

— Vous n'aurez qu'à les recruter. Pourquoi auriez-vous donc besoin d'un comptable ?

— Le père Xavier aurait perdu pas mal d'argent dans des opérations assez stupides.

— Oh ! je vois. Vous êtes donc dans le rouge ? Vous avez perdu combien ?

— Une forte somme.

— Pourquoi ne vendez-vous pas quelque chose ?

Le Caravage, par exemple ? Il ne va pas ici de toute façon. Même Menzies trouve qu'il détonne.

— Vu ce qui s'est passé la dernière fois...

— C'est très différent. Cette fois-ci, vous devriez passer par un intermédiaire sérieux, agissant pour une institution respectable qui possède beaucoup d'espace mural. Vous en obtiendriez une belle somme.

— Combien ?

— Ça dépend. Le tableau est seulement "attribué" au grand maître. Mais si son authenticité est prouvée il s'agit de plusieurs millions de dollars. Sinon, vous en tirerez sans doute deux cent mille. A priori, cette peinture n'est pas l'une de ses meilleures œuvres et il faudra effectuer pas mal de recherches pour établir son origine. »

Il avait capté l'attention du père Paul, cela ne faisait aucun doute. Bientôt les épaules du moine s'affaissèrent à nouveau.

« Nous avons besoin d'argent tout de suite, monsieur Argyll. Avant une semaine. Vendre un tableau doit prendre beaucoup plus longtemps. »

Argyll opina du bonnet.

« Je ne suis pas certain de pouvoir vous aider en ce domaine. Je pourrais me renseigner discrètement si vous le souhaitez.

— Vous ?

— Oh oui ! J'ai été marchand de tableaux. »

Le père Paul réfléchit.

« Pourquoi pas ? Mais je crains que le conseil ne soit sur ses gardes en ce moment. Je doute qu'il soit disposé à parler de vente de tableaux après ce qui vient de se passer.

— Il vaudrait mieux d'abord récupérer l'icône.

— Ça, ce serait une sorte de miracle ! s'esclaffa le moine.

— "Ô ! homme de peu de foi..." répliqua Argyll. J'ai toujours eu envie de dire ça à un prêtre. Il y a parfois des miracles, vous savez.

— Ils se produisent rarement quand on en a besoin.

— J'ai ce problème avec les taxis. Mais ils finissent par arriver...

— Je ne sais pas si on mérite un miracle.

— Doit-on les mériter ?

— Me donnez-vous une leçon de théologie, monsieur Argyll ? s'enquit le prêtre, l'ombre d'un sourire sur les lèvres.

— Oh non ! Je me contente de vous rappeler qu'il ne faut jamais perdre espoir. Vous venez tout juste de prendre votre poste. Que feriez-vous si l'icône réapparaissait ? Vous la vendriez aussi ?

— Non ! s'écria-t-il en secouant fortement la tête. On la remettrait à sa place. Et on rouvrirait le portail.

— Est-ce une décision officielle ? »

Il se tut un instant, puis sourit.

« Oui. Pourquoi pas ? Ma première...

— Bravo ! Pourriez-vous m'accorder une demi-heure ce soir ? Vers neuf heures ? »

Lorsqu'il rentra à l'appartement, une demi-heure plus tard, il trouva Flavia affalée dans le fauteuil, un puissant breuvage dans la main. Elle avait l'air à la fois vannée et boudeuse.

« Comment cela s'est-il passé ?

— Atrocement mal.

— Il vous a échappé ? Oh ! Flavia, je suis désolé.

— Il ne nous a pas échappé...

— Alors où est le problème ?

— Il est mort. Quelqu'un lui a tiré dessus. À bout portant. Sous mes yeux.

— Qui a tiré ? »

Elle secoua la tête et avala une nouvelle gorgée de whisky.

« Je n'en ai pas la moindre idée. Tout ce que je sais, c'est qu'il s'agit d'un travail de pro. Effectué sans hâte, de sang-froid, sans bavure. Il s'est approché, a tiré et est reparti. Le plus râlant, c'est qu'il ne s'est arrêté que pour se pencher et ramasser l'icône. J'ai l'air d'une parfaite crétine. Ce boulot n'est pas pour moi. Je vais en informer Bottando dès demain. Il leur faudra nommer un étranger au service. Je ne suis pas à la hauteur.

— Ne dis pas de bêtises !

— Je sais ce que je dis.

— Si, tu es à la hauteur. Ça n'a rien à voir avec tes compétences. Dieu seul sait pourquoi on l'a abattu. Tu n'y es pour rien.

— Et Mary Verney a filé...

— Et alors ? Si tu avais été persécutée comme elle, tu aurais quitté le pays toi aussi. Après tout, elle n'a pas vraiment volé quelque chose, elle s'est contentée de prendre ce que tu l'avais invitée à prendre. Efforce-toi de penser comme Bottando. Comment réagirait-il à la situation ? »

Elle but une petite gorgée tout en méditant la question.

« Il déclencherait sans tarder l'opération "Limitation des dégâts". Attribuerait l'agression du père Xavier à Charanis et lierait le meurtre à un règlement de comptes entre trafiquants de drogue. Ce genre d'inepties. Il soulignerait que récupérer l'icône constituerait pour nous un grand atout.

— Et il aurait raison, renchérit Argyll, ravi de la voir émerger de sa prostration. Je pense que sur ce dernier point je peux vous aider. Avant que Bottando n'émette publiquement l'hypothèse que c'est Charanis qui a agressé le père Xavier, tu souhaites peut-être savoir ce qui s'est vraiment passé.

— Tu le sais ?

— Je l'ai découvert cet après-midi. Rien de tel que les archives pour stimuler la réflexion.

— Alors ? Raconte-moi.

— Non.

— Jonathan...
— À une condition. Deux conditions, en fait.
— Lesquelles ? soupira-t-elle.
— Primo, tu cesses de te dévaloriser bêtement concernant la proposition de Bottando. Tu es de loin la personne la plus compétente pour diriger le service et tu le sais.
— Tu avais dit qu'une personne sensée penserait d'abord au salaire.
— Une personne sensée, en effet. Mais tu n'es pas une personne sensée. Je te connais. Je préférerais te voir seulement de temps en temps mais de bonne humeur, plutôt que tous les jours mais bougonne et déprimée. Ce qui sera le cas si tu fais un travail qui te paraît inutile. Tu serais une piètre bureaucrate. Le seul fait de remplir tes feuilles de frais te met de mauvaise humeur. Un conseil : reste où tu es. »

Elle le regarda affectueusement puis, se penchant, lui embrassa le sommet du crâne.

« Tu es gentil.
— C'est l'une de mes grandes qualités. Mon petit exposé t'a convaincue ?
— Je ne suis pas sûre que tu aies raison.
— J'ai toujours raison.
— Et la seconde condition ?
— Que lorsque je me plains de mener une vie très solitaire, tu sois dûment compréhensive et remues ciel et terre pour prendre un peu de répit. Et dès maintenant.

— Tout de suite ?
— C'est ça. Je veux qu'on parte en week-end.
— Je ne peux pas, commença-t-elle avant de s'arrêter pour réfléchir.
— Décide-toi.
— D'accord. On part en week-end.
— Merveilleux !
— Bon. Maintenant, indique-moi le lieu où se trouve l'icône. Quand l'as-tu découvert ?
— Cet après-midi. Grâce à un combiné d'intelligence, de compétence et d'aptitude à la recherche. À partir d'un tuyau fourni par quelqu'un.
— Qui donc ? »

Il fit un large sourire.

« Constantin XI Paléologue Dragasès, empereur de Byzance, l'âme la plus noble de toutes, vice-régent de Dieu sur terre, héritier d'Auguste et de Constantin Ier le Grand. »

Flavia se rebiffa.

« Ce n'est pas le moment, Jonathan. Je sais que tu essayes de me remonter le moral...

— Je parle sérieusement. J'ai eu de longues et fascinantes conversations avec un empereur grec mort depuis un demi-millénaire. Tu veux que je te raconte toute l'histoire ? »

Certes, il avait promis au père Charles de garder le secret, mais il jugeait justifiée cette petite exception. Il fallait remonter le moral de Flavia et, après tout, ils allaient se marier. Ce qui appartenait à l'un appartenait à l'autre, etc. Il lui parla des moments d'égarement du père Charles.

« Toutes ses connaissances sur l'histoire du monastère passaient par l'alambic de sa démence. D'après mes recherches, tout ce qu'il m'a dit est vrai. Je n'ai pas pu tout vérifier, bien sûr, puisqu'il ne m'a pas permis de voir la plupart des documents. Ceux que j'ai pu consulter allaient tous dans le même sens.

— Pourquoi donc personne d'autre ne l'a-t-il signalé ? S'il se balade en se prenant pour un empereur, est-ce qu'un des moines n'aurait pas dû te prévenir ?

— Je ne crois pas qu'il soit coutumier du fait. C'est sûrement lié au choc. Au choc de voir le père Xavier se faire agresser. C'est un prêtre à l'ancienne mode. Il croit à l'habitude de se lever à l'aube pour prier. Voire en pleine nuit. Il se trouvait dans l'église au moment où le père Xavier est entré ce matin-là. Il l'a nié puis a reconnu qu'il mentait.

— C'est lui qui l'a agressé ?

— Non. Il était seulement dans l'église quand le père Xavier est arrivé, a déverrouillé le portail et a sorti l'icône de son cadre.

— Qui l'a attaqué ?

— Constantin avait chargé son serviteur Gratien de s'en occuper et de s'assurer qu'elle ne quitte pas le monastère avant que Constantinople ne redevienne chrétienne. Il suffit donc de demander au domestique, rien de plus simple. Et évident quand on se rappelle que c'était jour de marché...

— J'ai l'impression que tu es devenu aussi cinglé que lui, grogna Flavia. Que vient faire là-dedans le jour du marché ?

— Le marché du quartier se tient le mercredi et le vendredi. Le père Xavier a été agressé un mercredi.

— Et alors ? »

Argyll lui fit un large sourire et lui lança sa veste.

« Trouve toi-même la solution de l'énigme chemin faisant. C'est une soirée agréable pour faire une promenade. »

En cela au moins Argyll avait raison. C'était l'heure exquise d'une de ces douces soirées romaines, juste entre la chaleur du jour et la fraîcheur de la nuit. L'air possède alors un bel éclat doré, auquel les gaz d'échappement ne sont peut-être pas étrangers... Même la rumeur de la circulation et les coups de klaxon sont rassurants et apaisants. Les restaurants bondés débordent sur le trottoir, les touristes sont contents et les restaurateurs le sont encore plus. Dans les rues étroites, par les fenêtres ouvertes on entend des téléviseurs et les conversations des dîneurs. Sur leurs scooters pétaradants, des adolescents se prennent pour des conducteurs de Harley Davidson. D'autres s'appuient contre les murs ou, bras dessus, bras dessous, vont et viennent sur les trottoirs. Ils parlent à voix basse mais des cris fusent quand ils rencontrent des amis.

Bien qu'ils ne soient pas là pour passer une soirée tranquille et se détendre, Flavia et Argyll marchent eux aussi bras dessus, bras dessous. Rassérénés, ils ralentissent le pas, la ville exerçant sur eux, une fois de plus, son irrésistible magie. C'est la sorte de soirée qui permet d'oublier les soucis de la journée, quelle que soit leur gravité, qui métamorphose une ville surpeuplée, bruyante et malodorante en l'un des endroits les plus magiques du monde et qui explique pourquoi Jonathan et Flavia refuseraient coûte que coûte de la quitter.

Ils passèrent devant la petite foule de manifestants silencieux toujours installés sur les marches de l'église, notant que leur nombre avait légèrement augmenté. Argyll en reconnut certains. D'autres, assis par terre, des couples pour la plupart, semblaient avoir été attirés par l'attroupement, d'autres encore, des étudiants venus de loin, pratiquant le vieil adage selon lequel l'union fait la force, avaient choisi le parvis comme l'endroit le plus sûr pour dérouler leur sac de couchage. Quelqu'un – le propriétaire du café d'en face, devina Argyll – s'était procuré des lampes à huile noires, encore utilisées pour éclairer les travaux d'entretien des routes et qui ressemblent beaucoup à des bombes de dessins animés, et les avait placées toutes les deux marches, ce qui donnait à la scène une atmosphère mystérieuse, presque médiévale, le vacillement des flammes faisant danser les formes assises entre les lampes.

« Impressionnant, non ? s'écria le père Paul lorsqu'ils l'eurent trouvé et qu'Argyll les eut ramenés dans la rue. Ils sont chaque jour plus nombreux. Ils viennent avec des prières et de la nourriture.

— De la nourriture ?

— C'est une vieille coutume du Midi, à ce qu'il paraît. Si on demande quelque chose à un saint, on lui apporte un présent en échange. Argent, nourriture, même des vêtements.

— Qu'est-ce que vous en faites ? demanda Flavia tandis qu'ils s'éloignaient dans la rue.

— Que voulez-vous qu'on en fasse ? On les donne aux pauvres... Certains d'entre nous sont choqués, mais je n'ai aucune intention de les décourager. Où va-t-on ?

— Voilà, nous y sommes. C'est ici, je crois », répondit Argyll. Ils avaient parcouru quelques centaines de mètres et se trouvaient devant un affreux immeuble vétuste et délabré. L'entrée était bien équipée d'un Interphone, mais, celui-ci ayant rendu l'âme depuis longtemps, le battant du portail était maintenu entrouvert à l'aide d'une brique. Argyll étudia les noms inscrits sur les divers boutons. « Troisième étage », annonça-t-il.

Comme l'ascenseur ne marchait pas, ils gravirent les escaliers, puis longèrent l'étroit couloir jusqu'au moment où Argyll, ayant examiné une sonnette, appuya dessus. Deux précautions valant mieux qu'une, il cogna aussi contre la porte.

À l'intérieur, le bruit de la télévision s'arrêta d'un seul coup et fut remplacé par des pleurs d'enfant. Puis la porte s'ouvrit.

« Bonsoir, fit gentiment Argyll. Nous sommes venus chercher Votre-Dame. Elle ne court plus aucun danger désormais. »

Hochant la tête, la signora Graziani ouvrit la porte toute grande.

« Je suis si contente ! Entrez donc… »

Flavia jeta un regard étonné sur Argyll avant de le suivre. Impassible, le père Paul fermait la marche. La petite salle de séjour était très encombrée : téléviseur, lessive et petits-enfants, mobilier fatigué, crucifix et tableaux religieux sur tous les murs.

Flavia était plutôt perplexe mais, Argyll ayant l'air de savoir de quoi il retournait, elle se garda d'ouvrir la bouche de peur de faire une gaffe.

« Vous êtes sûr qu'elle ne court plus aucun danger ? demanda la signora Graziani, soudain inquiète.

— Absolument certain. Le tableau va retrouver sa place et ne plus la quitter. Le père Paul est décidé à la garder et à la traiter avec le respect qui lui est dû. N'est-ce pas, mon père ? »

Le père Paul opina du chef.

« Je suis si contente, répéta-t-elle. Quand j'ai appris ce qui allait se passer, je me suis dit : C'est pas bien de faire ça. C'est un méchant homme.

— Vous étiez en train de faire le ménage et vous avez entendu la conversation, n'est-ce pas ?

— Bien sûr. Le mercredi j'arrive là-bas très tôt, parce que je dois travailler au marché à huit heures. Je venais de prier et je prenais mon seau quand j'ai entendu le père Charles... Il est si bon, si bienveillant, le pauvre homme... Il était au bord des larmes et suppliait le supérieur de ne pas vendre le tableau. Il disait que les membres de l'ordre devaient la protéger. C'est idiot puisque tout le monde sait que c'est elle qui les protège, et non l'inverse. Mais le père Xavier a dit qu'il était trop tard et il a eu la cruauté d'ajouter que le père Charles était un vieillard sentimental et superstitieux. » Un moment elle sembla terrifiée qu'Argyll la croie personnellement coupable d'une mauvaise action. « J'ai supplié Ma-Dame de se défendre et lui ai proposé mon aide comme l'a toujours fait ma famille. Alors elle m'a demandé d'empêcher cet homme d'agir. C'est elle qui l'a exigé. Je n'avais pas le choix, vous voyez.

» Je l'ai frappé avec mon balai. Je n'avais pas du tout l'intention de le blesser. Mais ma main était guidée. Il est tombé et s'est cogné la tête contre les marches de pierre. Ce n'est pas ma faute, vous voyez. Je l'ai à peine touché. C'est elle qui l'a puni. Son châtiment est quelquefois très sévère. On l'avait enlevée de sa place habituelle sur l'autel et elle avait l'air triste et abandonnée. J'ai immédiatement compris que je devais la cacher jusqu'au moment où elle ne courrait plus aucun danger.

— Vous avez emmené l'icône chez vous ? » s'enquit Flavia.

La signora Graziani eut l'air choquée. « Oh non ! L'icône ne doit jamais quitter le monastère. Je l'ai enveloppée dans un sac en plastique et l'ai déposée dans mon petit local de l'autre côté de la cour. Là où je garde tout mon équipement de nettoyage. Dans une grande boîte vide de lessive en poudre.

— Et vous avez laissé le père Xavier… ?

— Oui et je le regrette. Je ne me suis pas rendu compte qu'il était grièvement blessé. Je me suis absentée un moment pour aller prévenir au marché que je ne pouvais pas travailler ce jour-là, puis je suis revenue. Je voulais juste m'assurer qu'il allait bien…

— Merci, dit Argyll. Vous avez fait votre devoir, comme on vous l'avait ordonné.

— Oui, fit-elle en se rengorgeant. Je pense que oui. Nous l'avons fidèlement servie depuis toujours. Qu'aurais-je pu faire d'autre ?

— Rien, dit le père Paul. Vous avez fait votre devoir. Vous avez tenu votre promesse mieux que nous. Je vais remettre l'icône à sa place, et dès demain nous célébrerons une messe pour fêter son retour. J'espère beaucoup que vous viendrez, signora. »

Elle essuya une larme et hocha la tête avec gratitude.

« Merci beaucoup, mon père. »

« Sacredieu ! jura Flavia, une fois que la porte se fut refermée derrière eux. Toute cette histoire a donc été causée par une vieille illuminée sans cervelle ?

— C'est un point de vue, dit Argyll. Personnellement je la crois.

— Tu crois quoi ?

— Qu'un membre de sa famille a été chargé de garder cette icône depuis des temps immémoriaux. En tout cas, depuis que le serviteur Gratien a quitté le monastère à la mort de son maître. Ça fait combien de temps ? Vingt générations ? Trois fois rien, pour cette ville. C'est un quartier ancien. Tout à fait possible.

— Jonathan...

— Tu sais, il existe à Rome une famille Tolomel. Elle prétend remonter au premier Ptolémée, le demi-frère illégitime d'Alexandre le Grand. Ça fait donc soixante-dix générations. Une famille peut très bien habiter dans le même quartier depuis plusieurs siècles. En supposant qu'ils ont survécu au sac de Rome dans les années 1520, rien de très important ne s'est passé dans la ville depuis. Il n'y aucune raison que la charge confiée à la famille n'ait pas perduré pas lorsque le nom de Gratien a été italianisé en Graziani. Il est seulement rare que la chose soit confirmée par une source indépendante. À ton avis, toute cette histoire n'est pas assez rationnelle pour entrer dans le cadre d'une enquête policière ?

— En effet.

— C'est bien ce que je pensais. Pourtant, le

raisonnement est assez afficace pour permettre de retrouver l'icône.

— Dans la mesure où elle est bien là.

— Elle y sera... Comment allez-vous réagir à sa réapparition ? »

Le père Paul haussa les épaules.

« Je ne pourrai pas révéler où elle était parce qu'il faudrait alors expliquer comment elle s'est retrouvée là, ce qui serait gênant. Le mieux serait peut-être de la remettre simplement à sa place.

— Je vais devoir rédiger un rapport, dit Flavia.

— Oh ! s'écria le père Paul, un peu déçu. Vous y êtes obligée ?

— Bien sûr. On ne peut pas se contenter de constater son retour.

— Pourquoi pas ? demanda Argyll.

— Qu'est-ce que tu veux dire ?

— Eh bien, si tu fais un rapport, tu seras forcée d'inscrire que la signora Graziani a volé l'icône, que Xavier avait projeté de la vendre de façon illicite et que l'ordre était perclus de dettes. Ça fait beaucoup de scandales juste au moment où le malheureux père Paul prend son poste. L'individu qui a trucidé Charanis est capable de revenir pour voler l'original. Si on la remet discrètement en place et si on a l'air aussi surpris que tout le monde de la revoir là demain matin, on pourra oublier toute cette histoire. Il suffira de faire circuler le bruit qu'il s'agit sans doute d'une copie destinée à remplacer l'original égaré par la pénible négligence du monastère. Tout le monde sera content, tu prendras ton week-end, et on pourra aller passer quelques jours de congé quelque part. »

Ils continuèrent à avancer un moment en silence tandis que Flavia ruminait ces propos.

« Ça ne me satisfait pas, conclut-elle.

— Si ma demande te contraignait à renoncer à un magistral triomphe qui apporterait la gloire au service, je n'aurais jamais songé à te faire cette suggestion, mais il ne s'agit que d'une icône encrassée qui a juste disparu pendant quelques jours. Vraiment, ça ne vaut pas la peine d'en faire toute une histoire. Tu pourrais raconter que l'affaire Charanis ne concerne pas du tout ton service.

— Eh bien...

— Pourquoi est-ce que tu n'en parles pas à Bottando quand il reviendra demain ? Laisse-le décider !

— Bon, d'accord. Il faut bien, de toute façon, la mettre quelque part. »

19

« Et le tableau était bien là ? demanda Bottando.
— Dans une boîte de lessive en poudre. Non biologique. Intact. Bon, que fait-on maintenant ?
— Je pense que votre Jonathan a raison, répondit Bottando, qui pivotait sur son fauteuil tout en écoutant Flavia finir le récit de la soirée précédente. Il faut minimiser notre rôle. Vous apprendrez qu'il y a un temps pour mettre notre action en avant et un temps pour adopter un profil bas. Restons le plus discrets possible, d'accord ?
— Discrets ? fit Flavia, incrédule. Je viens de parler au père Paul au téléphone. La réapparition de l'icône a suscité une ferveur religieuse sans précédent. C'était déjà assez sérieux mais quand elle a réapparu ce matin tout le quartier est devenu fou. Le père Paul a fait ouvrir le portail et célébrer une messe, et deux cents personnes se sont massées à l'intérieur de l'église. Tous

les fidèles debout. Il n'y a jamais eu autant de monde depuis l'épidémie de choléra au XIXe siècle.

— Ça ne regarde pas la police, dit tranquillement Bottando. J'ai toujours pensé qu'on a les miracles qu'on mérite. Celui-ci est très satisfaisant. Il forcera tout le monde à faire plus attention à l'icône. Est-ce que Jonathan a raison en ce qui concerne la nature de l'objet ? »

Elle hocha la tête.

« Possible. Je n'ai vu aucun des documents et vous savez comment il lui arrive de s'emballer. Mais c'est tout à fait possible.

— Dans ce cas, il vaut beaucoup mieux qu'elle ne bouge pas d'ici et qu'elle accomplisse ses miracles à Rome plutôt qu'autour de la mer Noire. Laissez-la où elle est. Les carabiniers sont-ils satisfaits ? Ils ne vont pas faire du grabuge, n'est-ce pas ?

— Le coupable est mort, ils sont donc très contents de classer le dossier.

— Tant mieux ! Moi aussi. Bon, passons aux choses sérieuses… Avez-vous pris une décision ? »

Elle respira profondément et fit signe que oui.

« Et alors ? insista Bottando.

— Je vais rester ici et diriger le service. »

Le visage de Bottando s'illumina.

« Vous m'en voyez ravi. J'aurais eu horreur de céder la place à quelqu'un d'autre. Vous serez excellente. Vous êtes de loin la meilleure.

— Je n'en suis pas si sûre.

— Oh si ! Vous allez seulement devoir apprendre quelques trucs de police indispensables. Par exemple, mentir, tricher, ce genre de choses. Je serai dans les parages, de toute façon. Vous pourrez me consulter quand vous le voudrez. Après tout, je serai toujours théoriquement responsable du service... Merci », ajouta-t-il avec un sourire affectueux.

Elle lui rendit son sourire.

« C'est moi qui vous remercie. Est-ce que ça la ficherait mal si je commençais par prendre mon week-end ?

— Vous pouvez agir à votre guise.

— Que me conseillez-vous ?

— Je pense que ce serait un excellent départ. Allez reprendre des forces. Du moment que vous passez vraiment un bon moment. »

Elle lui serra la main et le gratifia d'un baiser sur la joue. Lorsqu'elle prit congé, elle aurait juré que l'œil du général était un peu humide.

Pressée d'aller voir Bottando au bureau, Flavia avait quitté l'appartement de bonne heure. Elle était donc partie avant la distribution du courrier, ratant ainsi la dernière péripétie.

Pas Argyll. En partie grâce à sa nonchalance et à son refus de commencer toute nouvelle journée autrement qu'avec lenteur et méthode... Lever, café, douche, café, journal, café, tartines grillées. Après le deuxième café, il sortait acheter le journal et prenait le courrier à son retour. Deux factures, un prospectus, ainsi qu'une épaisse enveloppe blanche couverte d'une écriture inconnue. Préférant toujours se débarrasser d'abord des mauvaises nouvelles, il ouvrit la troisième enveloppe. À l'intérieur se trouvait une clé et un feuillet à l'en-tête de l'aéroport de Rome.

Cher Jonathan,
J'espère que vous me pardonnerez de vous griffonner ces quelques mots à la hâte mais, tenant à quitter Rome le plus vite possible, je me permets de vous demander un petit service. Je vais passer des vacances en Grèce et je suis sûre que vous me comprendrez. L'icône se trouve désormais entre les mains de son propriétaire légitime, celui à qui le père Xavier avait promis de la vendre. Pour que cette histoire soit réglée une fois pour toutes et afin d'éviter toute nouvelle plainte ou enquête, il tient beaucoup à ce que l'ordre reçoive son dû. Soit deux cent quarante mille dollars, somme qui devait être remise au père Xavier avant son agression. Peter Burckhardt l'avait déposée dans un casier de consigne à la gare Ostiense mais elle se trouve maintenant à la gare centrale. La manière dont j'ai obtenu la clé ne saurait vous importer, mais je vous serais reconnaissante de vous charger de remettre dans les meilleurs délais cet argent à l'ordre. Je vous écris moi-même pour protéger l'anonymat de l'acheteur.
Je suis certaine que je suis tombée encore plus bas dans votre estime qu'à mon arrivée à Rome, la semaine

dernière. Vous m'en voyez sincèrement navrée. Ce n'est pas le moment d'expliquer mon rôle dans cette affaire, bien que j'espère le faire un jour. Sachez que j'avais de bonnes raisons d'agir ainsi, lesquelles n'avaient rien à voir avec un quelconque intérêt pécuniaire personnel. Je suis ravie de constater que le résultat a été à la hauteur de mes espérances et qu'il m'est désormais loisible de reprendre ma retraite. Cette fois-ci pour toujours, j'espère.

Rappelez-moi au bon souvenir de Flavia et présentez-lui mes regrets d'avoir causé tant d'ennuis. J'aurais été plus coopérative si je l'avais pu.

Affectueusement,

Mary Verney

P-S : Le sac contenant l'argent doit être retiré de la consigne automatique de la stazione Termini mercredi avant onze heures du matin. Pourriez-vous vous arranger pour le récupérer à temps ? Autrement quelqu'un pourrait ouvrir le casier et le voler. Vous connaissez la malhonnêteté de certains...

Argyll lut le mot deux fois de bout en bout, réfléchit à son contenu et fit un large sourire. Il la soupçonnait fortement d'avoir projeté de garder le magot puis fait de nécessité vertu quand son départ précipité de Rome l'avait empêchée d'aller le récupérer. Bien joué ! Il consulta sa montre et sursauta. Il était onze heures moins vingt-cinq. Avec un peu de chance, et s'il n'attendait pas le retour de Flavia pour la mettre au courant, il arriverait juste à temps.

Il quitta l'appartement afin d'apporter au père Paul la preuve décisive qu'il faut croire aux miracles.

Boris Akounine
Les enquêtes d'Eraste Fandorine

Rouletabille a désormais un frère slave : Eraste Pétrovitch Fandorine. Il fait ses armes à Moscou à la fin du XIXe siècle, au sein de la police du tsar. Ce jeune détective brillant mais inexpérimenté, intuitif mais naïf, cultivé mais ignorant des procédures, va résoudre de multiples énigmes toutes plus subtiles les unes que les autres. Boris Akounine dépeint le parcours exceptionnel de cet inspecteur hors du commun déchiffrant, entre 1876 et la Révolution russe, les mystères de Moscou.

n°3469 – 7,30 €

GRANDS DÉTECTIVES, DES POLARS HORS LA LOI DU GENRE

Cet ouvrage a été imprimé par

FIRMIN DIDOT
GROUPE CPI

Mesnil-sur-l'Estrée

*pour le compte des Éditions 10/18
en octobre 2005*

Imprimé en France

Dépôt légal : novembre 2005
N° d'édition : 3786 – N° d'impression : 76332